Kaz Cooke · Klub der Krokodile

Kaz Cooke

Klub der Krokodile

Ein Roman mit Biß

Aus dem Australischen
von Uda Strätling

Kabel

Titel der australischen Originalausgabe:
THE CROCODILE CLUB
A Susan Haynes book
Allen & Unwin Pty Ltd., St. Leonards, NSW

Aus dem Australischen übersetzt von Uda Strätling

Umschlag: Theodor Bayer-Eynck
Satz aus der Aldus (Linotronic 500)
Papier: FORTUNA Werkdruckpapier »Pegasus« chlorfrei, säurefrei
Steinbeis Temming Papier GmbH & Co., Glückstadt
Gesamtherstellung: Clausen & Bosse, Leck
ISBN 3-8225-0286-3

1 3 5 7 9 10 8 6 4 2

Diese Geschichte ist frei erfunden. Ähnlichkeiten mit lebenden Personen oder tatsächlichen Ereignissen wären rein zufällig. Einige real existierende Schauplätze und Institutionen in Darwin werden zwar erwähnt, aber das ist nicht wörtlich zu nehmen. Meinen Freunden in Darwin dürfte klar sein, daß das Nordterritorium kein Bundesstaat ist und daß zu Beginn der Regenzeit weder indonesische Fangflotten vor der Küste kreuzen noch militärische Großmanöver durchgeführt werden. Sie mögen mir meine Tatsachen-Travestien im Namen der Kunst oder wenigstens der Schlamperei nachsehen.

Informationen über die Landrechtsbewegung der Aborigines sind erhältlich bei der Gesellschaft für bedrohte Völker, Göttingen.

Prämenstrueller geht's gar nicht

Darwin, im Dezember 1997

Die Nacht war dunkel, dumpf und drückend.

So ist das nun mal während des Hitzetiefs: endlose, schwüle Tage und schweißtreibende Nächte, wochen- und wochenlang, bis die Regenzeit Erlösung bringt. Selbst die Dunkelheit verspricht keine Linderung. Siebenundneunzig Prozent Luftfeuchtigkeit, siebenundneuzig Prozent geistige Umnachtung.

Draußen, jenseits der Jachten und mit Sicherheit jenseits der Trinker an der Bar des Darwiner Jachtklubs, die nur hin und wieder müde den Blick hoben, war die Sonne schwuppdiwupp versackt. Die Darwiner hingen in ihren Swimmingpools oder genehmigten sich auf ihren Veranden das nächste Bier oder lagen wie ein Schluck Wasser unter ihren auf Hubschrauber-Hysterie geschalteten Deckenventilatoren. Andere verwandelten ihre Schlafzimmer in Gefrier-Bunker, vollklimatisierte Kühlräume mit Kondenswasser an den Wänden. Drinnen klamm, draußen beklemmend schwül und still.

Der Strand lag verlassen. Die Touristen waren fort, und die Hippies und schwedisch-blonden Rastafarier in ihren klapprigen Kombis würden bis zur nächsten Trockenzeit nicht wiederkehren. Im Wasser schoben ein paar kreuzende Krokodile träge tödliche Quallen vor sich her. Die Einheimischen verzichteten wohlweislich auf mitternächtliche Bäder.

Oben, dicht am Mangrovensaum, taten zwei menschliche Krokodile so, als wären ihnen die Sandfliegen nicht in die Hosenbeine gekrochen. Der eine Mann trug einen hellen Sommeranzug, der andere war ein Kurze-Hosen-und-

Kniestrümpfe-Typ; beide unterdrückten den Drang, sich zu kratzen. Sie standen linkisch im Sand und schüttelten sich die Hände. Keiner konnte im Dunkeln die Augen des anderen richtig erkennen.

Der größere Mann im beigefarbenen Anzug stemmte die Hände in die Hüften und verlagerte sein Gewicht mehr zum Bierbauch hin. Er ließ den Blick über die Bucht hinweg zur gedrungenen Pyramide des Darwiner Casinos wandern und grinste.

»Nummer größer als das da, *mate*«, meinte er gedämpft. Der andere Mann nickte. »Und die Fundamente haben wir drin, ehe die hier bis drei zählen können«, sagte er. »Stimmt's?«

»*No worries.*«

Melbourne, Samstag, 5. Dezember 1998

Der Große Salami war dabei, sich abzuschminken. »Boopsie«, sagte er, »wir müssen reden.« Die Glühlampen rings um den halbblinden Spiegel hatten lange, lange schon den Geist aufgegeben, er mußte sich mit zusammengekniffenen Augen weit über den Schminktisch vorbeugen, um die letzten Schlieren um die Augen herum zu erwischen. Er setzte seinen Turban ab, legte sich den babyrosa Bademantel aus Chenille um die Schultern, spielte mit dem Ende eines Zauberstabs und seufzte.

Selina Plankton, für ihren Zauberboss schlicht Boopsie, wand sich aus einem silberglitzernden Tutu und griff nach ihrer Jeans. »Ich ahne es schon: Der Rammler hat wieder die Rennerei. Hör zu, ich bin unschuldig, ich habe sogar vergessen, ihn zu füttern. Das Biest ist einfach aufsässig.«

Der Große Salami sah sich müde in der ›Künstlergarderobe‹ um. Die Fünfundzwanzig-Watt-Funzel machte auf den Berg Lurex-Kostüme, Lieferservicemüll und zerstreutes Zauberzeugs kaum einen Eindruck. An die feuchte

Wand war ein abgerissener Zettel gepinnt, auf dem in blauer Kugelschreiberschrift stand: ›Bitte Licht AUS die Lezten. Spart Gelt. Der Manager.‹

Auf dem Fußboden lagen in wildem Durcheinander große metallene Trick-Ringe, Tücher, Stahlflaschen und Plastikblumen, dazwischen in ihrer orangefarbenen, mit Maschendraht abgedeckten Milchkiste Porkie und Beth, die Tauben, und Keating, das weiße Kaninchen, das in seinem Stall schmollte. Keating genoß den Ruf, bei seinen gelegentlichen wilden Ausbruchsversuchen Schulkinder zu beißen und das hochverehrte Publikum vollzukacken.

Selina sprach durch ihren ausgeleierten alten Lieblingspullover, den sie sich gerade über den wilden roten Schopf zu zerren versuchte, der oft auch braun war, manchmal blond, und manchmal alles drei. »Ich schwör's dir, Keith, wenn dieses mottenzerfressene Vieh mich noch einmal vollpinkelt, dann nehm ich ihn mit auf die Farm und überlaß ihn Mum als Sonntagsbraten.« Ihr Kopf schoß nun durch den Ausschnitt des schwarzen Pullovers, und sie zerrte ihn sich so heftig über die Hüften hinunter, daß sich die Wolle zum Zerreißen spannte.

»Das ist mein voller Ernst. Wo habe ich bloß meine Sokken hingelegt? Mein Gott, haben wir wirklich schon Mitternacht? Keating hat der Trulla in der ersten Reihe heute nach der Pause eine regelrechte Dusche verpaßt. Wie kommen die denn da hin? Die kriegt ihre Wildlederpumps nie im Leben wieder sauber. Und die haben wahrscheinlich mehr gekostet, als wir beide zusammen im Monat verdienen.« Sie blickte zum Großen Salami hoch und schob sich das Haar aus dem Gesicht. Es war ein nettes Gesicht, großzügig, mit hellbraunen Augen, von denen tausend Lachfältchen ausstrahlten, und einem lächelnden Mund, der gern ein bißchen schief saß, wenn sie nicht gerade grinste.

Selina richtete sich zu ihrer vollen Größe von einem Meter zweiundsechzig auf. »Keith«, sagte sie streng, »du siehst fix und fertig aus. Komm, ich spendier dir einen Kaffee in der Cantina und bring dich nach Hause.« War doch wohl das mindeste, was sie für den Zauberer und Hypnotiseur tun konnte, der sie vor einem traurigen Woll-Klassifizierungs-Los gerettet und sie auf die brüchigen Bretter der Bühne des *Collingwood Zippo Club* (keine Shorts, keine Schlappen, keine Rückerstattungen) in der Smith Street gestellt hatte. Die Gage war nicht doll, aber es war Showbiz, und sie mußte sich nicht mehr mit tumben Tieren herumplagen – mit Ausnahme von Keating.

Der Große Salami (alias Keith Tremble) behandelte sie anständig. Er grapschte nicht, entschuldigte sich tausendmal, wenn er blöde Nummern von ihr verlangte, und kochte öfter für sie Kaffee, als er selbst nach einem verlangte. Außerdem war er witzig. An ihrem ersten Abend im Zippo, nach wochenlangen Proben und nachdem sie ergriffen den Heiligen Zauberschwur abgelegt hatte, hatte er ihr in der Garderobe vor dem Auftritt eine Streichholzschachtel überreicht.

»Dein Kostüm, Boopsie«, hatte er gesagt. »Und ein Ersatzkostüm, für alle Fälle.«

Heute, ein gutes Jahr später, wußte sie, daß sie einem Meister sekundierte, dem sein Handwerk wichtiger war als eine wie eine Stripperin ausstaffierte Assistentin. Damals aber wäre sie um ein Haar auf seine Täuschung hereingefallen. Sie hatte gerade auf ihn losgehen wollen, als sie versehentlich die Schachtel geschüttelt hatte. Streichhölzer.

Auch auf der Bühne war er ein Kavalier. Er brachte ihr bei, mit Abenden fertigzuwerden, an denen Saufkumpanen randalierten, an denen geile Böcke grölend bei den langmütigen Kellnerinnen ihren zwölften Humpen bestellten. Wenn jemand sich vergaß und brüllte: ›Setz dich auf mein Gesicht!‹, dann hatte sie tausend schlagfertige Antworten parat. Die beste hatte allerdings eines Abends Keith gebracht: ›Werter 'err! Was Sie verrlangen, ist unmöglisch! Meinerr bezaubernden Hassistentin Bupzie habe isch persönlich, der Große Salami, eingeschärft, sisch niemals auf etwas zu setzen, was 'äßlicher ist als ihr eigenes Arschloch!‹ Die Rentner hatten getobt.

»Ich bin am Ende«, sagte er soeben, »und ich habe schlechte Nachrichten.«

»O je«, meinte Selina, warf sich in den lila Kunstledersessel mit dem fehlenden Bein und zwängte ihre Füße in die schwarzen Desertboots mit Profilsohle; mit Schnürsenkeln gab sie sich gar nicht erst ab. Dann lieber die kurze Würgerei. »Also, raus damit, Cabanossi. Hat dich der Manager wegen der Pumps angemacht? Ich habe doch gesehen, wie O'Toole dir auf der Herrentoilette seinen Tanz gemacht hat; die sollten die Türen mal reparieren.«

Der Große Salami sah Selina an. Seine Augen standen voll Tränen. »Wir sind gefeuert, Boops.«

»O, nein! O, Keith!« Selina ergriff seine Hand. »Aber du machst die Samstagabend-Show doch schon seit drei Jahren! Das können sie dir noch nicht antun! Wegen Keating? Die Schweine! Wegen einem kleinen Geschäft bist du aus dem Geschäft? Das kann doch nicht wahr sein!« Auch ihr kamen die Tränen.

»Nennt man ›mit der Zeit gehen‹, Boopsie. Nasse T-Shirts. Cocktails mit anzüglichen Namen. Die Leute wollen Diskjockeys, die am laufenden Band fluchen. Keiner will mehr 'ne Bühnenshow sehen. Sie werden Rod Stewart spielen.« Selina hörte augenblicklich auf zu weinen. »Doch, glaub mir!« beteuerte Keith. »Sie wollen den Laden rosa und grau streichen. Da draußen werden Zocker hocken, die sich nicht den ganzen Abend an einem Shandy festhalten. Wie soll man auf so einem Pflaster einem Laden wie dem *Last Laugh* denn noch Konkurrenz machen?«

»Na, komm, Kumpel«, sagte Selina. »Wir packen jetzt ein und gehen nach Hause. Morgen sieht alles schon ganz anders aus.«

»Laß mal, Boops. Wir haben noch einen letzten Auftritt. Kommenden Samstag. Wir werden uns wenigstens einen glänzenden Abgang verschaffen. Was hältst du davon, wenn ich dich zersäge?«

»Lieber wär mir, wir könnten O'Toole zersägen und der Hundefutterfabrik liefern«, sagte Selina.

»Was hast du nur gegen die armen Köter?« grinste der Große Salami. »Los, wir gehen uns einen ansaufen.«

Das Licht ließen sie brennen.

Bei ihrer Heimkehr um drei Uhr in der Früh hüpfte Selina – nur eine Spur angeschickert – die letzten beiden Stufen hoch und stand vor einem an ihre Wohnungstür genagelten amtlich aussehenden Anschlag mit Makler-Briefkopf. »Also, das geht dann doch zu weit«, murmelte sie. »Hätt's der Briefkasten nicht auch getan, ihr Wichser?«

Selina schloß auf, haute auf den Lichtschalter, schleuderte die Tasche mit ihren Bühnenkostümen aufs Bett und warf sich selbst gleich hinterher, den Zettel in der Faust. Sie strich ihn glatt, hielt ihn ins Licht und las:

KÜNDIGUNG DER MIETSACHE AUS NACHSTEHENDEM GRUND; DRUCKSACHE 29, §122

Mieter: Selina Plankton, 2 / 678 Groad Street, Collingwood
Eigentümer: Sprauncey Investments, PO Box 9087B92-2 St. Kilda, Victoria
Räumungstermin: Samstag, 12. Dezember 1998, 10.30
Vorgangs-Nr.: 768
Kündigungsgrund (bitte ankreuzen)

A) Abriß

B) umfassende, nur bei Leerstand durchführ- bzw. zumutbare Sanierung, Renovierung oder Umbauarbeiten

C) beabsichtigte gewerbliche oder anderweitige Nutzung, welche eine Vermietung zu Wohnzwecken ausschließt

D) Nutzung:

i) durch Eigentümer/in, Gattin/en, deren Kind/er, Eltern, oder

ii) sonstige Person/en, welche zu ihrem Unterhalt ganz oder in entscheidendem Maße vom Eigentümer abhängig ist/sind

E) Verkauf oder Verkaufsabsicht, leerstehend

F) im Besitz eines Unternehmens des öffentlichen Wohls, welches im Interesse der Allgemeinheit Anspruch auf Flächen erheben kann, bzw. zum Wohle der Allgemeinheit enteignet.

Die Mitteilung war mit Datum vom 5. Dezember unterschrieben, neben dem **A** war ein unübersehbarer Haken.

Selina starrte an die Decke. Es reichte für heute. »Schweinebande«, sagte sie unaufgeregt, faltete den Zettel zu einem Papierflugzeug, riß die Wohnungstür auf und ließ das Ding in die Nachtluft hinaussegeln. »Nehmt mich doch wegen Verunreinigung fest!« brüllte sie, kehrte auf Zehenspitzen in die Wohnung zurück und zog die Tür leise zu.

Sie schlüpfte in ihren Pyjama und kuschelte sich ins Bett. ›Meine Herren!‹ dachte sie, ehe sie einschlief. ›Nächste Woche werde ich an ein und demselben Tag auf die Straße gesetzt und zersägt. Wenn das nichts ist.‹

Manangatang, nordwestliches Victoria,
Sonntag, 6. Dezember, 8 Uhr

Die Verandatür quietschte und schlug. »Muuuum!« rief Selinas Dad. »Deine Tochter am Telefon!«

Selinas Mutter sammelte im Hühnerstall die Eier ein. Sie ließ sie sorgfältig einzeln in die Taschen ihrer Schürze gleiten. Sie verriegelte die Tür hinter sich und rief zurück: »Komme.« Sie schlenderte über den Hof, pflückte eine Blattlaus von einem Rosenstrauch, musterte sie eindringlich und zerdrückte sie, dann bückte sie sich und ließ den Border Collie von der Kette. Auf der Veranda streifte sie ihre Gummistiefel ab, schlüpfte in ihre Hausschuhe und trat sich die Füße auf der Matte ab.

In der Küche nahm Dot die Eier aus den Taschen und legte sie in den Drahtkorb auf der Küchenanrichte. Sie wusch sich die Hände an der Küchenspüle, trocknete sie an einem Geschirrtuch ab, hängte dieses ordentlich vor den Herd und ging in die Diele.

Sie hörte die Fliegengittertür abermals in den Angeln kreischen und schlagen, dann Lens Stimme von der Veranda: »Ich bin dann unten auf der Luzernweide, wenn was is', Mum. Wenn du aufs Örtchen gehst, nimm's Gewehr mit. Tiger lungert wieder rum...« Sie wartete, bis sie den

Traktor anspringen hörte. Dann setzte sie sich auf den Telefonhocker, zog aus dem Bord unter dem Telefonbuch ihr Strickzeug hervor, nahm den Hörer hoch und klemmte ihn sich zwischen Schulter und Kinn.

»Tag, mein Kind«, sagte sie.

»Mum, ich rufe aus der Zelle an, herrgottnochmal!«

»Na, na! Selina, du wirst zu ungeduldig da oben. Es ist Sonntag. Außerdem dachte ich, du hättest das Telefon mit einer Haarnadel ›frisiert‹.«

»Schon, Mum, aber sie haben es wieder repariert. Das paßt: Diese Woche war eine einzige Pleite. Ich werde geräumt.«

»Was hast du angestellt?«

»Nichts! Sie reißen das Haus ab. Und dann bin ich auch noch meinen Job los, weil sie Keith auf die Straße gesetzt haben.«

»Was hat er angestellt?«

»Mu-um! Nichts. Er meint, sie wollen den Laden aufpeppen und DJs in nassen T-Shirts reinstellen. Ich weiß nicht, was ich machen soll.«

Dot schnalzte mitfühlend mit der Zunge, im Takt mit den klickernden Stricknadeln. »Nun, Kindchen, du weißt ja, daß du jederzeit nach Hause kommen kannst. Äh... wir haben eine Schlange auf dem Häuschen, und Deirdre Ruth ist schwanger, und ihr ist so übel, daß es eine Schande ist. Ich habe gerade eine Bettjacke für sie in Arbeit, naturweiß. Du bist immer herzlich willkommen.«

»Vielen Dank, Mum, aber ich werde schon eine Lösung finden. Dad sagt, die Wollpreise sind wieder gefallen.«

»Unseretwegen mach dir mal keine Sorgen, Kindchen. Und für dich ist immer Platz. Du könntest deinem Vater zur Hand gehen. Der Traktor muckt wieder, und er kommt der Sache nicht auf den Grund. Also, paß auf dich auf, Possum, hörst du, und laß uns wissen, was du vorhast. Es gab heute morgen nur sechs Eier; ich glaub, deine Hetty hat sich immer noch nicht wieder ganz berappelt.«

»Daß ihr sie ja nicht aufeßt, Mum! Du hast es versprochen. Ich habe es sogar schriftlich, stand in deinem letzten Brief.«

»Na sowas. Hast recht. Wiederhören, mein Kind.«

»Bis bald, Mum. Und danke.«

»Ach, ehe ich's vergesse, Sellie, hast du auch genug Geld?«

»Ich habe 125 Dollar Vorschuß vom Zippo gekriegt für den kommenden Samstag abend – Keith will mich zersägen –, aber ich muß diese Woche noch die Gasrechnung bezahlen. Mach dir keine Sorgen, ich laß mir schon irgendwas einfallen.«

»Du weißt ja, was dein Vater sagt: Trag's bloß nicht zu Rothwell's.«

Selina rollte mit den Augen. »Das sagt er schon seit 1989.«

»Bist du noch mit diesem Wieheißtergleichwieder zusammen?«

»Ja, Mum, aber nicht mehr lange, glaub ich...«

»Um so besser. Ist ein Brechmittel. Wiederhören, mein Kind.«

»Bis dann, Mum.«

Melbourne, Freitag, 11. Dezember, 9 Uhr

Selina ließ den Kopf neben die Stellenanzeigen auf die kühle Resopalplatte des Küchentisches sinken. Nichts dabei heute morgen, wie schon Montag, Dienstag, Mittwoch und Donnerstag. Vielleicht morgen, obwohl sie da den ganzen Tag mit dem Großen Salami ihre neue Nummer proben müßte, und dann war ja auch noch die Wohnung auszuräumen. Selina fragte sich, ob sich ›Abriß‹ auch auf das angeblich mitgemietete ›Mobiliar‹ bezog.

Ihre gesamte Habe ließe sich in ihren drei überdimensionalen hexagonalen Hutschachteln unterbringen – wenn sie nur gewußt hätte, wo sie die nach der Arbeit Samstag abend hinschaffen sollte. Sie trug zur Aufheiterung schon ihre roten Schuhe, aber es half nicht besonders. Normalerweise war Selina die Lebensfreude in Person. Was nicht hieß, daß sie nicht hin und wieder depressiv wurde, besonders wenn sie prämenstruell war, aber im allgemeinen würzte das bloß ihren nicht kleinzukriegenden Frohsinn. Ihre Mitmenschen brachte sie entweder in Ekstase oder auf die Palme. Kein Wunder, daß ihr die Welt voller Verzückter und Zyniker schien.

Selina ging an den Kühlschrank. Sie nahm dieselben Dinge in Augenschein, die sich vor fünfzehn Minuten ihrem angewiderten Blick geboten hatten: einen welken Haufen Spinat (Eisen), etwas geronnene Milch (Kalzium) und eine Karotte in Wünschelrutenform (Vitamin D).

Sie machte den Kühlschrank wieder zu und setzte sich an den Tisch. Früher hätte sie bei ihrer Freundin Kylie unterschlüpfen können. ›Ky‹ Nguyen war eine vietnamesische Waise, die von Dots Brautjungfer Shirl und deren Mann Tiny adoptiert worden war. Aber Ky war eben erst in ein Haus in Richmond gezogen, in dem alte Bekannte aus Manangatang, Rita und Joe, Zimmer vermieteten. Die würden zwar auch sie aufnehmen, nur hatten sie kein Zimmer frei, und es war nicht ihre Art, Leute auf die Straße zu setzen. In den Siebzigern war Manangatang gerade in der Woche ›multikulturell‹ geworden, in der Ky eintraf, denn zur gleichen Zeit hatte die Ernennung Joseph Mgambls zum Direktor der staatlichen Schule Manangatang Schlagzeilen gemacht. Aus allen größeren Städten hatten die Zeitungen Reporter geschickt, in der Hoffnung, über den Rassismus in einer Farmerstadt berichten zu können. Es wäre wohl ein gefundenes Fressen geworden, hätte nicht die Feststellung, daß Joseph so göttergleich Fußball spielte, wie Nurejew tanzte, zum Schulterschluß der Einheimischen gegen die Journaille geführt. Und Rudolph Nurejew selbst hätte in Manangatang einen schweren Stand gehabt, es sei denn, er wäre brauchbarer Angriffsspieler gewesen. Joe Mgambl mochte sich zwar weigern, der National Party beizutreten, aber in puncto Tore schießen war er weiß Gott nicht zu verachten.

Welche Wege standen ihr sonst offen? Das Leben auf der Farm war nicht gerade rasend aufregend, und ihre andere beste Freundin, Miranda Spurn, war ins ABC-Landesfunkhaus nach Darwin strafversetzt worden, nachdem sie dem Programmdirektor anläßlich der Besprechung eines Buches, das ihr nicht schmeckte, ihr Mittagessen an den Kopf geworfen hatte. Dem Programmdirektor hatte das gar nichts ausgemacht; es war für ihn der Höhepunkt der Woche gewesen, und er hatte den Vorfall seltsam prickelnd gefunden. Der Sendechef hingegen hatte schon länger einen Vorwand gesucht, Miranda loszuwerden, weil sie intelligenter war als er. Und das war's dann gewesen.

Selina überlegte, wie lange sie wohl warten mußte, bis sie Arbeitslosengeld bekam. Sie würde wahrscheinlich auf die Farm zurückkehren und mit Hetty ein ernstes Wörtchen über ihre Pflichten in Rezessionszeiten reden müssen. Das Telefon läutete. Selina starrte es eine Weile an, dann hob sie ab.

»Hallo Baby«, hörte sie.

»Wer ist da?« fragte sie – ganz verständlich unter den Umständen, fand sie.

»Was soll das heißen: ›Wer ist da?‹ Ich bin's.«

»Ach, hallo Briian«, sagte Selina ohne rechte Begeisterung.

»Wie geht's, Baby? Ich habe die ganze Woche wie ein Berserker an den Plänen für dieses Billig-Sozialbau-Projekt gearbeitet und bin glatt nicht dazu gekommen anzurufen.«

Briian, der ›Architicktnichtrichtig‹. Was Selina nicht wußte, war, daß Briian einst ein Brian gewesen war, der die Schreibe seines Namens geändert hatte, um seine Visitenkarte interessanter zu machen. Was sie auch nicht wußte, war, daß Briian in seinem ganzen Leben noch nicht an der Erstellung erschwinglichen Wohnraums beteiligt gewesen war und daß ihm sein Mobiltelefon mehr bedeutete als fast alles und alle anderen auf der Welt, mit Ausnahme seiner selbst. Briian gab vor, im sozialen Wohnungsbau tätig zu sein, weil ihm das, wie er seinen Saufkumpanen erklärte, ›bessere Bumsbeziehungen verschaffte‹. Er war der lebende Beweis dafür, daß eine Frau nie am ersten Abend mit einem Mann ins Bett gehen sollte. Oder besser gesagt, Briian war der lebende Beweis dafür, daß mit ihm keine Frau vor dem siebenhundertunddreiundfünfzigsten Abend ins Bett gehen sollte (aber wir schweifen ab). Selina war mit Briian dreimal ausgegangen, und ihr dämmerte allmählich, daß er ein ausgesprochener Kotzbrocken war.

»Briian, das freut mich für dich, aber um deine Frage zu beantworten...«

»Welche Frage?«

Selina trug den Apparat zu einem Sessel hinüber, ließ sich seitlich hineinplumpsen und die Beine über die Lehne baumeln. »... wie es mir geht? Ich bin prämenstruell, und ich könnte heulen, und ich bin gefeuert worden, und morgen werde ich aus meiner Wohnung geschmissen. Und Kylie sagt, sie hätte dich am Mittwoch in der Cantina mit einer Frau beim Zungenkuß gesehen.«

»Ach du Scheiße«, sagte Briian. »Also, weißt du, bei mir ist eigentlich kein Platz.«

»Ich will auch gar nicht bei dir einziehen, Briian. Ich bin nur den Umständen entsprechend leicht down. Wer war die Frau?«

Briian mußte sich schnell was einfallen lassen. »Das war keine Frau, das war die Projektentwicklungsleiterin von Mega Concrete Hype Inc., und es war rein geschäftlich. Kylie mischt in letzter Zeit wohl zuviel Glutamat unter ihren geblatenen Leis, wie? Ha, ha, ha. Tja, Baby, ich hatte furchtbar viel um die Ohren, aber vielleicht kannst du morgen abend zu mir kommen, uns was Nettes kochen und dann, na ja, du weißt schon, bleiben. Über Nacht. Wir zwei Hübschen könnten es uns gemütlich machen, du verstehst schon.«

Selina sah den Telefonhörer fragend an. War die Welt ausschließlich von Außerirdischen bevölkert? Hatte sie ernsthaft erwogen, mit einem solchen Vollidioten ins Bett zu gehen? Ob sie einen Schnellrücklauf verlangen und alles löschen lassen könnte? Warum mußte ihre Mutter aber auch immer recht behalten? Gab es irgendwie eine Möglichkeit, sich geschickt aus der Affäre zu ziehen? Aber natürlich gab es die.

»Briian, verdammtnochmal, Kylie ist keine Chinesin!

Und du bist ein rassistisches Arschloch. Und wer hat dir überhaupt erlaubt, mich Baby zu nennen ...«

»Sorry, Baby, ich habe ein Gespräch auf der anderen Leitung ...« Briian blendete sie aus.

Selina wartete. Eine Minute. Sie studierte die grünen Baumfrösche, mit denen ihr orangefarbenes Kleid bedruckt war. Zwei Minuten. Sie ging den Kühlschrank öffnen. Der Spinat sah noch welker aus. Briians Stimme unterbrach schließlich *Greensleeves*.

»Mann, ein Superjob in Aussicht! Vielleicht meine große Chance. Wo waren wir stehengeblieben?«

»Du bist stehen*gelassen*, Affenarsch«, sagte Selina noch, ehe sie auflegte. »Und damit du's weißt: Ich habe neulich mit einer Haarnadel deine Anlage verstellt, weil du Billy Joel aufgelegt hast«, sagte sie zum Telefon.

Es klingelte. Sie hob ab.

»Ich hatte in meinem ganzen Leben noch nichts mit sozialem Wohnungsbau zu tun«, sagte Briian.

Selina knallte den Hörer auf und brach in Tränen aus, was Unterleibskrämpfe nach sich zog. Laut Kalender auf dem Kühlschrank war ihre Regel morgen fällig. ›Tja, günstige Zeit, um zersägt zu werden. Komisch, daß ich auf die Idee noch nie gekommen bin‹, überlegte sie. Die Vorstellung munterte sie immerhin so weit auf, daß sie den Gedanken verwarf, mit einer Wärmflasche wieder ins Bett zu kriechen. ›Na ja‹, sagte sie sich, ›dann ist wohl ein kleiner Bevorratungsgang angesagt.‹ Sie stopfte ihre dreckige Wäsche in eine ihrer Hutschachteln, da dies vor der Räumung wahrscheinlich die letzte Gelegenheit wäre, in den Waschsalon zu gehen, und schaute ein letztes Mal in den Kühlschrank, ehe sie sich auf den Weg machte.

Selina sprang auf die Trambahn auf und fuhr ein Stück die Brunswick Street hinunter bis zur komischen kleinen Milchbar – einem Laden, der anscheinend befugt war, das Geld für die Gasrechnung entgegenzunehmen und sieben Cents mehr für Erdnußflips zu verlangen als die gesamte Konkurrenz. Als sie das Gas bezahlt hatte, trennten Selina nach ihrer Rechnung noch gerade 72 Dollar und 16 Cents vom Bettelstab. Sie brach zum zweiten Mal in Tränen aus. Der

Milchbarmann vertrieb sie, gab ihr aber, quasi zur Entschuldigung, eine Lakritzstange mit.

Selina, ansonsten Lakritzspenden keineswegs abgeneigt, fiel ein, daß ihre Mutter doch ernste Einwände gegen den Nährwert derselben erhoben hätte, im Vergleich etwa zu einem Frühstück. Also setzte sie ihre Sonnenbrille auf, strich ihr Kleid glatt, bauschte ihr Haar etwas und stolzierte in die Cantina, ihre Hutschachtel auf eine Art schlenkernd, die sie irrtümlicherweise für unbekümmert hielt.

Sie war mitten in den Brunswick-Street-Frühstücks-Stau geraten: halb elf. Bleiche Nachtschwärmer machten sich über Räucherlachs und Brioches mit Rührei her, während die über Dreißigjährigen mit schwacher Stimme das Katerfrühstück bestellten (Toast, zwei Spalttabletten und eine Cola). Die ›fiese Bedienung‹ hatte Schicht.

Die meisten Coffee Shops stellten ›fiese Bedienungen‹ für die Stoßzeiten ein. Von ihnen wurde erwartet, die Teller heftig auf die Tische zu knallen, unauffindbar zu sein, wann immer ein Gast Anstalten machte, eine zweite Tasse Kaffee zu verlangen, und allzeit hämisch zu grinsen. Das bescherte den Besitzern höheren Durch- und Umsatz und vielen Kunden das dumpfe Gefühl, sie müßten Mundgeruch oder irgendwann Verwandte der Bedienung ermordet und es vergessen haben. Selina war umgehend bedient: von einem weiblichen Vampir, der kreischte: »Einmal Rührei mit Speck für die Nummer Drei, die sich einen Dreck um ihre Figur schert und die erwartet, daß ich jedesmal um ihre blöde Schachtel einen Bogen mache, und einen frischen O-Saft ohne Kern!«

Später, als der Vampir an einem Nachbartisch fletschte, sagte Selina: »Vielleicht interessiert es Sie, meine Liebe, daß Ihr Rock hinten im Bund Ihrer Strumpfhose hängengeblieben ist?« Diese Imitation ihrer Mutter scheuchte die Vampirdame in die Küche, aus der sie einen Augenblick später mit blutroten Wangen herausschoß und Selinas Bestellung mit solchem Karacho auf den Tisch pfefferte, daß das Salzfaß vom Tisch sprang.

»Guten Appetit«, knurrte sie.

Wenn sie es sich genau überlegte, war es weit vernünftiger, um 14 Uhr zu frühstücken, fand Selina. Dann nämlich drängte einen die ›liebe Bedienung‹, aber selbstverständlich, bitte sehr, zu verweilen, vielleicht noch eine Scheibe Toast und einen kleinen Plausch über Rennergebnisse. Sie wurde von einem Keyboardspieler aus ihren Betrachtungen herausgerissen. Das Mitglied einer Grunge-Schmalz-Band drückte ihr eine Vorankündigung in die Hand und erklärte mit katergeschwächter Stimme, er werde Toast und Paracetamol bestellen müssen.

»Ich würde ja zu gerne zum Lamentieren bleiben«, sagte sie, »aber ich muß los. Und selbst wenn du gleich vollkommen durchknallen solltest, gib der Zicke da bloß kein Trinkgeld. Wir kennen uns zwar nicht weiter, aber ich denke, das muß unsere Beziehung hergeben. Kapiert, Mann?«

»Wie wär's«, meinte der Keyboardspieler, »wenn ich sie ›Baby‹ nenne?«

»Na, na! Ihr Rock'n'Roller geht aber hart zur Sache«, sagte Selina, schenkte ihm ein strahlendes Lächeln und ließ einen Keyboardspieler zurück, dem es gleich bedeutend besser ging – im Gegensatz zu ihr, genau genommen. Beim Hinausgehen mußte sie wieder an Briian, den Architicktnichtrichtig, diese Zeitverschwendungsnull, denken und brach zum drittenmal in Tränen aus. »Aber wer wird denn da gleich weinen, Schätzchen?« bemerkte der Vampir giftig und hielt die Tür auf, um kalte Zugluft reinzulassen.

Selina strafte sie mit einem Blick, der seinerzeit einen blöden Macker, der sich erdreistet hatte, ihr ›He, Blondie!‹ nachzurufen, veranlaßt hatte, seinen Wagen hochkant gegen das Manangatang-Mahnmal zu setzen.

Und nun? Sie konnte natürlich die Auslage der Buchhandlung ein paar Häuser weiter beäugen, aber das wäre auch deprimierend; sie hatte jetzt noch exakt 60 Dollar und 17 Cents und hielt es für unklug, die Summe für Kitschromane auf den Kopf zu hauen, auch wenn sie sich einreden könnte, daß es Studienzwecken diente, nämlich den Vorarbeiten zu ihrem eigenen unvollendeten Liebesroman *Mit Haut und Hornbrille.* Doch dann war sie an der Buchhandlung auch schon vorbei, und voraus tauchte der Waschsalon ›Für naß‹ auf. Ein neuer Aushang im Fenster fesselte sie:

PSYCHOLOG. BERATUNG
I. STOCK – STUNDE $ 60.

›Du liebes bißchen!‹ dachte Selina, die selbst in Gedanken gelegentlich ihre Mutter imitierte. ›Sachen gibt's.‹ Sie betrat den Salon, immer noch kopfschüttelnd, weniger aus Belustigung als um eine Haarnadel loszurütteln, mit der sie dem Waschpulver-Spender und dann der Waschmaschine zu Leibe rücken konnte. Selina, nicht nur recht gewieft im Verschwinden, Zaubern und darin, sich ohne nachteilige Auswirkung auf ihre Silhouette mit Tauben zu drapieren, wußte außerdem eine Haarnadel so zu handhaben, daß sie nahezu jede Apparatur in einer Weise unschädlich oder nützlich machen konnte, die von ihrem Hersteller nie vorgesehen gewesen war.

Vera, die alte Dame, die den Waschsalon betrieb, störte sich nicht daran, denn Selina hatte ihren kleinen Fernseher so frisiert, daß sie jetzt auch den Kultursender SBS empfangen konnte. Die beiden waren sich einig, daß eine Seifenoper mit Untertiteln um ein Vielfaches befriedigender war. Aber Vera war nicht da; wahrscheinlich saß sie unten an der Bar des *Pedestrian* und genehmigte sich einen Herzstarter, also blieb Selina nichts anderes übrig, als in einer 1974er Ausgabe von *New Idea* zu blättern. Die schwappenden, schlotzenden Geräusche der Nummer Sechzehn (ihrer Lieblings-Waschmaschine) wurden übertönt von einem Hit der Gruppe *Mental As Anything.* Sie summte ein bißchen mit: *Hey there, you with the sad face, come up to my place, and live it up . . .* Ob es wohl der Seelenklempner war? fragte sie sich. Selina wippte auf die Straße hinaus und schaute hoch. Draußen war die Musik noch um einiges lauter.

Ein Kopf erschien plötzlich über dem Fensterbrett im ersten Stock. Der Kopf trug eine Hornbrille. Der Kopf sah sie an und sagte: »Nun mach schon! Ich kann doch nicht den ganzen Tag hier warten!« und verschwand.

Boops besucht das Helfodrom

Selina starrte entgeistert zum Fenster hinauf, aber der Kopf ließ sich nicht mehr blicken. Eine Stimme hinter ihr sagte: »Durchgedreht wie eine Schlange im Rasenmäher, aber sonst harmlos wie das Weiße Kaninchen.«

»Hallo Vera«, sagte Selina, ohne sich umzudrehen. »Hast du eine Ahnung von Kaninchen! Wie geht's der Glotze?«

»Bestens. Was will er von dir?«

»Keine Ahnung. Kann ich da risikolos raufgehen?«

»Denk schon. Ist so einer mit Helfersyndrom. Er kümmert sich um den Berber aus dem Rae Street Park. Du weißt schon, den, der sich nach dem Fall der Berliner Mauer für Michael Gorbatschow hielt. Die Jungs unten im Pedestrian haben ihm eine Unbedenklichkeitsbescheinigung ausgestellt, also hab ich ihn letzte Woche einziehen lassen. Ist aber laut! Hast du eine Maschine laufen?«

»Ja. Die Sechzehn.«

»Ich halt die Stellung; geh nur rauf und hör mal, was er hat. Wenn er rumspinnt, frag ihn, ob er eine Tasse Tee mittrinkt. Ich wollte gerade Wasser aufsetzen.«

»Alles klar.«

Selina folgte Vera in den Waschsalon und stieg von dort die wenig vertrauenserweckende Hintertreppe hinauf, deren Tritte hier und da wahllos mit Teppichstücken belegt waren. Wenn sie eher zögernd ging, dann vor allem aus Sorge um ihre Gräten. Der Psychiater war jetzt zu Paul Kelly übergegangen. »Sag ihm, er soll gefälligst den Krach abstellen; deine Hutschachteln behalte ich schon im Auge!« rief ihr Vera hinterher.

›Wenigstens versteht er was von Musik‹, dachte Selina, als sie an der einzigen, oben auszumachenden Tür klopfte.

Von drinnen hörte sie ein seltsam schabendes Geräusch und kriegte doch Bedenken, risikotechnisch gesehen. Die Tür öffnete sich einen Spaltbreit, und dann traf sie irgend etwas mit solcher Wucht in Kniehöhe, daß sie umfiel.

Das Geschoß entpuppte sich als Blue Heeler mit schwarzem, buntfunkelndem Straßhalsband, der ihr das Gesicht abzuschlecken begann und auf ihren Haaren herumtrampelte; wahrscheinlich gab ihrer Frisur das noch den letzten Pfiff.

»Aaaah! Aus! Aber wie!« brüllte sie.

Rolf, der Blue Heeler, erlitt einen fürchterlichen Schock. In einem solchen Ton hatte seit seinen Welpentagen auf der Farm niemand mehr mit ihm gesprochen. Wie ein geölter Blitz schoß er die Treppe bis zum nächsten Absatz hinunter, saß dann wie versteinert da, den Kopf auf die Seite gelegt, und starrte Selina an. Sie setzte sich auf, schob sich die Haare aus dem Gesicht und starrte zurück.

Und das war der Anblick, der sich Jock Jovanovich, serboschottischem Psychiater bot, als er den Kopf in den Türspalt schob, um nachzusehen, was da draußen eigentlich los war. Er sah zu Selina runter. Sie sah zu ihm hoch. Rolf sah interessiert zu und legte den Kopf auf die andere Seite.

Selina sah das folgende: einen baumlangen Kerl mit Hornbrille, der locker als Kitschroman-Herzensbrecher hätte durchgehen können (der dunkle Draufgängertyp, ihr kennt das Strickmuster), wären da nicht diese Geschmacksverirrung von limonengrünem Hawaiihemd und der lila Kreppapierhut gewesen, den er sich – was nützen da beschönigende Worte? – ›verwegen‹ ins Gesicht gezogen hatte, außerdem verwaschene Jeans und haargenau die gleichen flauschigen blauen Hausschuhe, wie sie Dot trug.

›Sei nicht albern!‹ mahnte sich Selina. ›Sieht viel zu gut aus. Ich wette, der ist in sich selbst verliebt und im Bett eine Niete.‹

›Absurd!‹ dachte Jock. ›Sie hat nicht einmal eine Frisur.‹

Rolf dagegen sah, wie zwei Zweibeiner sich selbst einzureden versuchten, daß es so etwas wie Liebe auf den ersten Blick nicht gab: Also reiß dich um Himmels willen zusammen! Nicht, daß das Rolf bewußt gewesen wäre. Blue Heeler sind zwar außerordentlich intelligent, aber dazu haben sie denn doch nicht das Zeug, die Abgründe der Menschenliebe auszuloten. Und das ist auch gut so, denn sonst würden Blue Heeler die Welt regieren, und ziellos umherstreunende Rinder wären an der Tagesordnung.

»Was hast du meinem Hund getan?« fragte Jock in eben dem Moment, als Selina fragte: »Wie kommst du zu Mums Hausschuhen?« Daraufhin sagte eine Weile niemand mehr etwas.

»Hierher, Rolf!« sagte Jock, der aus Erfahrung wußte, daß Hunde auch dann noch gute Gesprächspartner abgaben, wenn man zu den Menschen nichts mehr zu sagen wußte. Er hatte darüber einen Artikel fürs *Australian Journal of Psychiatry* verfaßt und einen Schnappschuß von Rolf mit Partyhut beigelegt, aber die Redaktion hatte den Beitrag mit der Bemerkung ›Derzeit nicht ganz im Sinne unserer Zielsetzung‹ zurückgeschickt. Jock hatte die Bemerkung – als weisen Kommentar zum Leben im allgemeinen – rahmen lassen und neben seine Diplome in die Praxis gehängt.

Rolf sauste die Stufen hinauf und setzte sich auf Jocks linken Fuß.

»Nichts für ungut, Kerlchen«, sagte Selina und kraulte ihm die Ohren, »aber du bist doch reichlich ungestüm.« Sie blickte zu Jock hoch und beschloß, zur Sache zu kommen. »Wer bist du, und was willst du?«

»Phantastischer Einstieg!« meinte Jock anerkennend. »Fast so gut wie ›Folgen Sie dem Taxi!‹«

Selina bedachte ihn mit einem Blick, der bedenklich jenem ähnelte, der einst ihren älteren Bruder veranlaßt hatte, die Farm stehenden Fußes zu verlassen, zum Bahnhof zu radeln, den nächstbesten Zug nach Melbourne zu nehmen und eine Woche unterzutauchen. Jock kriegte weiche Knie, wich aber keinen Millimeter.

»Ich bin Jock Jovanovich, serboschottischer Abstammung, als Psychiater in der Brunswick Street, Fitzroy, tätig. Ich ›akquiriere‹ Klienten, was verboten ist, aber du hast da unten auf der Straße so kreuzunglücklich ausgesehen, daß es mit mir durchgegangen ist. Ich fahre einen Triumph Herald, ich war heute vormittag in meiner neuen Praxis mit

Fragen der Inneneinrichtung beschäftigt, und ich schwärme für Figurenschnitt-Gehölze. Das hier ist Rolf, mein ›Bluey‹. Ich langweile mich, der Lautstärkenregler meiner Anlage ist im Arsch, und den albernen Hut habe ich aufgesetzt, weil ich mich damit schneidig finde und weil ich dachte, das würde dich aufmuntern. Willkommen in meiner neuen Praxis.« Er öffnete einladend die Tür.

»Da brat mir einer 'nen Kakadu«, murmelte Selina und stieß einen Pfiff auf, denn manchmal imitierte sie auch ihren Dad. Jock Jovanovichs Praxis war – selbst für einen Psychiater – ein bedenklicher Borderline-Fall. Von der Decke hing ein aufblasbarer Gorilla, in der Ecke ein lebensgroßes fluoreszierend pinkfarbenes Skelett, über einer rotsamtenen Chaiselongue samt Troddelkissen aus dem gleichen Stoff und Pomponsaum.

Der Teppich war ein vielfarbiges Meer hundertblättriger Rosen. Durch das einzige Fenster hörte man die Trambahn die Brunswick Street heraufrumpeln, fiel ein Lichtstrahl auf einen gewaltigen, unter Papierbergen, Büchern und Plattenhüllen begrabenen Schreibtisch und wehte eine steife Brise, die Blätter vom Schreibtisch aufsteigen und durch die Luft segeln ließ. Es gab ein großes Aquarium mit Goldfischen, grünem Schilfzeug und violetten Steinen, eine Bücherwand, aus denen höchst unlehrbuchhafte Bände quollen, außerdem zwei Regale Schallplatten, die über eine ganze Wand liefen. Die Anlage, auf einem riesigen Lautsprecher abgestellt, röhrte jetzt wieder los.

Selina taxierte seinen Hut. »Das sieht kein bißchen betörend aus, nur albern!« übertönte sie den Lärm.

»Tatsächlich?« rief Jock verdattert. Er war es gewohnt, von Frauen hinreißend gefunden zu werden, egal, was er auf dem Kopf trug. Normalerweise reichte ein charmantes, spitzbübisches Lächeln oder der durchdringende Blick samt hochgezogener Braue, und sie waren hin und weg.

Selina schlängelte sich zwischen einer lebensgroßen Gipsstatue der Königinmutter mit sonnengelbem Straußenfederhut (unverkennbar eine Vera-Requisite), einem gigantischen Topfkaktus, einem taillenhohen Stapel Comic-Hefte und einer mit Tee- und Untertassen bestückten

Cocktailbar auf Rädern hindurch und trat den Stecker der Anlage aus der Wand.

»Soll ich mich mal dranmachen?« fragte sie und schüttelte eine wilde Locke Richtung Anlage.

»Würdest du's denn hinkriegen?«

»Das weiß ich nicht, ich hab's mir noch nicht angesehen«, antwortete Selina und schwang sich auf den freien Lautsprecher, der neben einen rotierenden Globus in die Ecke geschoben war.

»Was meinst du, Rolf, mein Junge?« sagte Jock und hob fast unmerklich seinen linken Zeigefinger an. Rolf nickte energisch und bellte einmal kurz. Dann scharwenzelte er hinüber und lehnte sich gegen einen von Selinas roten Schuhen, der fast einen halben Meter über dem Boden baumelte.

»Allerliebst«, bemerkte Selina und sprang vom Lautsprecher hinunter. »Und doch drängt sich der Verdacht einer gewissen...« – sie musterte Rolf streng – »... Absprache auf!« Rolf machte zutiefst gekränkt einen Satz rückwärts, Selina packte sich den Verstärker und ließ sich mit dem Ding auf dem Schoß auf dem Boden nieder. Rolf rollte sich vor ihr zusammen und seufzte gottergeben – wie das eben nur Hunde können.

Selina schüttelte nachdenklich den Kopf und tastete nach einer Haarnadel. Sie entfernte Wollmäuse vom Treppenabsatz, I. Stock, ein Pfefferminz-Bonbonpapier und schließlich eine lose Haarnadel. »Wie kommt's, daß du LPs spielst und nicht CDs?« fragte sie und schraubte die Rückwand vom Gerät.

»Ich bin eben noch gute alte Schule« sagte Jock mit einer lässigen Geste und einem charmanten spitzbübischen Lächeln – die reinste Verschwendung, denn Selina war ganz vertieft und zeigte auch nicht den geringsten Anflug von Hingerissensein. »Äh, das heißt, stimmt eigentlich nicht. Ich habe einfach eine Schwäche für Vinyl. Wie man auch hieran sieht«, sagte er und tätschelte liebevoll einen Original Friseurstuhl in Dalmatinerdruck. »Außerdem werden die Platten, die mir gefallen, wahrscheinlich sowieso nie als CDs rausgebracht.« Jock machte es sich auf dem Stuhl bequem und sah Selina dabei zu, wie sie in seiner Anlage herumstocherte.

»Schwein gehabt«, meinte sie und schob sich zum siebten Mal die Haarmassen aus dem Gesicht. »Nur ein loser Kontakt. Sollbruch-Strategie mal wieder unterlaufen.« Sie zwirbelte die letzte Schraube wieder rein und grinste Jock an. »Für naß, Kumpel, vorausgesetzt, du spielst keinen Billy Joel.«

»Bist du *wahnsinnig*!« stieß Jock heftig hervor. »Daß du dich nicht schämst, den Namen auch nur in den Mund zu nehmen! ... Sag mal, hast du geweint?«

»Bitte?« sagte Selina.

»Du hast geweint. Was ist los?«

»Äh, wollen wir nicht vielleicht einfach deine neue Praxis ein bißchen aufräumen, und dann gehe ich wieder runter und hole bei Vera meine Wäsche?« schlug sie vor.

»Wollen wir nicht. Weil es hier nämlich genau so aussieht, wie ich es haben will. Hör mal, ich kenne dich. Normalerweise spazierst du fröhlich die Straße hinunter. Pfeifst. Hüpfst sogar. Aber heute siehst du grauenhaft aus.«

»O, vielen Dank. Sehr galant.«

»Unterbrich mich nicht. Du siehst grauenhaft aus, weil dir die Lebensfreude abhanden gekommen ist. Scheint mir jedenfalls. Magst du mir nicht erzählen, was du auf dem Herzen hast? Ich will dir nicht zu nahe treten, mein Interesse ist rein professioneller Natur. Ist schließlich mein Job. Dafür werde ich bezahlt. Wenn's dir dann leichter fällt, kannst du mir den üblichen Honorarsatz zahlen.«

»Alles, was zwischen mir und dem finanziellen Ruin steht, sind dein üblicher Honorarsatz plus siebzehn Cent«, sagte Selina.

»Vielleicht kriege ich's hin«, meinte er sanft, »ich hab's mir noch nicht angesehen.«

Selina seufzte. »Meinetwegen, Dr. Kildare.« Sie klopfte sich den Staub ab und spießte sich die Haarnadel bis fast in die Kopfhaut. »Warum eigentlich nicht? Wo soll ich hin? Mich auf die Couch drapieren wie Lily Langtry oder auf den Fassonschnitt-Spezial-Stuhl begeben?«

»Wie du willst«, meinte Jock und kletterte vom Friseurstuhl. »Ich werde mich jedenfalls hinter meinen Schreibtisch setzen. Du kannst Platz nehmen, wo du willst. Auf dem Tisch gibt es Papiertaschentücher, falls es dich wieder überkommt.«

Selina hielt ein sauberes Taschentuch hoch.

Er setzte sich auf seinen Bürodrehstuhl, schwenkte sich herum, bis er gerade hinterm Schreibtisch saß und kramte aus einer Schublade ein dunkelgrünes Notizbuch und einen Füllfederhalter hervor. »Mit Ihrer Erlaubnis werde ich mir ein paar Notizen machen, Miss...?«

»Ms. wenn ich bitten darf.« Selina legte sich auf die Couch und streifte ihre Schuhe ab. Rolf legte den Kopf auf ihr linkes Schienbein. »Ach was. Einfach Selina. Selina Plankton, mit k.«

»Erzähl mir noch einen«, sagte Jock und hielt mit gezücktem Füller inne.

»Doch, Ehrenwort. Die einzigen Planktons im Telefonbuch von Manangatang, bitte sehr.« Sie drehte sich auf den Bauch und stützte das Kinn in die Hände. Der entthronte Rolf bettete sein Haupt unbeeindruckt um. »Hör mal, sollte ich nicht eher mit einem Duweißtschon reden? Ich bin ja nicht vollkommen gaga oder so.«

»Durchaus möglich, daß du mit einem Duweißtschon reden solltest«, sagte Jock. »An welche Art Duweißtschon hattest du denn gedacht? Einen Seelenhirten-Dings, oder einen Seelenklempner-Bums?«

»Einen Psychologen. Einen Duweißtschon-Psychologen«, präzisierte Selina.

»Aha. Tja, ich bin zwar Nasagschon-Psychiater, aber ich beherrsche das andere Zeugs auch, klar?«

»Schon gut, schon gut. Wo soll ich anfangen? Und sag jetzt bloß nicht: am Anfang.«

»Nein, tue ich nie. Weshalb hast du geweint?«

»Ich habe geweint, weil ich meinen Job los bin, weil ich morgen meine Wohnung räumen muß, weil ich von einem Typen namens Keith zersägt werde und weil ich gerade festgestellt habe, daß der Kerl, mit dem ich zusammen war, eine Maske und ein Affenarsch ist, und Mum und Dad verdienen nichts mehr mit ihrer Wolle, und Hetty hat Legehemmung.«

»Vielleicht fängst du doch lieber am Anfang an«, sagte Jock.

Also erzählte ihm Selina von Miranda, die weggezogen war, davon, daß sie nicht wüßte, was sie als nächstes machen sollte, daß sie zum Verrecken nicht wieder Wolle klassifizieren wollte, und er fragte sie über ihre Familie und die Farm aus. Er schrieb sich einiges in sein Notizbuch, und Selina zerdrückte ein paar Tränen der Enttäuschung, als sie ihm von Briian erzählte und davon, daß es geradezu aussichtslos sei, einen Mann zu finden, der willens sei, sich zu verlieben und verliebt zu bleiben, zu einem zu stehen und umwerfend und intelligent und witzig zu sein und einen auch im Jogginganzug noch liebenswert zu finden... Danach fühlte sie sich schon ein bißchen besser, obwohl sie das Ganze schon lang und breit Miranda erzählt hatte und Ky und eine astronomische Telefonrechnung erwartete, von der sie keinen blassen Schimmer hatte, wie sie sie bezahlen sollte. Zu guter Letzt gestand sie ihm, daß sie prämenstruell sei und fast die ganze Woche nicht geschlafen habe vor lauter Streß.

Jock legte eine Soulplatte auf, drehte die Lautstärke auf eins und sagte, daß er nachdenken müsse. Selina schlief ein.

Jock sah ihr eine Zeitlang dabei zu, dann setzte er seine Denkbedeckung auf – die war weiß und hatte ein Hutband mit der Aufschrift *Dubbo Senior Bowls Champ*. Sie erfüllte eine doppelte Funktion: Er trug sie auch, wenn er feindliche Autofahrer das Fürchten lehren wollte.

Vera hatte vollkommen recht: Jock war ein Irrer; kein schlimmer Irrer, nur abgrundtief eigenartig – und impulsiv, ein Wesenszug, den er von beiden Eltern, Slobodan Jovanovich wie Heather McDougall geerbt hatte. Die beiden waren einander während der Pause bei einer Pantomime im Melbourne Princess Theatre aufgefallen. Keine fünf Minuten später trieben sie es in der Garderobe miteinander. Ehe sich Jock überhaupt in vier Zellen teilen konnte, hatte Slobodan, seines Zeichens Automechaniker, Heathers Heiratsantrag gnädig angenommen. Heather war eine auf Form bedachte Dame mit Büroerfahrung.

Ihr einziges Kind hatte sich zu einem bunten Hund gemausert, den viele Kollegen mit einem Argwohn betrachteten, der dessen Eigenartigkeit entsprach. Jock war der festen Ansicht, daß die schlimmen Irren aus dem Verkehr gezogen werden sollten, vor allem aus dem in der Nähe von Kindergärten und weiblichen Passanten –, daß dagegen den wirren Irren, die der Gesellschaft einfach nur lästig waren, übel mitgespielt wurde. Diese Lebensanschauung rührte großenteils von seinen Eltern her, die beide in intakten Gemeinden aufgewachsen waren, der eine im serbischen Pristina, die andere in einem Hafenviertel von Glasgow. Hier wie da nahm sich die Gemeinschaft selbstverständlich auch der verlorenen Seelen an, die sich nicht ganz in derselben Realitätssphäre bewegten.

Jock hielt das für weit besser, als Leute einzusperren und sie mit Beruhigungsmitteln vollzupumpen, sie in schlecht sitzende Pyjamas zu stecken und mit zerkochtem Grünzeug zu ernähren. Nicht überall ging es so zu, versteht sich, aber die Sozialkürzungen mußten sich schließlich irgendwo bemerkbar machen, und wenige Irre gingen wählen – auch wenn die australischen Wahlergebnisse danach waren.

In früheren Zeiten wäre Jock als ›Ladykiller‹ bezeichnet worden. Doch die Zeiten ändern sich: Weiblicher Mundpropaganda per Telefonkette zufolge galt Jock als ›Casanova-Verschnitt‹. Derart als Aufreißertyp abgestempelt, hatte er zunehmend Schwierigkeiten, bei Frauen zu landen, die der Hotline angeschlossen waren. Zu seinem Glück war er aber außerdem gute Unterhaltung: Die Lage war also noch nicht kritisch geworden. Er besaß eine Kollektion von einhundertundsechzehn schrillen Hemden und einen passablen Schwung Patienten an allen Ecken und Enden von Melbourne.

Jocks Spezialgebiet waren Menschen, die sich für jemand anders hielten. Derzeit führte er einen Napoleon, eine Emily Pankhurst, den Premierminister, Wanda Jackson, Johanna von Orléans, Tolstoi, einen bleichen Jung-Hippie, der glaubte, er wäre Papua-Highlander, einen Erwerbsunfähigkeitsrentner, der sich Hiram F. Doppelganger nannte und als millionenschwerer Tycoon ausgab, und dann noch ein paar liebenswürdige Alte, die – im Fachjargon – nicht mehr ganz ›dabei‹ waren. Überwiegend wurde sein Honorar von Angehörigen gezahlt, die darauf brannten, zu erben. Es war lukrative und zeitraubende Arbeit.

Jock hatte eine leichte Mid-Karriere-Krise, denn er hatte einsehen müssen, daß es den meisten nie ›besser gehen‹ würde und daß eine Dauersedierung erst recht keine Besserung darstellte. Als Student hatte er Menschen ›heilen‹ wollen oder ihnen das Leben wenigstens erträglich machen. Zwar hatte er seinen Klienten unstrittig geholfen – sie alle waren, nach Einführung von Jocks neuen Spielregeln à la ›einfallsreichste Antwort gewinnt‹, Asse im *Trivial Pursuit* geworden –, aber heiltechnisch gesehen waren die letzten Jahre eher mau gewesen.

Also saß er da und dachte unter seiner Denkbedeckung. Er fand Selina umwerfend, er fand, daß sie ein bewundernswertes Maß an Impulsivität an den Tag legte, indem sie ihre letzten 60 Dollar aus einer Laune heraus auf den Kopf haute. Er grinste. Er setzte den Hut ab und begann *Cool Jerk* mitzusummen. Selina wachte auf, blinzelte ein paarmal das schaukelnde King-Kong-Mobile über ihrem Kopf an und fragte: »Und, wie lautet die Diagnose, Kildare?«

Jock schwang die Beine vom Schreibtisch. »Dir fehlt überhaupt nichts, abgesehen von einer Wohnung, Geld und einem fiesen Ex-Freund. Ich kann den Leuten nicht helfen, ihrer Situation zu entkommen, ich kann ihnen höchsten helfen, besser klarzukommen.« Er zog ein längliches Heft zu sich heran und begann, darin zu schreiben. »Vielleicht hilft dir das.« Er unterschrieb und riß ein Blatt heraus.

Selina spazierte zu seinem Schreibtisch hinüber und stützte sich drohend darauf auf. »Solltest du ein Rezept für Antidepressiva im Sinn haben, Kildare...« zischte sie, »dann bist du ein elender Quacksalber, und ich mache aus deiner Anlage Kleinholz.« Rolf schob den Kopf zwischen die Pfoten und schloß die Augen. Jock sah Selina an. Selina sah Jock an.

Jock überreichte Selina einen Scheck über 10 000 Dollar.

Verlieben kommt wohl nicht in Frage?

Soll niemand sagen, daß Selina keinen Humor besaß. Sie trug den Scheck auf die Bank. Der Kassierer besah ihn sich und meinte, die Bearbeitung würde ein paar Tage dauern und ob sie sich ausweisen könnte und ob es sich um eine Gehaltszahlung handelte und ob sie schon gehört hätte, wer das US Open gewonnen hätte... dann wurde er von einem Vorgesetzten im grauen Anzug zu einer Flüsterberatung beiseite gezogen.

Der Kassierer durchquerte die Halle und setzte sich an den Kundendienst-Schalter. Der Vorgesetzte wandte sich Selina zu und lächelte sie mit der unteren Gesichtshälfte an.

»Ist was?« fragte sie.

»Wir haben soeben einen Anruf von Dr. Jovanovich erhalten. Ich bin befugt, Ihnen die Summe unverzüglich bar auszuzahlen, Ms. Planktonne.«

›Leck mich‹, dachte Selina, denn gelegentlich imitierte sie auch ihre Tante Gail, aber meist nicht laut.

»Wie hätten Sie's denn gern?« fragte der Anzug.

»Bitte?«

»Ihr Bargeld, Ma'am. Wie hätten Sie es gern?«

»Ach so«, sagte Selina. »Kann ich ein Konto eröffnen?«

Und ob sie konnte.

Und ob sie wohl bei der Gelegenheit etwas gegen die Schwindsucht auf ihrem Kreditkartenkonto unternehmen könnte?

War der Papst ein Mann?

Selina besuchte Keith und erzählte ihm die ganze verrückte Geschichte. Eigentlich hatte sie gleich weiter gewollt, nach Hause, um mit ihrer Wärmflasche, die ein allerliebstes kleines Bettjäckchen in den Farben der Footscray-Mannschaft trug – Empfehlungen von Dot –, in die Federn zu kriechen, aber Keith ließ sich eine Probegelegenheit selten entgehen.

Selina und Keith hatten die ›Zersägte Jungfrau‹ im Hinblick auf die geplante Sonder-Weihnachts-Vorführung schon mehrfach geprobt. Jetzt weihnachtete es zwei Wochen vor der Zeit, und bei nur einer Woche konzentrierter Probefrist war Selina doch ein klein wenig nervös. Der Große Salami hätte auch gern noch länger an der Nummer gefeilt, aber so schlecht lief es dann gar nicht.

Nach drei Stunden und etlichen Durchläufen in der Asbestzementgarage des Großen Salami gönnte sie sich vorm Aufbruch eine letzte Tasse Tee.

»Ich weiß: Die Säge sieht mehr nach Schlapp- als nach Fuchsschwanz aus«, entschuldigte sich Keith, »aber die Kettensäge hat den Geist aufgegeben. Ich habe mir deshalb erlaubt, deinen Dad anzurufen, Boops, und er schickt uns mit dem Abendzug seine Bundsäge runter. Fürs andere Ende hol ich mir jemand aus dem Publikum. Ist es dir recht?«

Selina nickte.

»*No worries*«, sagte Keith. »Ich hole die Säge heute abend im Frachtbüro ab. Und morgen: Probe um vier, Auftritt um zehn.«

»Zu Befehl, Cabanossi. Bis dann.«

Auf dem Weg zur Trambahnhaltestelle sah sie die grellen Ankündigungsplakate für ihren allerletzten Auftritt im Zippo Club. Sie zeigten die dilettantisch gezeichneten Umrisse eines Busenwunders, das gellend schrie und vor einer erhobenen Kettensäge zurückwich. Selina rollte mit den Augen. Als sie zu Hause ankam, aufgemuntert von den paar Takten *Good-night Irene*, die der stramme Trambahnschaffner ihr beim Aussteigen als Ständchen geboten hatte, stand ihre Wohnungstür offen.

»Wenn du ein Einbrecher bist«, rief sie den Korridor der Wohnung hinab, »stell dich, du Memme! Ich polier dir die...«

»Was ist denn das für eine Ausdrucksweise? Hier ist nicht Memme, sondern Mum!« hallte es zurück. Es war Dot, die ihrer Tochter komplett mit blauen Hausschuhen entgegenkam, die Hände an der Schürze abwischend. »Tag, Sellie, mein Kind. Du siehst ganz erledigt aus. Der Braten ist im Ofen, und Dad sitzt im Wohnzimmer und liest.«

Selina wurde heftig geherzt. »Also weißt du, Mum, manchmal ist diese Familie die reinste Margarine-Reklame.«

»Mit dem kleinen Unterschied, daß dein Vater das *Anti-Diätbuch* liest. Hattest du einen guten Tag, Kindchen? Wir haben beschlossen, zu kommen und dich aufzuheitern und uns bei der Gelegenheit gleich das große Finale mit deinem jungen Mann zu Gemüte zu führen. Er rief wegen der Säge an, und da fanden wir, wir könnten sie gleich selbst herbringen. Fast hätte ich dir noch einen dieser abscheulichen Bügelbrettbezüge mit diesem nackten Mann drauf besorgt. Immerhin besser als Wieheißternochgleich, dacht ich mir.«

Als sie den Lachanfall überstanden, ihre Hutschachtel verstaut, ihrem Dad einen Kuß auf die Platte gedrückt und den Großen Salami angerufen hatte, um ihm kundzutun, daß die Bundsäge im Lande war, setzte sich Selina an den Tisch und berichtete ihrer Mum und ihrem Dad von dem Witzbold, der ihr 10000 Dollar geschenkt hatte.

»Das hat aber nichts mit Rothwell's zu tun?« fragte Len argwöhnisch.

»Das ist Jahre her, Dad. Nein, ich glaube, der Typ ist einfach ein Spinner.«

»Ein Spinner bringt es nicht zum Arzt. Ob er dir wohl an die Wäsche will?«

»Mum! Weiß nicht. Wahrscheinlich. Aber nicht im Sinne von Tauschgeschäft. Der Scheck ist schon gutgeschrieben und das Geld in meinem Namen auf einem Konto bei der Commonwealth in der Brunswick Street. Was sagt ihr dazu?«

»Ein Spinner«, sagte Len.

»Er will dir an die Wäsche«, sagte Dot.

Dann unterhielten sie sich über die Zersägte Jungfrau und machten sich über den Lammbraten her. Anschließend ölte Len die Säge, während der SBS einen Dokumentarfilm über die Inselbewohner von Penang und den malaiischen Regenwald brachte.

»Sieht doch der letzte Hornochse, daß sie da zuviel abholzen«, bemerkte Len. »Habsucht, Mum, pure Habsucht, wenn du mich fragst.«

»Da könntest du recht haben, Len«, meinte Dot. »Komm, Sellie, ich mach dir einen Schlaftrunk, eine schöne heiße Tasse Horlicks.«

»Hab ich nicht da.«

»Ich habe dir ein bißchen was abgefüllt; in deinem Kühlschrank findet man ja immer bloß biochemische Versuchsreihen. Ab ins Bett mit dir, Len, wir haben morgen die verdammte National Gallery auf dem Programm, und du willst doch rechtzeitig zum Fernsehen zurück sein.«

Zum ersten Mal seit fast einer Woche schlief Selina wie ein Murmeltier.

Samstag, 12. Dezember 1998

Um fünf vor zehn am folgenden Abend knisterte der Zippo Club vor Spannung. Bunte Lichterketten glommen im schummrigen Dunkel, primärfarbene Luftschlangen schmückten die Dachsparren. Die Senioren waren in voller Stärke angerückt und bestellten statt der üblichen Shandies zur Feier des Tages Pimms. Die Einheizerin, eine Feuerschluckerin namens Dolores del Brunswick, hatte eine Batterie von einhundertundfünfzig auf der Bar aufgereihten Sambucas in Brand gesteckt – und O'Toole setzte sich fast auf den Hintern vor Schreck. Der harte Kern – Ky, die Mgambls und die Planktons – hatte einen der Tische in der ersten Reihe ergattert, Briian der Architicktnichtrichtig dagegen hielt sich hinten im Zwielicht an der Bar an einem Designer-Bier und einer Stinklaune fest.

Um drei Minuten vor zehn bahnte sich ein großer, unverschämt gut aussehender Mann mit Hornbrille zwischen den Tischen einen Weg nach vorne und schnappte sich den letzten freien Stuhl im ganzen Laden, den Selina zwanzig Minuten zuvor geräumt hatte. Briian sah, wie er sich vorstellte und wie Selinas Eltern einen vielsagenden Blick wechselten. Was fiel dieser Kuh ein, ihn fallenzulassen, ehe er sie sitzenließ! Und wer war diese Wanze in dem geschmacklosen lila Hemd mit grünen Punkten? Briian war zu sehr mit Glotzen beschäftigt, um den kleinen Blue Heeler zu bemerken, der zwischen den Beinen der Umstehenden hindurch und unter den Stuhl des Rivalen schoß.

Briian bestellte einen dreifachen Bundaberg mit Cola. Der Rausschmeißer Wayne, ein Hüne von Kiwi und im Tuxedo der reinste Alptraum, aber mit einem Herz aus Tapioca, ließ seine vernarbten Fingergelenke krachen und führte mit zwei Linealen auf den Bühnenbrettern des Zippo einen fragwürdigen Tusch aus.

»Meine Herrrrschaften!«, rief er, und der Geräuschpegel sank. »Ich darf jetzt ankündigen... eine Weltpremiere im weltberühmten Zippo: die sagenhafte Zersägte Jungfrau! Dieses Wagnis, dieses einzigartige, epochale, unternimmt: Der Grrroße Salamii!«

Unter donnerndem Applaus rauschte der Große Salami auf die Bühne. Keith hatte sich selbst übertroffen: Zu den weißen Handschuhen – in letzter Sekunde von Dot geborgt, weil Keating die seinen zu einem kleinen Imbiß erkoren hatte – und dem Tuxedo trug er ein violettes Samtcape. O'Toole fand, es sah verdächtig nach dem Vorhang aus dem Managerbüro aus, aber es war vielleicht nicht der geeignete Moment, das aufzubringen.

Wayne schob den Zaubertisch auf die Bühne. Er erinnerte entfernt an einen spindligen Küchentisch mit langem Sperrholzkoffer oben drauf. Der Koffer hatte einen mehrfach unterteilten Deckel mit Scharnieren. Auf grünem Grund – ein Abfallprodukt von Keiths Gartenzaunverjüngungskur des vergangenen Sommers – prangten große rote, von wolkigem Flitter umgebene Glitzersterne. Das Ding war einem Tricktisch aus einem der angestaubteren Schinken aus des Großen Salamis Zauberbibliothek nachempfunden, nur etwas stromlinienförmiger, um ›mit der Zeit zu gehen‹, und Selinas Maßen angepaßt, die bescheidener waren als die der Jungfrau im Buche.

Wayne verbeugte sich und verwandelte sich zurück in den Rausschmeißer.

»Bravo, Wayne! Gut gemacht!« lobten ihn die Senioren lauthals und bestellten weitere Pimms.

»Einen wunderschönen guten Habend, 'ochverehrtes Publikum«, begann Keith, die Hände pastoral gefaltet. »Ich sehe, Sie bestaunen meine eindrucksvolle Apparatur.« Er wackelte anzüglich mit den Augenbrauen, und die aufgeklärten Damen in der ersten Reihe dankten es ihm mit Lachtrillern.

»Bleib sauber, Junge!« rief Len aus der ersten Reihe und erntete damit einen Knuff von Dot und ein Bier von Jock.

»Meine weltberühmte Apparatur hist fürrr die bezondere Vorstell-ung 'eute abend der Sersägten Dschungfrau! Es hassistiert mir bei dieser erstaunlischen und überaus gefährlischen Darbietung meine besaubernde Hassistentin Bupzie!« Der Große Salami warf mit Grandezza den rechten Arm hoch und wirbelte ein wenig mit seinem Cape. Auftritt Selina.

»Oooo!« machten alle außer Rolf, dem die Sicht verbaut war.

Selina sah einfach umwerfend aus. War die einhellige Meinung. Dot hatte ja immer schon gewußt, daß lange genug gehortetes grellpinkes Lurex irgendwann einmal wieder en vogue wäre, auch wenn in diesem Fall nur bescheidene Mengen ihr Comeback erlebten. Nach dem Schnittmuster für eine französische Hausmädchenuniform, das sie für ein Kostümfest 1967 aus der *Women's Weekly* herausgeschnitten und in der Scheune unter T – für Tolles Treiben – abgelegt hatte, war unter Dots flinken Fingern eine grellpinke Corsage entstanden, die auf Keiths heimliches telefonisches Anraten hin mit roten Sternen besetzt worden war, nebst winzigem Röckchen aus einer grünen Pferdedecke, das auf schäumenden Tüllpetticoats schwebte, ursprünglich weiß, dann aber mit Goldlack besprüht, der von einer Aktion ›Pingpongbälle zu Christbaumkugeln‹ im letzten

Jahr übrig geblieben war. Im ganzen, wie Len bereits bemerkt hatte, eine Wucht. Selina hatte die bezaubernde Kreation mit goldschimmernden Netzstrümpfen komplettiert, ein Geschenk des Großen Salami, für 3 Dollar 50 von einer zwielichtigen Gestalt an der Bar des Pedestrian erstanden, der kurz darauf hinauskomplimentiert worden war. Dazu – natürlich – die roten Schuhe und als krönenden Abschluß eine wilde, nach vorn gekämmte, hochgesteckte Lockenmähne mit Tiara. Als Selina mit graziös ausgebreiteten Armen stehenblieb und dem Großen Salami die Hand reichte, flog die Tiara, alias Porkie und Beth, davon.

»Ooooo!« machten alle.

»Autsch!« machte Selina, weil Beth in ihren Klauen eine gute Portion Ponyfransen davongetragen hatte.

Das Publikum spendierte Selina eine herzliche Runde Applaus, sie verbeugte sich tief und verlor drei Haarnadeln und undefinierbare Flusen.

»Meine besaubernde Hassistentin Bupzie wird nun in die Apparatur steigen, worauf isch sie 'öchstselbst sersägen werde!« verkündete der Große Salami mit Aplomb.

Wie ein Mann beugte sich das Publikum gebannt im blauen Zigarettendunst vor. Einzig die Bühnenscheinwerfer und fünfundzwanzig Watt über dem Bartresen warfen Licht auf die Sache. Briian setzte sich wankend Richtung Bühne in Bewegung.

»Monsieur Wayyyyyne!« rief der Große Salami gebieterisch und wollte wild mit den Augen. »Bitte sähr... die SÄGE!«

Len erhob sich und entledigte sich seines Jacketts. Darunter trug er ein marineblaues Trikothemd mit einer Aufschrift, die ihn als Bundsäge-Champion von Manangatang auswies. Sein kleiner, knotiger Holzhacker-Muskel auf der rechten Schulter trat hervor, als er eine wunderschön gearbeitete Eichenkiste hochnahm, so lang wie ein Billardkoffer. »Zu treuen Händen, Wayney«, sagte er. »Hüte sie wie deinen Augapfel.«

Wayne trug den Kasten ehrfürchtig zu Selina hoch, und jeder von ihnen packte ihn an einem Ende. Der Große Salami ließ die vier Messingschlösser aufschnappen – klack!

klack! klack! klack! – und riß die Säge heraus. Sie war lang, blank und silberblitzend, mit mattpolierten Hartholzgriffen und gemeingefährlichen Zinken.

Alle sogen scharf die Luft ein.

Plötzlich entstand vor der Bühne am Mgamble-Plankton Tisch Unruhe. Briian hob seinen Kahlua-Cocktail streitlustig ins Scheinwerferlicht. »Von wegen Säge! Scheiße! Alles Attrappe! Alles Schwindel! Wird alles mit Spiegeln gemacht!«

Wayne und Selina waren auf derlei Eventualitäten bestens vorbereitet. Sie hatten einst an einem Lehrgang des Circus Oz teilgenommen und dort ein paar sehr nützliche Tricks gelernt.

»Hoppla!« raunte Wayne Selina rasch zu. Sie wappnete sich und nickte.

»Iii!« kreischte Wayne. »Hilfe! Ein Yuppie! HIIILFE!!« Er warf sich in Selinas Arme. Das Publikum tobte.

Die beiden verneigten sich artig. Als ihre Köpfe ungefähr auf (jeweiliger) Kniehöhe waren, flüsterte er: »Soll ich ihn mir vorknöpfen, Sel?«

»Ach was«, antwortete sie, »deine Knöchel sind hübscher als sein Gesicht. Schone sie.«

Als sie sich aufgerichtet hatten, schlug der Große Salami mit einem Hammer gegens Sägeblatt. Es gab ein durchdringend vibrierendes Geräusch (TSCHERRRENNNNNG kommt ihm vielleicht am nächsten), das schwer dafür sprach, daß die Säge nicht aus Gummi war.

»Diese wundervolle Säge«, sagte er, »gehört Monsieur Len Plankton 'ier, Sieger aller möglichen Disziplinen – korrigieren Sie misch, wenn isch irre, Monsieur – etwa der Offenen Meisterhaft Kombinierten Handicap Sägestaffel über 300 Millimeter Unterhand oder der Goldenen Axt im Holzbock und Gärtnerfällen bei der Royal Show vor nur wenigen Jahresringen.«

»Astrein!« rief Len.

»Aaachh, Dünnsinn«, murmelte Briian, nahm einen gewaltigen Schluck von Joseph Mgambls Mineralwasser und spie ihn aus.

Verwandlungskünstler Wayne war abgetreten und legte

Briian jetzt in seiner Parkettrolle als Rausschmeißer eine gewaltige Pranke auf die Schulter. Das Mikro an seinem Revers fing Briians nächsten genuschelten Kommentar auf und übertrug ihn für das Publikum: »Wie wär's mit einem Black Russian für unseren Abo?« zischte er und rammte Wayne den Ellbogen in die Seite. Im Zippo wurde es totenstill. Was Briian natürlich entging. Von unten irgendwo neben Josephs Stiefeln stieg ein Knurren auf. Mrs. Mgambl drückte ihren Mann wieder auf seinen Stuhl.

»Schnauze, Rolf!« fauchte Jock.

»Tod dem Yuppie!« schrie Mrs. Deaming (i. R.), Präsidentin des Rasenbowlingklubs mit – wie sie selbst, Eigenlob hin oder her, fand – einem ausgesprochenen Händchen fürs Häkeln. Lautstarke Unterstützung aus den eigenen Reihen. Etliche eingeschworene Fans des Essendon Football Clubs fingen, eingedenk des Aboriginespielers, der ihrer Mannschaft in der letzten Endspielrunde zum entscheidenden Tor verholfen hatte, rhythmisch zu klatschen an.

Wayne beförderte Briian mit einem mühelosen Wurf auf die Bühne, und während er ihn seine fünf Sinne sammeln ließ, was selbst dann schnell getan war, wenn Briian nicht betrunken war, nahm Wayne dem Großen Salami die Säge ab und lehnte sich lässig gegen die Apparatur, der Dinge harrend, die da kommen mußten.

»Mamma mia, wass-e-aben-wir-e-iere?« fragte Keith, der gut ein paar Nachhilfestunden im Nachahmen von Akzenten hätte vertragen können.

»Vielleischt die ›Bürde des Weißen Mannes‹?« Er pflückte Briian an den roten Hosenträgern hoch, die seine teuren flaschengrünen Bundfaltenhosen zierten. Keith beklopfte Briians Schritt. »Nicht viel Bürde zu finden 'ier, meine Damen.« Er zwinkerte. »Dieser 'err hat keine nennenswerte Apparatur vorzuweisen!« Scheinwerferlicht und kollektive Belustigung wirkten jetzt offenbar doch ein wenig ernüchternd auf Briian.

Der Große Salami gestikulierte und wandte sich händeringend ans Publikum: »Meine Freunde, sagen Sie selbst: Soll so die Sukunft des Sippo Club aussehen? Ist dies ein gesundes Menschenexemplarr? Lassen Sie misch Ihre

Lymphdrüsen tasten!« Keith grub Briian die Finger in den Hals und legte ihm die Hand auf die Stirn. »Ist denn kein Arzt im 'aus?« rief er besorgt.

»Hier!« antwortete Jock und sprang auf.

Einen Augenblick lang aus dem Tritt gebracht, denn in seiner gesamten Laufbahn hatte der Große Salami noch nicht erlebt, daß sich tatsächlich einer meldete, fragte der Magier: »Was hat der Mann nur?«

»Er ist ein Brechmittel«, sagte Jock. Dot warf ihm einen mißtrauischen Blick zu.

Der Große Salami fuhr fort: »Hat er vielleischt suviel Geld? Wir wollen sehen!« Er entfernte sich ein paar Schritte und zog eine Geldbörse aus der Tasche. »Ecco: eine *American Express Gold Card*!«

Briian hechtete danach. »Geben Sie her! Was erlauben Sie sich!« Mit einem Mal wurde es ihm kühl an den Knien. Alles brüllte, als er lang hinschlug. War ja auch wirklich nicht ohne, vielmehr war *er* ohne, ohne Hose nämlich.

Der Große Salami wirbelte mit seinem Cape und zauberte Briians rote Hosenträger hervor. »Man geht 'eute wirklisch nicht mehr ohne«, verkündete er.

Wayne klemmte sich Briian und Hosenträger unter den Arm und bugsierte beide durch die Menge an die Bar. Bühne frei! Wayne beugte sich zu Briian hinunter und sagte gefährlich leise: »Sellie war nicht dafür, daß ich dein Gesicht bearbeite. Aber ausdrücklich die Rede war nur vom Gesicht.«

Wayne ließ sich ein Mineralwasser und eine Flasche Sekt geben und tauchte wieder ins Gewühl. Den Sekt stellte er vor Jock ab, das Mineralwasser vor Joe. »Mr. Mgambl«, sagte er, »ich möchte mich bei Ihnen vielmals für den häßlichen Zwischenfall in unserem Hause entschuldigen.«

Joe lächelte traurig. »Kein Einzelfall, mein Sohn. Aber ich danke Ihnen.«

»Spiegel?« empörte sich soeben der Große Salami in schrillen Tönen. »Die Darbietung der Sersägten Dschungfrau ist Magie pur, eines der 'eiligsten, ge'ütetsten Ge'eimnisse einer altehrwürdigen Sunft! Bitte, meine 'errschaften, es darf sisch jeder gern selbst überseugen, daß die Apparatur ohne alle versteckten Spiegel oder sonstiges trickreich 'intersinniges Blendwerk ist! Und die Säge! Die Säge des Großen Len Plankton, 'eld der 'olzverbraucher der 'intersten Regionen Tasmaniens!« Ein paar Zuschauer stapften auf die Bühne hinauf, und der Große Salami schob für sie die Riegel des langen Kastens zurück und drehte die Apparatur auf ihren Rädern hin und her. Der Kasten wurde untersucht, befingert, beklopft und für Sperrholz erklärt – zwar oben offen und in der Mitte an einer markierten Linie geteilt und mit Riegeln versehen, die zurückgeschoben werden konnten, doch wie man's auch drehte und wendete, nichts weiter als ein Sperrholzkasten.

»Und nun, meine Damen und 'erren, allons-y! Bupzie, bitte sähr!«

Der Große Salami bat Wayne wieder auf die Bühne, wo dieser Selina wie eine Feder hob und am hinteren Ende in den Kasten stellte. Von dort spazierte sie an Keiths Hand zum anderen Ende, streckte dabei graziös die Beine und schleuderte nacheinander die roten Schuhe von den Füßen. Beim Aufprall eines jeden schüttelte Wayne hinter den Kulissen kurz eine Kuhglocke.

Dann legte sich Selina in den Kasten, zum einen Ende schaute ihr Kopf heraus, zum anderen ragten ihre Füße hervor. Sie warf noch einmal die Beine hoch, damit das Publikum sich davon überzeugen konnte, daß es tatsächlich ihre Extremitäten waren, dann streckte sie sich lang aus. Ihr Kopf war auf ein kurzes, mit Schaumstoff gepolstertes Brett gebettet. Der Große Salami wirbelte einmal um den Kasten herum und rief dabei: »Bist du gewappnet, liebste Bupzie? 'ast du starke Nerven, tapfere kleine compañera?« Er wandte sich noch einmal ans Publikum: »Soll sie es wirklisch tun? Kopf und Kragen riskieren für die Zauberkunst?«

Der Meinung schienen durchaus alle zu sein.

Der Große Salami schloß den Deckel der zwei Kastenhälften – wumm! wumm! – und schob die Riegel vor. Zwei Essendon-Fans wurden beauftragt, den korrekten Sitz zu kontrollieren und traten unter Beifall wieder ab. Von Selina waren nur noch Kopf und Füße zu sehen. Sie drehte das Gesicht den Zuschauern zu, eine Maske des Grauens mit schreckensvoll geweiteten Augen. Dot wandte nicht eine Sekunde den Blick von ihr ab, strickte aber unterm Tisch weiter, während Len stolz dreinsah, aber auch ein wenig besorgt, und gelegentlich an ihr vorbeischielte. Wahrscheinlich hatte Keith jetzt seine geliebte Säge wieder zur Hand genommen.

»Und jetzt brauche isch einen Freiwilligen, der mit anpackt und mir 'ilft, die Dschungfrau zu sersägen! Nur Mut 'errschaften, ich fahre die Ärmste solange ein bißchen spazieren.«

Keith schob Selina im Kreis herum, damit das Publikum auch die Rückwand des Kastens zu sehen bekäme. Als Selina das erste Mal in die Kiste gestiegen war, hatte sie leichte Platzangst verspürt, jetzt fühlte sie sich einfach nur kuschelig wohl und ein wenig sonderlich. Sie kam sich irgendwie abgeschnitten vor von ihren Füßen, als wäre dazwischen nichts.

Keiner wollte mit der gemeingefährlichen Säge zu tun haben, also bedrängte man Len. »Ich zersäge doch nicht mein eigen Fleisch und Blut!« protestierte er, stieg aber trotzdem auf die Bühne.

»Bupzies Daddy wird mir nun hassistieren bei der Darbietung der Sersägten Dschungfrau! Sacre blösinnsalabim!«

Das war für Wayne das Stichwort. Er schaltete das Band ein, und es erklang *Der Hummelflug*. Die Zuschauer verrenkten sich die Hälse, als der Große Salami nun das Sägeblatt in den schmalen Spalt zwischen den beiden Kastenhälften senkte. Len bezog hinter dem Kasten Stellung, der Große Salami hob die Hand, und Selina schrie: »HALT!« Die Musik erstarb.

Alle Augen hefteten sich auf ihren Kopf.

»Sitzt mein Haar einigermaßen?«

»Bupzie! Du siehst bezaubernd aus!«

»Also gut. Dann kann's losgehen.«

Musik und Spannung knisterten erneut. Der Große Salami rief: »LOS!«, und er und Len legten sich mächtig ins Zeug. Bald glänzte Lens Rücken vor Schweiß, sein komischer Holzhackermuskel hüpfte wie verrückt auf seinem Schulterblatt auf und ab. Und die ganze Zeit über zwinkerte Selina im Morsetakt Jock zu, was zwar zur Nummer gehörte, aber trotzdem Spaß machte. Hinten lungerte ein finster dreinblickender Briian.

Schließlich war die Säge unten angelangt. Glatt entzwei, die Apparatur! Len wischte sich den Schweiß von der Stirn, während Keith zwei große Hackbeile hervorholte. Er ließ die Klinge des ersten blitzend rotieren, dann schob er es in den Sägespalt, bis nur der Holzgriff oben rausragte. Er packte das zweite Beil, wirbelte auch mit diesem herum, versenkte es ebenfalls und schob dann die unteren Riegel zurück, die die Kastenhälften am Boden zusammenhielten.

Mit einem Ruck stieß er die Hälften auseinander. Der Teil mit Selinas Kopf schwang nach links, der mit ihren Füßen nach rechts.

»Oooooo!« machten alle. Mavis fiel vom Stuhl, und der Applaus riß nicht ab, während der Große Salami jede der Hälften um die eigene Achse drehte. Selina war äußerst eigenartig zumute: so weit weg vom Boden einerseits und von ihren Füßen andererseits. Ihre Beine schienen fühllos geworden zu sein. Ihr fehlte ihr Körper, was immer die *Cleo*-Redaktion zu ihren Oberschenkeln zu sagen haben mochte.

Der Große Salami drehte die gekürzten Kästen, an deren einem Ende je ein Stück Selina und am anderen ein großes Hackbeil zu sehen war, bis Kopf und Füße sich schließlich in der Bühnenmitte in etwa ein Meter Entfernung anschauten.

»Signore Platone!« rief er. »Sind dies die Füße Ihrer Tochter?«

Len schlenderte hin. Alles hielt den Atem an. Len zwickte Selina in den großen Zeh. »Kommt ein Mäuschen...« begann er.

Selina kreischte vor Lachen. »Aufhören! Aufhören! Dad, du weißt genau, daß ich das nicht abkann!«

»Unfehlbare Methode«, meinte Len.

Der Zauberer und die Zersägte drehten noch eine Ehrenrunde, dann fügte der Große Salami die beiden Hälften wieder zusammen, ließ die unteren Riegel einschnappen, zog die Hackbeile heraus, schob die Riegel der Deckel zurück und schlug diese auf. Die Zuschauer machten lange Hälse. Selina warf die Beine hoch, sprang auf, breitete triumphierend die Arme aus und warf sich mit einem gekonnten Schwalbensprung Wayne entgegen. Er klemmte sie sich unter den Arm wie ein Surfbrett, stellte sie dann auf die Füße und verdrückte sich.

Selina und der Große Salami verbeugten sich einmal allein und beim zweiten Mal mit Len. Sie faßten sich an den Händen, hoben die Arme und verneigten sich unter Beifallsstürmen wie ein Mann, bis ihre Nasen fast die Bühne berührten und es Len fast das Kreuz brach.

Dacaporufe ertönten, da aber die Zersägte Jungfrau schwerlich zu überbieten war, hielt der Große Salami eine kleine Dankesrede und trug Porkie und Beth und Keating auf die Bühne, damit auch sie sich verabschieden könnten. Dann verkündete O'Toole, daß der alte Zippo in neuer Frische – nämlich mit flamingofarbener und grauer Auslegware und verspiegelten Wänden – in zwei Wochen wieder eröffnet würde – und wurde zum Dank ausgebuht.

Bald schon kehrten Keith und Selina in Zauberzivil zurück und nahmen Glückwünsche und Drinks von Gratulanten entgegen. Selina und Ky quetschten sich auf einen Stuhl, und Dot legte ihr Strickzeug weg und animierte alle zum Schmetterständchen *For they are jolly good fellows*!, was Len und Jocks Disput über Charles Aznavours Umgang mit Adjektiven ein vorzeitiges Ende setzte.

Schließlich holten die Planktons ihre Siebensachen an der Garderobe des Zippo ab. Len und Dot würden in ihrem Wohnmobil im Garten der Mgambls campen; Selina besaß mit sofortiger Wirkung drei Hutschachteln und keine Bleibe. Abschiedsumarmungen allenthalben, und Selina versprach, sobald sie es wüßte, ihre Eltern hören zu lassen, was sie mit dem nächsten Abschnitt ihres Lebens vorhätte.

»Du machst das schon«, sagte Len, als er mit Dot und Kylie aufbrach. »Sieh zu, daß sie gut nach Hause kommt, Wayne – wo immer das sein mag.«

Wayne nickte. »Ja, ja, ich muß nur noch absperren. Du

kannst bei mir bleiben«, bot er Selina an. »Trent ist weg, hat Fototermin, und ich kann auf der Couch schlafen.« Jock musterte ihn nachdenklich.

»Ja«, sagte sie lächelnd. »Danke.«

Plötzlich tauchte ein ziemlich zerknitterter Briian aus den Tiefen des Zippo auf und wankte auf Selina zu.

»Ey« nuschelte er.

»O Gott, muß das sein!« sagte Selina.

»Wer ist denn der neue Lover?« fragte er und wedelte mit dem Arm in Jocks Richtung.

»Das ist kein neuer Lover«, sagte Selina.

»Um so besser. Dann gib mir einen Gutenachtkuß.« Briian torkelte auf Selina zu.

»Herrje«, seufzte sie.

Selina verwandelte sich in einen huschenden Schatten, wich Briian aus und tauchte hinter ihm wieder auf.

Er fuhr herum und hielt wieder auf sie zu. Er war verärgert und packte sie unsanft am Arm.

Jock sah Wayne an, dann Selina, dann trat er einen Schritt vor, aber Wayne legte ihm eine Hand auf die Schulter. »Laß gut sein, *mate*. Das hat sie im Griff.«

»Laß mich los, Briian«, sagte Selina.

»Du brennscht doch darauf«, nuschelte er.

»Laß mich bitte los.«

Briian neigte sich ihr mit vorgerecktem Gesicht entgegen. Selina verbeugte sich wie vorhin auf der Bühne, nur diesmal nicht so tief. Sie rammte Briian ihre Stirn (die Partie knapp unterhalb des Haaransatzes) unter die Nase. Briian setzte sich auf den Gehweg, verdattert, und befühlte seinen Zinken.

»Du hast mir die Nase gebrochen!« jaulte er.

»Habe ich nicht, Waschlappen.«

Sie ließen ihn dort sitzen und spazierten die Straße hinunter zu Waynes Pickup. »Ein ernstzunehmender Bewerber, wie, Sellie?« stichelte Wayne.

»Geradezu verlobungsverdächtig.«

Als die drei Zweibeiner und der eine Vierbeiner abfuhren, erhaschten sie einen letzten, flüchtigen Blick auf einen arg mitgenommenen Briian, der in der Telefonzelle Ecke

Smith Street mühsam auf seinem Mobiltelefon zu wählen versuchte.

Jock und Rolf hatten Waynes Einladung auf eine Tasse Tee und Kekse gnädig angenommen, wobei Rolf eindeutig schärfer war auf die Kekse, Jock eindeutig schärfer auf Selina.

Als sie ankamen, stapelte Selina ihre Hutschachteln in einer Ecke, warf sich auf die Couch und verlangte nach Tee und Anteilnahme. Wayne besorgte das mit dem Tee, Rolf leckte ihr die Hand, und dann saßen sie ein paar Stunden herum und überlegten, was sie alles mit 10000 Dollar anstellen könnte. Die Vorschläge hatten sich ins hoffnungslos Absurde gesteigert, als Wayne aufstand und sich reckte. Er zerrte Laken, Decken und Kopfkissen hervor und zog sich, nachdem er Jock die Hand geschüttelt und Rolf hinterm Ohr gekrault hatte, ins Schlafzimmer zurück. Selina küßte er auf den wilden Scheitel und bestellte (Wayne war ein mutiger Mann) Rührei zum Frühstück.

Selina und Jock tranken eine weitere Tasse Tee, und Rolf legte sich unterm Couchtisch schlafen.

»Tja«, meinte Jock schließlich, »normalerweise müßte ich dir jetzt einen unsittlichen Antrag machen oder nach Hause gehen. Aber ich mag nicht nach Hause gehen, weil ich mich gern mit dir unterhalte, und ich kann dir keinen unsittlichen Antrag machen, weil ich dir Geld gegeben habe, und das wäre ungesittet.«

»Wir sollten vielleicht nochmal über das Geld reden. Willst du es wiederhaben?«

»Nein, es gehört jetzt dir. Was wirst du damit machen?«

»Keine Ahnung. Ich fühle mich etwas überfordert. Ach du Scheiße!« Selina vergaß das Couchlümmeln und setzte sich kerzengerade auf. »Wie spät ist es?«

»Ungefähr drei.«

»Ich habe vergessen, Miranda anzurufen! Dabei habe ich versprochen, es gleich nach der Show zu tun.«

Selina griff sich Waynes Telefonbanane und wählte die Darwin-Nummer. Hoffentlich war Miranda noch wach. Sie war.

»Hi *mate*... ja... Feedback frei Haus... Ach du

Scheiße... Ach du Scheiße... Kacke. Was heißt das?« fragte Selina. Jock sah sie besorgt die Stirn runzeln.

»Er kann aber doch wohl kaum deinen Kopf fordern, oder?« Selina lauschte. »Klingt nach reinstem Wildwest da oben. Nicht weinen, ich komme dir zu Hilfe. Ich weiß, ich weiß. Ich liebe dich auch. Nein, nein, es ist eine furchtbar lange Geschichte, aber ich habe 10000 Dollar... von einem Typen. Nein, ich mußte für das Geld nicht schnorcheln.«

»Schnorcheln?« fragte Jock Rolf.

»Sind sie noch da? Ich nehme den nächsten Flug. Scheiße, ich hatte ja keine Ahnung, daß es so schlimm steht. Ja. Jetzt schließ dich erstmal ein. Ich gebe dir gleich die Flugnummer durch. Mmm. Bis dann. Bin in Nullkommanix da.«

Selina war blaß, blasser als bei Briians Übergriff.

»Was zum Teufel war denn das?« fragte Jock.

»Miranda sitzt in der Scheiße. Ich muß in der Früh nach Darwin.«

»Bitte?«

»Sei doch mal still«, sagte Selina ungeduldig und wählte erneut. In dreieinhalb Stunden gab es einen Flug nach Darwin. Sie buchte einen Platz und legte auf.

»Sieht ganz so aus, als würde sie nach Darwin fliegen«, sagte Jock zu Rolf.

Sie wählte schon wieder. »M? Alles in Ordnung? Beruhige dich. Kühlen Kopf bewahren. Ich komme 13.20 an. Australian Airlines, Flugnummer 22. So, und jetzt ruf irgendeinen Bodybuilder an, der dir Gesellschaft leistet, bis ich da bin. Nein. Jetzt gleich. Weil *mir* dann wohler ist. Das wird sich schon alles regeln lassen, und ich komme auf die Weise zu einem Urlaub. Yeah, bis dann. Und sieh zu, daß du ein bißchen schlafen kannst.«

Jock sah Rolf an. »Darwin. Heute noch.«

Sie legte wieder auf und wandte sich Jock zu. »Miranda ist in Schwierigkeiten. Irgend so ein Drecksminister hat gedroht, für ihre Entlassung zu sorgen, und als das nicht geklappt hat, hat er zwei Muskelpakete vorbeigeschickt, kleine Einschüchterungsgeste. Sie sitzen vorm Haus in einem Commodore.«

»Was spielt das Fabrikat für eine Rolle?«

»Keine Ahnung. Manchmal klammert man sich an Details, wenn der sonstige Wahnsinn keinen Sinn mehr abwirft.«

»Warum ruft sie nicht die Polizei?«

»Weil der Dreck- und Filzminister auch Bullenminister ist. Und, wie es scheint, unserer Lois Lane die Daumenschrauben anlegen will. Ich habe sie noch nie so paranoid erlebt. Also muß ich hin. Wo sind meine Schuhe?«

Jock drehte sich nach Rolf um. »Darwin«, sagte er. »Nordterritorium, Top End, nur zu deiner Information.«

»Miranda und ich sind befreundet, seit wir vier sind. Sie hat mich schon aus dem Fluß gezogen und aus einem Wagen voller ortsfremder Möchtegern-Vergewaltiger. Ich, Ky und Miranda sind wie Schwestern. Ich muß nicht hin, aber ich *muß* hin. Und dir verdanke ich die Mittel dazu. Sonst würde ich hier rumsitzen und durchdrehen vor Angst um sie. Aber so, selbst wenn sich alles in ein paar Tagen in Wohlgefallen auflöst, finde ich vielleicht dort oben einen Job, kann Urlaub machen und kann ihr eine Zeitlang Gesellschaft leisten. Ich muß doch was gegen meine Depressionen tun, stimmt's?«

»Warum muß ich bloß immer das Scheckheft so weit aufreißen!« stöhnte er.

Also nahm Jock ein Taxi und holte seinen Wagen, während Selina Wayne einen Zettel schrieb und erklärte, weshalb er um sein Frühstück im Bett gebracht würde, ferner einen langen Brief an ihre Eltern und noch einen an Ky. Sie duschte, zog ihr luftigstes Sommerkleid an, darunter Strumpfhosen, darüber einen Pullover; beider Kleidungsteile würde sie sich flugs entledigen, kurz bevor sie die nördlichen Hitzebreiten erreichte.

Auf dem Weg zum Flughafen – in Jocks Triumph Herald, der zehn Jahre älter war als Selina – unterhielt er sie mit Tips zu den besten Fluchtmethoden vor Krokodilen und bierbäuchigen Commodorefahrern. Selina kugelte sich vor Lachen, oder nein, sie mußten beide so lachen, daß sie, als Jock auf dem Kurzzeitparkplatz am Flugplatz hielt und den Motor abstellte, einen nicht wenig bedauernden Blick wechselten.

»Verlieben kommt wohl nicht in Frage?« meinte Jock.

Selina schwieg.

»Schreibst du mir?«

»Okay.« Sie lächelte. »Beantwortest du meine Briefe?«

»In der Richtung bin ich nicht besonders begabt«, sagte er.

»Dann mache ich einen Vorschlag, Kildare. Wir beschränken uns auf Postkarten.«

»Kann ich nicht einfach mitkommen?«

Nein, konnte er nicht. Selina bezahlte ihr Flugticket mit wiederaufbereitetem Plastik, gab ihr Gepäck auf, nahm ihre Bordkarte entgegen und küßte ihn zum Abschied. Vier Knie wurden dabei ziemlich weich. Er sagte: »Paß auf dich auf«, und dann flog sie aus seinem Leben davon.

So sah es jedenfalls aus.

Na, na! kleines Fräuleinchen!

Darwin, Sonntag, 13. Dezember 1998

Selina nutzte auf dem siebenstündigen Flug jede freie Minute, um Schlaf nachzuholen, will heißen: zwischen den Mahlzeiten und giftchemieverdächtigen Erfrischungstüchern, die vom Steward gereicht wurden, der ihr außerdem heimlich einen Wodka Tonic zukommen ließ, als Entschädigung für ihren Nachbarn, den ewig nörgelnden Pseudo-Pfeifenraucher und Handelsreisenden, der sie ab Adelaide bis zur Besinnungslosigkeit gelangweilt hatte und der zum Glück in Alice Springs ausgestiegen war.

Nachdem sie ihre Rückenlehne senkrecht gestellt, ihren Tisch hochgeklappt und den Ausblick auf die glitzernd blaue Hafenbucht von Darwin genossen hatte, zerrte Selina ihren Pullover und die Strumpfhose aus der Gepäckablage über sich, trat hinaus und gegen eine schwüle Hitzewand.

Sie überquerte das schmorende Rollfeld. Rechts hinter dem hohen Maschendrahtzaun konnte sie die Kampfflugzeuge eines RAAF-Stützpunkts ausmachen. Eine etwas verhärmte Miranda wartete gleich am Eingang zum Terminal auf sie. Für mehr als eine flüchtige Inaugenscheinnahme blieb keine Zeit, dann wurde sie auch schon überfallen und fast erdrückt. Durch ihr dünnes Kleid hindurch konnte Selina die Rippen der Freundin spüren. Sie hielt sie von sich weg, griff ihr ins blonde Stifthaar, verstrubbelte es und sprach die feststehende Begrüßungsformel, ein Privatcode, der auf den längst verschiedenen Manangatang-Postmeister ihrer Jugend zurückging. »Na, na! kleines Fräuleinchen, jetzt ist aber gut!«

»Gut, dich wiederzusehen!«

»Alles in Ordnung, Blossom?«

»Alles in bester Butter. Na ja, nicht ganz. Müde bin ich. Los, schnapp dir dein Zeug und erzähl erst einmal du; mit meiner Horrorgeschichte warten wir, bis wir zu Hause sind. Die Schläger sind heute früh abgezogen.«

Sie gingen Arm in Arm zum Gepäckband.

»Wie lange kannst du bleiben?«

»Ach, eine ganze Weile, denke ich. Vielleicht schaue ich mich nach einem Job um ... mal sehen.«

»Na, das klären wir später. Deine Hutschachtel, nehme ich doch an?« Während sie auf die Hutschachtel Numero Zwei und Drei warteten, nahm sich Selina Zeit und sah sich gründlich um. Der Gebäudetrakt war an einem Ende offen, um (soweit möglich) für Durchzug zu sorgen, und gewaltige Deckenventilatoren rührten träge die Luft um. Es wimmelte von Menschen, die Ankömmlinge begrüßten, im Aufbruch waren, Charterflüge buchten; es gab schwarze, braune, asiatische Gesichter und die geröteten Gesichter von Touristen, die sich die falsche Jahreszeit ausgesucht hatten und jetzt zu Katerkuren in kühlerem Klima heimkehrten.

Es gab Männer und Frauen in australischen Militäruniformen, bewaffnet und bewegungsfaul. Das Ganze wirkte fremdländisch. Jetzt begriff sie, weshalb Miranda sich immer scherzhaft als ›Auslandskorrespondentin‹ bezeichnete; es war nicht allein die Entfernung, es war das vollkommen andere Ambiente.

Die Fahrt zu Miranda in deren hochbetagtem Hillman Minx verstärkte noch das Gefühl, in einer fremden Welt gelandet zu sein. Dieses grelle Licht! Tropische Gärten voller Frangipani und Bougainvillea und Palmen – riesengroß, dick und strubbelig. Es gab Häuser auf Stelzen und Bunker aus Asbestzement, aus denen Klimaanlageninnereien hingen, und massenhaft Pickups auf der Straße mit Leuten hinten drauf. In Melbourne durften noch nicht einmal Hunde hinten auf der Ladefläche mitfahren.

Als sie an einem großen, unendlich häßlichen Gebäudekomplex vorbeifuhren, an dessen festungsähnlicher Fassade in großen Lettern CASINO stand, sah sie ein Grüppchen Aboriginefrauen in hübschen geblümten Kleidern unter einem Baum sitzen und Karten spielen. Sie lachten. Und sie waren die am züchtigsten bekleideten Personen, die Selina während der letzten halben Stunde zu Gesicht bekommen hatte. Alle anderen zeigten viel nackte Haut: Schultern, Beine, Rücken, Brust, Füße. Passanten liefen herum, als wäre Pflaster Strand. Selbst Miranda, gewöhnlich in ihrer ›Uniform‹, das heißt Jeans und langärmeligem Hemd, unterwegs, trug khakifarbene Bermudashorts und Gummischlappen.

Ein schwachsinniger Popsong im Autoradio wurde abgelöst von dem mit tiefer, melodischer Stimme vorgetragenen Hinweis, daß es sich bei selbigem *nicht* um eine Hurrikanwarnung handele, wiewohl zu bedenken sei, daß die Zeit der tropischen Wirbelstürme ins Haus stehe, aktuell handele es sich jedoch *nicht*, man wiederhole, *nicht* um eine Hurrikanwarnung. Plötzlich kam der Wagen vor Mirandas ins Schlingern und schmierte nach rechts ab.

»Betrunken«, bemerkte Miranda trocken.

»Aber es ist doch gerade erst Mittag«, staunte Selina.

»Eben«, sagte Miranda. »Willkommen in Darwin, Schätzchen.«

Mirandas Haus, umgeben von Palmen, Frangipani und Papayabäumen und mit Blick aufs Meer bei Nightcliff, schwebte auf hohen Stahlstützen. Anstelle der üblichen Holzverschalung hatte das Haus rundum panoramagroße Jalousiefenster. Die Glaslamellen standen auf Dauerkipp, um auch ja jeden Lufthauch einzufangen, und sie waren mit einer feinen Staubschicht bedeckt. Selina überschlug rasch, daß man zum Generalfensterputz mehrere Tage brauchen würde. Alle Zimmer hatten Deckenventilatoren, und die blanken Holzfußböden waren hier und da mit handgewebten Läufern aus Arnhemland bedeckt.

»T?« fragte Miranda im Telegramm-Kode einer langjährigen Freundschaft mit einer eigenen vergessenen Etymologie. Selina lag mehr an einer kleinen Siesta, also machte Miranda mit ihr nur die kleine Besichtigungstour und ließ sie dann im Gästezimmer allein, wo Selina auf dem niedrigen Futon unter einem rosa Moskitonetz ein paar Stunden im Koma verbrachte. Sie döste, irritiert durch das fehlende

Gewicht von Pyjama und Daunendecke, und träumte, daß Rolf Briians Bundfaltenhose auffraß. Als sie aufwachte, wickelte sie sich in einen von Mirandas blauen Sarongs, tappte in die Küche, mixte einen Krug voll eisgekühlten, verdünnten Zitronensirups und trug ihn zu ihrer Freundin hinaus auf die Veranda.

Kein Lüftchen regte sich, und obwohl die Eiswürfel im Krug innerhalb von fünf Minuten geschmolzen waren, blieben die zwei sehr lange draußen, genossen die Art Glutrote-Riesensonne-vor-lila-Wolken-Schauspiel, die die Sonnenuntergangspostkarten vom Top End zu hoffnungslosem Kitsch verkommen läßt. Miranda, die wie immer aus einem Meer von Zeitungen und Zeitschriften auftauchte und sich wie immer eine feine Schnittwunde lutschte, diesmal von der Kante der Abokarte für die *Independent Monthly*, erklärte, wie sie die unwillkommene Aufmerksamkeit schwerer Jungs in dicken weißen Schlitten auf sich gezogen hatte. Selina rann der Schweiß die Kniekehlen herab.

»Das Ganze ist idiotisch«, begann Miranda. »Wie ein beschissen schlechter Film mit durchweg schwacher Besetzung. Ich habe für die letzte Aktuellsendung am Montag morgen einen Beitrag über Harold Franklin, Minister für Raumordnung und Bauwesen, gebracht. Der ist stellvertretender Premier, die Art Erzreaktionär, der wir Reporter auch noch mit Respekt begegnen sollen. Ein drei Zentner schwerer Ex-Olympia-Gewichtheber mit rotem Toupet, das er ständig vergißt aufzusetzen. Hat eine Tätowierung des Sturms auf den Winterpalast in Versailles auf dem Rücken. Mediendauerbrenner, der Mann. Alle Welt weiß, daß er ein rassistisches Riesenrumpelstilzchen ist – nicht schlecht, die Formulierung, nur leider unverwendbar –, aber keiner nennt das Kind beim Namen. Ein begnadeter Fettnäpfchentreter, der selten sein wohlverdientes Fett abkriegt. Jedenfalls habe ich über ein offizielles Essen berichtet, bei dem er am Samstag zuvor eine Rede gehalten hat und dabei ständig über die Aborigines herzog. Nicht in der Rede natürlich, aber anschließend, als er sich mit ein paar Bergbaubossen unterhielt. Ich stand daneben und hoffte auf Einblendungsmaterial; du weißt schon, dreißig Sekunden O-Ton für die

Sendung am Montag. Jedenfalls ließ er sich in entlarvender Weise darüber aus, daß die Regierung natürlich voll hinter den Bestrebungen des Bergbaukonzerns stehe, eine Abbaukonzession auf Aboriginesland zu erwirken. Soweit nichts Neues, aber dann hat er die Ureinwohner als ›einen Haufen blöder *coons*‹ bezeichnet.«

»*Was*!« rief Selina, die dieses Unwort erst kürzlich von jemandem gehört hatte.

»Unglaublich, was? Doch, doch, und dann setzte er noch einen drauf und legte seine anthropologischen Thesen dar. Müßte eigentlich selbst so einer besser wissen. Er faselte von Menschen, die gerade erst aus den Bäumen heruntergestiegen wären, und vom ›Missing link‹ – ein gefundenes Fressen, kann ich dir sagen.«

»Komm schon, M! So reden die Leute nicht mehr – es sei denn, ein Architicktnichtrichtig.«

»Bitte?« meinte Miranda.

»Vergiß es. Kann doch wohl nur ein schlechter Witz gewesen sein. Ist zwar nicht sehr komisch, aber ich bitte dich...«

»Glaub mir«, sagte Miranda, »kein Scheiß. Hierzulande herrscht Dschungelmentalität. Kurzum, ich habe mein Politikerportrait mit den Worten geschlossen: ›Einen Regierungsvertreter, der es sich ungestraft erlauben darf, von seinen Aborigineswählern als *coons* zu sprechen, wie jüngst Minister Franklin im Anschluß an das Bankett am Samstag, sollte man tunlichst im Auge behalten.‹ Nicht eben eine geschliffene Formulierung, aber ich habe den Text schließlich auch morgens um halb sieben eingespielt.

Resultat: ein Aufschrei von Regierungsseite; Franklin dementiert; das lokale Murdoch-Blatt überschlägt sich und geifert von Kaderschmiede radikaler Linker bei der ABC; und Franklin verlangt von Fingle – unserem Sendechef – meinen Kopf. Also mußte ich das Band rausrücken.«

»Band?«

»Na ja, du kennst mich doch: immer den großen Nachrichtencoup im Hinterkopf. Vielleicht berufsethisch nicht ganz astrein, denn Franklin wußte natürlich nicht, daß ein Band mitläuft, ich hatte behauptet, ich machte nur Tonproben. Und weil ich hinter ihm stand, hat er es nicht mitgekriegt, und O-Töne sind natürlich immer ein bißchen verwaschen, wenn man den Leuten das Mikro nicht direkt unter den Zinken hält, aber es ist alles drauf.« Miranda sah Selinas Gesichtsausdruck und fragte: »Was hast du?«

»Nichts. Leichte Déjà-vu-Anwandlungen. Weiter.«

»Franklin, nichts ahnend, hält weiterhin sein Dementi aufrecht, versteht sich. Hat sogar einberufen, was hierzulande als Pressekonferenz durchgeht. Wir haben steif und fest behauptet, wir hätten einen Mitschnitt; er, wir hätten keinen, also blieb uns gar nichts anderes übrig, als das Band abzuspielen. Somit kam die Öffentlichkeit nicht nur in den Genuß seines ›Ausrutschers‹ über *coons*, sondern auch noch des ehrenwerten Herrn Ministers Evolutionstheorie.« Miranda setzte ihren Saft ab und seufzte.

»Du wirst es kaum glauben, aber er hat tatsächlich behauptet, es handele sich um eine Fälschung. Eine Verschwörung. In derselben Nacht noch ist bei mir jemand eingebrochen und hat einen Haufen Bänder mitgenommen, darunter das inkriminierende, aber wir hatten es zum Glück im Studio noch auf dem Originalband vom Sendemorgen.

Als nächstes bekam ich mitten in der Nacht drei Anrufe und wurde aufgefordert, die Stadt zu verlassen. Subtil, nicht? Ich kann natürlich nicht beweisen, daß es einen Zusammenhang gibt. Dann haben gestern nacht diese beiden Typen unten auf dem Aussichtsparkplatz gestanden. Bis vier. Es war komisch: Sie haben nicht einmal hochgeschaut, immer nur aufs Meer rausgestarrt, und trotzdem wurde mir ganz anders, und genau da hast du angerufen.

Also, ich hoffe einfach, daß sich die Aufregung legt. Hier oben wirst du ja, wenn du eine Frage auch nur eine Idee ... ich weiß nicht ... schärfer als im Hofberichterstatter-Ton formulierst, kurzerhand zur Roten aus dem Süden abgestempelt. Wie Queensland vor fünfzehn Jahren. Es ist verrückt. Die Lokalzeitungsversion einer investigativen Frage lautet ungefähr: ›Und wie, Herr Minister, kommt das der Allgemeinheit zugute?‹, dann geben sie ihm fünf Minuten, damit er in Ruhe die Presseerklärung vorlesen kann.«

Selina konnte eine mirandatypische Schmährede auf die

journalistische Ethik gerade noch abbiegen, indem sie nach einer Mücke schlug und fragte: »Und glaubst du, du bist ernstlich in Gefahr?«

»Habe ich gedacht, aber jetzt, wo du da bist, kommt mir eher der Verdacht, daß bei mir ein Film ablief, Thriller. Es ist halt... hier oben ist alles so anders. Ich weiß auch nicht, die Uhren gehen anders als anderswo. Wir hocken auf einer Insel. Daß da draußen tatsächlich noch eine Welt existiert, wird mir erst richtig bewußt, wo ich dich wiedersehe, mehr als durch Indizien wie diese...« – sie wedelte mit einer Zeitschrift und fuhr dann fort – »... na, du wirst ja sehen. Es ist nicht alles reinstes Neandertal. Es gibt ein paar sehr nette Leute, es gibt tolle Ausstellungen, Aborigineskunst, es gibt Musik, und es dreht sich alles noch langsamer als in Manangatang. Das wird ein witziges Weihnachten. Wenn nur der Regen bis dahin kommt.«

In dieser Nacht lullten Selina das Gezirpe und Geschnalze der zerbrechlich wirkenden Geckos, die an der Decke hin und her huschten und winzige Insekten vertilgten, und der Duft des Frangipani vor ihren Jalousiefenstern in den Schlaf.

Melbourne, Sonntag, 13. Dezember 1998

Jock und Rolf schoben Wochenenddienst: die übliche Runde der üblichen Patienten. Der Mann, der sich für Napoleon hielt, hatte Rolf anfangs ziemlich eingeschüchtert, weil er ihm gern im Feldmarschallton den Befehl erteilte, ›den Zug von der Flanke her anzugreifen‹, doch daran hatte sich Rolf inzwischen gewöhnt. Jock dagegen fühlte sich vor allem – neben der Tatsache, daß sein jüngstes Techtel Anstalten machte, bei ihm einziehen zu wollen (nach nur einer Verabredung), und der, daß er eine tolle Frau kennengelernt hatte, die sich mit seinen zehn Riesen nach Darwin abgesetzt hatte – wegen des Insassen 56789/B des Sanatoriums der Überreich Gesegneten Bräute Jesu bedrückt.

Wie der Patient 56789/B einst geheißen haben mochte, bot Stoff für allerlei Spekulationen. Er selbst nannte sich Hiram F. Doppelganger, also hieß er bei allen Hiram. Seit acht Monaten war er bei Jock in Behandlung; bisher war davon nichts zu merken. Hiram war seiner ureigenen, unerschütterlichen Überzeugung nach ein Finanzgenie, ein Multimillionär, der seine Tage mit Termingeschäften per Mobiltelefon verbrachte, in Wirklichkeit jedoch war er ein alter Knabe, der, eine Banane am linken Ohr, in den Anlagen einer Heilanstalt herumlief.

Hiram lag den Schwestern permanent damit in den Ohren, sie möchten ihm doch ›die neuesten Notierungen rüberfaxen‹, hielt ›höherverzinsliche Fremdmittel‹ zum Frühstück für unabdingbar und verspielte Gold Coast Immobilienportefeuilles, Brauereien und Anteilsaktien an Handelsbanken als Einsatz beim Poker mit der Putzbelegschaft. Erst letzte Woche hatte ihm eine der Putzfrauen die Hälfte der Mitsubishi Bank und einen Golfplatz in Seattle abgeknöpft; sie hatte sich netterweise bereit erklärt, drei abgebrannte Streichhölzer als Sicherheit zu akzeptieren, bis die Formalitäten erledigt waren.

Jock hatte alle Register gezogen. Er hatte die möglichen Motive untersucht, derenthalber der Bezieher einer Erwerbsunfähigkeitsrente behaupten mochte, er sei Intimus des Schatzmeisters. Es sei äußerst unwahrscheinlich, hatte er zu bedenken gegeben, daß der Schatzmeister überhaupt Freunde habe. Er besorgte Beteiligungslisten der Konzerne, die Hiram zu besitzen vorgab, in denen aber nirgends sein Name auftauchte. Hiram verwies in solchen Fällen auf irgendeine obskure Scheinfirma. »Schmierstoffe & Fette Treuhand AG«, sagte er dann, »unsere Leute, *mate*.«

Die Sanatoriumsbräute waren ja schon heilfroh, daß Hiram nicht gewalttätig war. Obwohl sie natürlich seine Huldigung des Mammons mißbilligten, ließen sie ihm seine Wirtschaftszeitschriften, aus denen er seinen Geschäftemacherjargon bezog. Er hatte rund zwanzig solcher Fachblätter abonniert, australische wie ausländische, finanziert von einem gutmütigen ›Neffen‹, der durchreisenden Rockstars ihre teuren Gitarren mit Aktszenen bemalte.

Jock hatte ihm Artikel über gebrochene, hochverschuldete hochstaplerische Existenzen der Vergangenheit unter die Nase gerieben, er hatte an Hirams besseres Selbst appelliert: ›Sieh doch, was diese skrupellosen Schweine ihren Aktionären eingebrockt haben!‹ Hiram blieb ungerührt. ›Du sagst es, mein Sohn‹, bekräftigte er und sog an Jocks Bleistift, einer imaginären Havanna. ›Zu raffgierig. Ich selbst halte nicht viel vom Firmen-Raiding, und ich habe Warwick vor diesen faulen Anleihen gewarnt. Ich habe ihn gewarnt.‹ Jock brachten Hirams Hirngespinste zur Verzweiflung.

Er zeigte Hiram eine Anzeige im amerikanischen *Entrepreneur*: ›Es hat seine guten Gründe, daß die folgende Reklametafel in den USA landesweit in allen Straßen steht! *Haben Sie dieses Kind gesehen?*‹ (Zum Plakat gehörte die Aufnahme eines präpubertierenden Ausreißers samt Personenbeschreibung.) ›Und daß die Werbeträger auf dem Königsweg zum finanziellen Erfolg sind. Bis zu $ 850 die Woche bei nur geringer Bareinlage. Im Verbund mit einer überregionalen Kinderwohlfahrtsorganisation. Höchst profitable Standorte. Machen Sie sich selbständig.‹

Hiram fand, der Eurobondmarkt sei auf jeden Fall profitabler. Allmählich machte sich Jock Hirams wegen richtig Sorgen. Der Neffe, dem die zahlungskräftigen Gitarrenhelden mit zweifelhaftem Geschmack ausgingen, würde bald weder die Zeitschriftenabonnements noch die Pflegekosten mehr tragen können. Und da Hiram harmlos war, würde er wahrscheinlich an die Luft gesetzt, so sehr ihm die Schwestern zugetan waren. Jock sah Hiram schon als statuiertes Exempel kritischer Verbraucherschutzberichte im Fernsehen. Oder aber als Geschäftsführer einiger Fernsehanstalten, die solche Sendungen brachten. Schon jetzt wies Hiram Rolf ständig an, ›sämtliche Medienanfragen vorrangig zu behandeln‹.

Von seinem jüngsten Besuch bei Hiram ins Helfodrom in der Brunswick Street zurückgekehrt, bestand Jock darauf, daß Vera ihn auf einen Drink gegenüber in die Funko Bar begleiten müßte. Vera war einverstanden, sie stülpte sich eine traumhafte Kreation aus Kunsthortensien und Möwenfedern auf den Kopf und hakte sich zwecks Überquerung der Trambahnschienen auf Pfennigabsätzen bei ihm unter. Kaum waren sie eingekehrt, verkündete sie lauthals, halsabschneiderische $ 6 für einen Cocktail gehörten von Rechts wegen verboten. Außerdem gab's keinen Sherry Medium. Jock brachte sie bis vor ihre Wohnungstür und fuhr nach Hause, um Selina eine Postkarte zu schreiben. Er hatte eine Karte mit Frau im Bikini und Zwergpinguin ausgewählt. Der Farbdruck war irgendwie verrutscht: Die Frau war grün und der Pinguin malvenfarben. Genau richtig.

Darwin, Montag, 14. Dezember 1998

»Na, na! kleines Fräuleinchen, jetzt ist aber gut.« Miranda brachte Selina eine Tasse Tee und die Morgenzeitung. »Lust, schwimmen zu gehen?«

Miranda pflegte morgens nach Nightcliff ins Schwimmbad zu fahren, einem traumhaften Fleck auf den Klippen direkt überm Meer, eine Rasenoase mit Kokospalmen. Sie warnte allerdings, daß das Schwimmbad die ganze letzte Woche von einem Trupp Soldaten heimgesucht worden war, die ihre Waffen herumliegen ließen und ab und zu um den Maschendrahtzaun herum bis an die Felskante spazierten, um nach ihren Radaranlagen und seewärts gerichteten Geschützen zu sehen.

Und tatsächlich, sie waren immer noch da, flegelten in Khaki unter einem Strandschirm. Selina fand das ziemlich beklemmend, aber Miranda klärte sie darüber auf, daß dies nur die Nachwehen der jährlichen ›Operation Front‹ seien, des Großmanövers, bei dem die australische Armee und ihre amerikanischen Berater so taten, als würden sie von einer feindlichen Macht angegriffen, für die man einen Kodenamen wählte, der nicht im entferntesten an Indonesien erinnerte. Sieben Nächte in Serie mußte man damit rechnen, von tieffliegenden FA 18 Hornets und dem donnernden

Getöse der B52 manchmal buchstäblich durchgeschüttelt zu werden. Miranda war sich ziemlich sicher, daß bei diesen Flügen ein kleiner Nebenverdienst raussprang und für einen Dachdeckerkonzern neue Auftragsmöglichkeiten geprüft wurden. Kein Bummel in der Einkaufspassage der Darwiner Innenstadt ohne mehrfache Anmache von manövrierenden Soldaten und Matrosen. Es dämpfte die Truppenmoral auch offenbar keineswegs, daß Darwin unweigerlich am zweiten Tag jedes simulierten Krieges planspielerisch von der Landkarte gebombt war. Aber in diesem Jahr fand erstmals ein Manöver während des Hitzetiefs statt, und alle waren entsprechend gereizt.

Beim anschließenden Frühstück daheim studierte Selina die Lokalzeitung und fand lauter fragwürdige Wiederaufgüsse aus der Londoner Boulevardpresse und australischen Murdoch-Blättern nebst Anzeigen zum ›Nachtleben‹. Höchste Zeit für die Darwiner Pubbesitzer, ihren Schnitt am Einfall einsamer Soldaten mit Sold in der Tasche zu machen. Im Top End Frontier Hotel lief ein ›Miss-Ex-Wettbewerb‹, der mit Schönheit nichts zu tun hatte. Das Parap Hotel veranstaltete einen *Melbourne Bitter Special* mit Niedrigpreisen für die von Darwinern so genannten ›roten Dosen‹ (blaue waren Fosters, weiße Carlton und grüne das beliebteste Bier, nämlich Victoria Bitter – ein Relikt aus Viehtreibertagen, als Wanderanalphabeten Bier nach der Dosenfarbe bestellten). Der ortsübliche Pub-Mittagstisch wurde auffällig angepriesen: Scampi – Strip.

Selina las weiter. »Sag mal, M«, meinte sie ungläubig, als sie über alte, frisch veröffentlichte Statistiken stolperte, »das ist doch wohl nicht deren Ernst?« Im Nordterritorium waren, bei einer Bevölkerungsdichte, die gerade mal die eines zentrumsnahen Stadtteils von Melbourne oder Sydney erreichte, in einem Jahr achtundsiebzig Millionen Dollar für Alkohol ausgegeben worden. Sie trug die einschlägigen Daten vor.

»Der Lage in der Rage Bar unten an der Ecke nach zu urteilen«, bemerkte Miranda, »würde ich sagen, eine vorsichtige Schätzung.«

Selina wandte sich den Stellenanzeigen zu. Oben-ohne-

Bedienung. Nicht mit ihr. Empfangsdame für einen ›netten‹ kleinen Bergbaukonzern. Vielen Dank. Vertretertätigkeit. Zu heiß für Tür-zu-Tür-Tingelei. Immobilienmakeln. In makellosem Marineblau sah sie verboten aus. Selina begann zu befürchten, zu ihrem künftigen Los könnte gehören, stundenlang vergeblich Anzeigen zu studieren.

Nach einer kalten Dusche rauschte sie in die Küche. Miranda stellte gerade die Milch weg, ehe sie gerann. Eigentlich mußte fast alles in den Kühlschrank, schon der Ameisen und Kakerlaken wegen. Das Geschirr vom Vorabend war in Mirandas ›gesundheitsgefährdender Ecke‹ gestapelt. Die Freundinnen legten eine Madonna-Platte auf, volle Kanne, und dann tanzten sie den Tellertanz, Selina an der Spüle und Miranda in der Wegräumrolle.

»Vielleicht wäre der Job im Plaza was für dich. Meine Freundin Chloe arbeitet dort, die greift dir bestimmt unter die Arme. Ach, wobei mir wieder einfällt: Ein paar Verwandte von ihr kommen zu Besuch. Ich muß heute nochmal genau fragen, wann.«

Beim Lunch, bestehend aus Melone und Erdnußbuttersandwiches, spielten sie ein altes Spiel, erfunden in den Zeiten der Epidemie feministischen und Selbsthilfeschrifttums à la *Wie meine Mutter* und *Frauen, die zu sehr lieben.*

»Ich werde demnächst ein Buch schreiben mit dem Titel *Männer, die Frauen lieben, die ihnen lieber die Hölle heiß machen*«, eröffnete Selina die Runde.

»*Frauen, die Männer lieben, die Gegenliebe heucheln und es ihren Ehefrauen verheimlichen*«, konterte Miranda.

»*Wie meine Mutter! Wie? Mein Gott!*«

»*Männer, die Frauen lieben, die zu sehr lieben und bei McDonald's essen.*«

»*Ich bin OK, du bist OK, aber der Typ da drüben ist ein Außerirdischer.*«

»Äh... *Perfekte Frauen: vom Umtausch ausgeschlossen.*«

»*Emotionale Erpressung leicht gemacht.*«

»*Angst vor Fischen ohne Fahrrad.*«

»Wow. Surrealistisch. Ich bin weg.«

Miranda mußte zum Sender, um ihre Halbnachmittagsschicht abzureißen. Sie überließ Selina ihrer Stellensuche und verabredete sich mit ihr für sechs Uhr in der Bar des Presseklubs. Den Minx, dem die Hitze ebensowenig zu behagen schien wie Selina, mußten sie anschieben.

»Ich glaube kaum, daß es irgendwo auf der weiten Welt heißer wird«, stöhnte Selina. »Entschuldige mich, ich muß mal kurz unter den Rasensprenger.«

»Schade. Keine Zeit mehr, Eintrittskarten zu verkaufen«, flachste Miranda und brauste Richtung Stadt.

Selina braute sich eine Tasse Hagebutten-Tee und trug sie, zusammen mit der Zeitung, die vor Feuchtigkeit schon welk war, hinaus auf die Veranda. Sie schlug erneut die Stellenanzeigen auf und umkringelte das Angebot einer Stelle als Zimmermädchen im Plaza Hotel mit Mirandas Augenbrauenstift. Sie betrachtete den Stift einen Augenblick lang versonnen, sternenübersäte Tutus und Zauberringe vor Augen, und seufzte. Dann fiel ihr Keating, das Kaninchen, wieder ein, und sie stand auf und holte das Telefon.

Drei Stunden später führte sie im Erdgeschoß des Plaza-Komplexes, einen Steinwurf vom Funkhaus der ABC in der Innenstadt entfernt, ein Einstellungsgespräch. Die City, Darwins wirtschaftlicher Brennpunkt, ließ sich in einer Viertelstunde bequem umrunden. Ihre Daseinsberechtigung war im Grunde einzig dem Militär, den Behörden und dem Tourismus geschuldet. Die meisten großen Hotels standen halb leer, nur staatliche Subventionen hielten sie am Leben.

Selina nahm es mit der Personalleiterin des Hotels auf, einer gepflegten Dame mittleren Alters mit einer Frisur von der Geschmeidigkeit eines Schutzhelms und langen, gebogenen, mandarinenfarbenen Fingernägeln. Sie stellte Selina die üblichen Fragen und überließ ihr schließlich den Job und einen Spind. Selina gab ihre Kleidergröße preis, der Uniform wegen, einer ziemlich bizarren Kombination aus Zitronengelb und Blaßblau, und erfuhr, daß sie wochentags sechs Stunden zu arbeiten hätte und alle drei Wochen am Wochenende – für ein bescheidenes Bußgeld. Immerhin, es war Arbeit, und egal wie öde, die Chance, fremder Leute Zimmer in ihrer Abwesenheit zu filzen, verlieh dem Ganzen immerhin eine Spur Glanz. Ach was, Glanz. Aber wenigstens brauchte sie sich keine Büroklamotten anzuschaffen.

Am nächsten Morgen schon hätte sie ihren Dienst anzutreten, nach einem Besuch bei der Nahrung, Genuß und Gaststätten-Gewerkschaft und einer Einführungstour mit der 1. Hausdame Miss Krinolopoulous. Sie kaufte für Jock eine potthäßliche Postkarte der postmodernen (landläufig auch Beton-)Fassade des Plaza.

Zum Presseklub waren es nur drei Minuten. Sie würde sich eben reinsetzen und auf Miranda warten und solange die Plaza-Personalbestimmungen studieren. Gäste waren ausnahmslos mit *Sir* und *Madam* anzureden, hieß es, ungeachtet ihres Alters, und sie würde ihre Haare in einem ›ordentlichen Pferdeschwanz oder Haarbeutel‹ bändigen müssen. Das klang höchst unwahrscheinlich, selbst wenn es ihr gelingen sollte, vor Arbeitsantritt herauszufinden, was ein Haarbeutel war.

Der Presseklub war jetzt schon voll mit ABC-Reportern, Zeilenschindern vom lokalen Käseblatt und Regierungspressesprechern, von denen etliche wiederum selbst voll waren. Einige taxierten sie aus blutunterlaufenen Augen, aber sie hatte schon vor Jahren den Blickkontakt zu Männern in Bars abgebrochen. Erlöst wurde sie von einem jungen Mann, der sich mit den Worten vorstellte: »Du bist sicher Selina, stimmt's? Miranda muß noch ›Abend aktuell‹ vorbereiten. Ich bin Frank McCleary.« Er zog ihr in Tresennähe an einem Tisch einen Stuhl zurück und schob sich dann beflissen durch den Pulk, um für sie ein Lime & Soda zu ergattern.

Einer der Pressesprecher, ein windhunddünner, bärtiger Mann mit nur einem Arm, wankte an ihren Tisch und bat, sisch vorschtellen zu dürfen. Er sei Prescheschprecher des Ministers für Raumordnung und Bauweschen und heische Gavin Baschkerville. Selina verstand sich sehr wohl darauf, einen Braten zu riechen, wenn er vor ihr saß, und nickte kühl.

»Werschindschie?« fragte er frech, lehnte sich über den Tisch und ließ sie an den Ausdünstungen der Achten Grünen Dose teilhaben.

»Ich heiße Selina Plankton, und ich warte auf jemanden«, erwiderte sie und schielte an ihm vorbei nach Frank oder sonstigen Rittern und Rettern.

»Ja, das weiß ich. Auf deine ›Freundin‹, wie?« Er geierte sie an, leicht unsicher auf den Beinen. »Wir wischen genau, wasch ihr vorhabt. Und wir mögen schowas hier oben gar nicht.«

»Bitte?« sagte Selina. In dem Moment trat Miranda durch die Tür, fächelte sich mit einer *Harpers*-Ausgabe Luft zu und bahnte sich einen Weg rüber. Sie erreichte den Tisch zur selben Zeit wie Frank. Gavin Baskerville fixierte sie aus zu Schlitzen verengten Augen, und dann, zum Entsetzen aller, spuckte er Miranda vor die Füße.

»Dreckige schozialischtische Säue«, nuschelte er. »Alleschamt, ihr Schweine aus dem Süden, mischt euch ein und wollt unsch erzählen, wosch langgeht. Aber wir laschen unsch nicht in den Dreck ziehen. Für wen haltet ihr euch eigentlich? Ihr tschählt doch hier oben gar nicht. Die ABC operiert hier oben auf verlorenem Poschten. Unsch könnt ihr gar nischts.«

Er blickte von Selina zu Miranda. »Leschbenpack. Isch ja widerlich. Wartet nur.« Er redete mit jedem Wort wirrer. Er gestikulierte so wild mit seinem Bier, daß es Frank über die Schuhe schwappte.

»Ey, immer mit der Ruhe, *mate*«, sagte Frank. Baskerville packte ihn an der Krawatte und schob ihn an die Wand. Selinas Lime & Soda wurde umgeworfen, das Glas barst in zwei Teile.

»Ihr Sozialistenärsche seid erledigt, verstehscht du. Wir brauchen euch nicht...«

Baskerville wurde von zwei Kollegen weggezerrt. Der eine entschuldigte sich mit einem hämischen Grinsen. Mirandas Blick durchbohrte ihn. »Wann hat ein Krokodil schon Stil?« sagte sie. Er schaute verständnislos drein. Sie drehte sich nach Baskerville um, den man mit einem weiteren in Aussicht gestellten Bier zu beschwichtigen suchte. »Wenn Sie gegen meine Berichterstattung etwas einzuwenden haben, Mr. Baskerville, dann erörtern Sie das mit meinem Chef und unserem Justitiar.«

Miranda, Selina und Frank gingen. Selina schlotterten die Knie. Frank klopfte ihr auf die Schulter. »Keine Angst. Bloß besoffenes Gerede. Morgen weiß er nichts mehr davon. Dann ruft er an und entschuldigt sich bei Fingle, und damit hat sich's. Sternhagelvoll gewesen zu sein, ist hierzulande das perfekte Alibi.«

»Ich ertrage diese Stadt nicht mehr!« knurrte Miranda. »Nein, stimmt nicht, was ich nicht mehr ertrage, ist, daß diese Krokodile das Sagen haben. Die Regierung und die Bergbaukonzerne und die ewiggestrigen Beamten, die den aufrechten Gang auch dann nicht hinkriegen würden, wenn man sie permanent in den Arsch treten würde. Profitgeile, amoralische, plündernde, stockblinde, raffgierige, selbstzufriedene, alte Böcke mit verkalkten Arterien und Fledermausscheiße in Hirn und Herz. Wie ich sie hasse. Alles hochbezahlte Schwindler und korrupte alte Säufer. Als würden sie dafür gezüchtet. Den Touristen erzählen sie, daß die Krokodile sich in Jahrmillionen zu perfekten Mordmaschinen entwickelt haben. Aber diese Sackgesichter haben sich im Laufe von Millionen Arbeitsessen zu berufenen Machtmaschinen entwickelt. Klub der Krokodile. Eine geschützte Art.«

»Verdammt, M!« rief Selina. »Vielleicht steigst du mal eben runter vom hohen Roß und unternimmst was zu deinem eigenen Schutz! Was willst du tun? Du kannst doch auf Dauer nicht als wandelnde Zielscheibe rumrennen.«

»Ich warte nur auf die Bombenstory, die sie allesamt hochgehen läßt, und dann bin ich weg hier. Ich kann auch anders. Nur ist meine Waffe die Wahrheit.«

»Großer Gott«, stöhnte Frank. »Du weißt genau, daß wir ihnen einen Skandal nach dem anderen um die Ohren gehauen haben, und trotzdem gewinnen sie jede Wahl. Guck dir doch an, wie lange Bjelke-Petersen sich in Queensland gehalten hat. Franklin hat sich dabei erwischen lassen, wie er die Aborigines *coons* geschimpft hat. Ist er deswegen zurückgetreten? Du kannst hier keine persönliche Vendetta führen, Miranda, du hast objektiv zu berichten.«

»Halte mir keine Predigt zum journalistischen Ethos, Frank. Ich habe ja nicht vor zu lügen, ich werde nur ein bißchen tiefer buddeln. Es *muß* sich doch was finden lassen. Sie können ihren Laden unmöglich hundertprozentig dicht halten. Es muß doch irgendwo einen Staatsdiener geben, der die schmutzigen Details kennt und *keine* Angst hat, auszupacken.«

»Dann behalt das lieber für dich, oder du reitest dich noch tiefer rein«, sagte Frank. »Könnt ihr mich vielleicht auf dem Heimweg am Parap absetzen?«

Miranda und Selina fuhren fast den ganzen Weg schweigend zurück. »Sellie, hast du dich selbstverteidigungs-technisch fit gehalten?«

»Ja. Du?«

»Ja. Ich fürchte, wir könnten noch froh drum sein.«

»Also bit-te, M, ja? Meinst du nicht, daß du ein klitzekleinwenig übertreibst? Rühr eine Zeitlang nicht daran, wie Frank sagt. Ehe du dich versiehst, haben sie einen neuen Blitzableiter. Und dann läßt du deine Bombe platzen.«

»Wahrscheinlich hast du recht«, meinte Miranda, als sie den Minx nur wenige Schritte vom Bordstein parkte. Sie stiegen aus.

Selina legte ihrer Freundin den Arm um die Schulter. »Weißt du was? Ich habe einen Job. Ab morgen, als Zimmermädchen im Plaza.«

Miranda grinste. »Und Hacker am Hauscomputersystem. Hast du Lust auf eine Tasse Tee, oder soll ich lieber die Badewanne mit Eiswürfeln füllen?«

»Tee, bitte.«

»*Du* hast dich jedenfalls akklimatisiert.«

»Nicht ganz: Ich glaube immer noch, daß ich die Regierung bis Freitag stürzen kann.«

Room-Service

Melbourne, Montag, 14. Dezember 1998

Hiram F. Doppelganger war soeben dabei, einer der Bräute den infinitesimalen Unterschied zwischen der Börsenspekulation und dem Roulettespiel unter Meskalineinfluß zu erläutern, als Jock auf seiner üblichen Gut-Wetter-Runde bei ihm Station machte. Rolf und Schwester Mary-Louise (ihren Freunden besser unter dem Namen Boom-Boom bekannt) zogen ab, um zu erkunden, was sich in Richtung maroden Tennisbällen mit Blut-und-Hornmehl-Duft auftreiben ließe.

»Schon gehört, Junge?« posaunte Hiram, dem das Thermometer im Mundwinkel schlackerte wie Groucho Marx die Zigarre. »Turnaround in Sicht! Expansion heißt die Devise! Was hältst du davon, wenn wir den Lithiummarkt ausbomben?«

»Hiram«, seufzte Jock, »so wahr ich serboschottischer Irrer bin, dich darf man auf diese Klein-bis-Mittelmaß-Stadt nicht loslassen. Mich allerdings eigentlich auch nicht, und trotzdem haben sie mich noch nicht eingesperrt.«

»Einsperren?« posaunte Hiram. »Denkste! Wir nehmen sie aus bis aufs letzte Hawaiihemd! Soll niemand ein Monopol auf Lithium haben als wir allein! Verlaß dich nur auf mich, mein Junge! Wirf doch mal deine Glotzbomben auf diesen Prospekt!« Er reichte Jock einen Emissionsprospekt der Inkontinenz Allianz Australien. »Na, hab ich einen Riecher?«

»Du ziehst zu deinem Neffen, habe ich gehört«, versuchte es Jock.

»Nix. Der Gauner macht Geschäfte mit irgendeiner königlichen Hoheit. Hat irgendwas mit Gitarren, Minneapolis und einem Prinzen zu tun. Ich bin auf mich gestellt. Na, wäre nicht das erste Mal, daß ich die Ärmel hochkrempel und von vorn anfange«, verkündete Hiram.

»O Gott, ich bin reif für die Insel«, stöhnte Jock.

»Bin dabei! Wo soll's denn hingehen, mein Junge? Sag der Sekretärin Bescheid, die erledigt das. Hast du die Firmenkreditkarte? In die vollen! Wir hebeln den Aktien-Index aus! Reich mir doch bitte meine Banane!«

»O Gott«, wiederholte Jock.

Darwin, Dienstag, 15. Dezember 1998

Zufällig verbrachte Selina ihren ersten Arbeitstag im Plaza nicht damit, das Computersystem anzuzapfen oder Gruppenbuchungen für den CIA-Ball in Langley, Virginia, vorzunehmen – beides Vorschläge Mirandas, die sie mit einem schiefen Grinsen quittiert hatte. Sie hatte nämlich alle Hände voll mit Fensterputzen und Lakeneinschlagen zu tun, daran zu denken, nicht den Gästefahrstuhl zu benutzen, und hinunterzurennen und Seife, Shampoo, Duschhauben und sonstige Gratispackungen zu ersetzen, die die Gäste mitgehen ließen.

Sie hatte sich einen der Etagenwagen unter den Nagel gerissen, bestückt mit Glasreiniger, Möbelpolitur, Handtüchern und allerhand anderem, zum Beispiel der Überseeausgabe von *Spin* samt Sinead O'Connor-Interview, die sie Miranda stibitzt hatte, und ihrem Antennen-Kopfputz, erstanden an jenem denkwürdigen Tag auf der Royal Melbourne Show, an dem sie hinter dem Holzhacker-Pavillon ihren ersten Jungen geknutscht hatte. Ern hatte er geheißen, und er hatte das Frühreif-Fummeln eindeutig besser beherrscht als das Küssen. Selina trug die Antennen beim Zimmeraufräumen und legte dann und wann aufgeräumt zwischen Bad und Balkon ein paar Schritte Polka ein.

Sie war nur einmal dabei erwischt worden – von einem

japanischen Ehepaar, das kein Wort darüber verlor, weder Selina noch, glücklicherweise, der Geschäftsleitung gegenüber. Selina lernte schnell: Auch Nobelhotels benutzten schwer strapazierte Laken; das Putzen einer Hochzeits-Suite war mörderisch, des Konfettis wegen; im Durchschnitt waren Frauen etwa vierzigmal schlampiger als Männer, und Schlußlicht der Unordnungsrangliste bildeten Stewardessen; japanische Paare verlangten in der Regel Einzelbetten und schliefen dann in einem, zerwühlten das andere aber zu flüchtig, um einem ausgeschlafenen Zimmermädchen was vormachen zu können.

Selina hatte sich mit Mirandas Freundin Chloe Futura, der Tages-Empfangschefin, auf Anhieb prächtig verstanden. Während der Frühstückspause erzählte ihr Selina die Jock-Geschichte, Chloe wiederum hatte endlose Anekdoten über Scharen von Verwandten und Freunden auf Lager.

Von Miranda wußte Selina bereits, daß Chloes Mann im vergangenen Jahr an einem Schlaganfall gestorben war. Er hatte zufällig im Lexikon die cunnilinguistische Erläuterung des Slangwortes *furburger* gelesen und hatte sich, die Wangen tränenüberströmt, einen *Big Whopper* in der Faust, totgelacht. Chloe hatte seitdem kein Kreuzworträtsel mehr zu Ende bringen können.

Chloe kümmerte sich um anderer Leute Kinder und auch den eigenen achtköpfigen Mob. ›Tante‹ war sie für etliche Leute, die nicht mit ihr blutsverwandt waren. Hintereinander hatten drei frisch aus Managerkursen entlassene und nach Darwin zur ›Taylorisierung‹ entsandte Geschäftsführer versucht, Chloe von der Rezeption zu verbannen, weil sie ›nicht recht dem Plaza-Image entspräche‹. Alle drei Versuche waren an der beispiellosen Flut von Briefen an die Geschäftsleitung gescheitert, in denen ihre äußerst zuvorkommende Art gepriesen wurde.

An Selinas erstem Arbeitstag hatte Chloe mehr als nur eine Beschwerde abgefangen und Selina losgejagt, hier Handtücher, dort Hotelbriefpapier zu ersetzen. Und sie hatte versprochen, Selina den Umgang mit dem Rezeptionscomputer zu lehren, damit sie bessere Chancen hätte, als Vertretung zu arbeiten. Im Gegenzug würde Selina zum achten Geburtstag der zweiten Enkelin Chloes erscheinen und ein bißchen zaubern.

Selina wäre überall hingegangen, wo es eine Klimaanlage gab. Nach nur drei Tagen setzte ihr das Hitzetief arg zu. Es waren nicht einmal die Hitzepickel an Stellen, von denen sie gar nicht gewußt hatte, daß ihr Körper sie hatte, und es waren auch nicht die Nächte, die so stickig-heiß waren, daß sie träumte, ihr Gehirn würde schmelzen und aufs Kopfkissen tropfen. Es war auch nicht, daß sie kaum die Kraft zu mehr hatte, als auf der Veranda zu flegeln und Zeitschriften zu lesen. Auch nicht, daß fast alle anderen sich benahmen, als litten sie am schlimmsten prämenstruellen Syndrom seit Menschengedenken (besonders die Männer), nicht, daß das Bier allgegenwärtig war, sie aber Bier nicht ausstehen konnte, nicht, daß sie sich allmählich daran gewöhnte, daß ihr der Schweiß den Rücken hinunterlief oder unter den Brüsten klebte.

Nein, es war einfach das Hitzetief selbst, das Gefühl, daß sich etwas zusammenbraute. Wolken türmten sich nachmittags auf, unheilvoll und regenleer. Was in Melbourne handfeste Regentropfen hervorgebracht hätte, und nicht zu knapp, löste sich einfach in weitere Hitze auf, weitere Feuchtigkeit, weiteren ›am Rande des Wahnsinns‹ und weiteres Warten. Es erinnerte Selina an das einzige Bruchstück Wissen zwischen Lücken, das ihr aus dem Physikunterricht an der Manangatang High School geblieben war: Das Gegenteil der kinetischen Energie war die potentielle Energie. War doch so, oder? Wie eine zum Sprung geduckte Katze oder diese alten Plakate von strammen sowjetischen Arbeitshelden mit entblößter Brust neben Weizengarben mit dem irgendwie marxistisch auf den Horizont gerichteten Blick.

Selina befürchtete schon, sie würde das Hitzetief nicht im Vollbesitz ihrer geistigen Kräfte überstehen. Außer vollklimatisiert fühlte sie sich meist wie ein nasser Feudel. Im Meer konnte sie nicht baden – der Seewespen und der Krokodile wegen –, und ihr fehlte die Selbstverständlichkeit eines Hausstrands. Sie hatte Miranda schon fragen wollen, wieso sich überhaupt jemand, der nicht damit großgewor-

Safarianzüge aus Polyester hingen im verspiegelten Kleiderschrank, der eine teurer als der andere, dazu fünf Paar weiße Schuhe von der Sorte, wie sie Häusermakler und blasierte Gynäkologen bevorzugten. »Puh!« machte Selina. Sie war zu den Socken vorgedrungen.

Das Kombinationsschloß seines Aktenkoffers hatte sie in sechs Minuten auf. Vorsichtig öffnete sie ihn. Ein Stapel Visitenkarten verkündete in Mokka-Lettern auf cremeweißem Grund: ›Immobilienberatung und Projektentwicklung‹. ›Tja‹, dachte Selina, ›Architicktnichtrichtig klingt auch nicht so recht.‹ Später würde sie sich bemühen, zu bereuen, den Aktenkoffer geöffnet zu haben, obwohl es zwecklos war, bereuen zu *wollen*. Entweder man bereute oder bereute nicht.

Selina merkte sich peinlichst genau die Lage jedes einzelnen Gegenstands. Sie nahm eine Rolle Baupläne heraus und zwei Dokumente und untersuchte Briians Aktenkoffer, woraufhin sie sich erst einmal setzen mußte, ungeachtet möglicher Schokofallen.

Briian steckte bis zum Hals in dem, was Immobilienplaner gerne einen Ferienkomplex nennen, wenn sie die Assoziation Beton meiden wollen. Bloß handelte es sich nicht um einen x-beliebigen Ferienkomplex. Das seitenstärkste Dokument führte als zur Anlage gehörend auf: einen fünfunddreißigstöckigen Hotelkasten, ein Casino, eine Marina mit siebenundvierzig Dauer- und dreiundfünfzig Tagesliegeplätzen, Parkplätze, einen Mehrzwecksaal für gehobene Ansprüche und ein Tagungszentrum.

Das Ding sollte gegenüber von Mirandas Haus hochgezogen werden.

Sie entrollte vorsichtig die Baupläne und beschwerte die Ecken mit Briians weißen Schuhen. Sie dachte angestrengt darüber nach, woran die Architekturzeichnung des Gesamtkomplexes sie bloß erinnerte – es sah aus, als wären Außerirdische auf einer fünfunddreißigstöckigen Zement-Streichholzschachtel gelandet.

Selina trug die Pläne und Unterlagen hinunter ins Konferenzzentrum im Erdgeschoß und fotokopierte davon soviel wie in einer halben Stunde möglich. Wieder auf Briians Hotelzimmer angelangt, legte sie alles sorgfältig an seinen Platz zurück und baute eine Bettfalle. Den Drang, ihre Fingerabdrücke überall zu beseitigen, unterdrückte sie, ließ den *Polly-Waffle*-Abfall in ihren Müllsack fallen und schob ihren Wagen mit wehenden Staubwedeln energisch zur Tür der Nummer 1418 hinaus. Dann ging sie nach unten und kündigte. Chloe deutete an, sie sollte wegen ihrer Obsession bezüglich mißhandelter Süßigkeiten lieber professionelle Hilfe in Anspruch nehmen. Selina mußte an Jock denken.

South Yarra, Dienstag, 15. Dezember 1998

Jock beendete in diesem Moment gerade ein Erstgespräch mit einer potentiellen Klientin. Die Familie wollte die alte Dame einweisen lassen, während Jock immer mehr zu dem Schluß gelangte, die Betreffende wäre in einem gepflegten Altenheim besser aufgehoben als in einer Anstalt.

Eigentlich sollte er eine Diagnose stellen, tatsächlich aber versank er in einem gewaltigen, üppig gepolsterten Ohrensessel in einem mit wertvollen Antiquitäten vollgepferchten Zimmer. Ihm gegenüber auf einem Hocker saß eine neunundachtzigjährige Dame mit Fliegerbrille, rosa Satin-Morgenmantel und silberfarbenen Sandalen, deren Kappen Medaillons mit dem Portrait Amy Johnsons zierten.

»Nun, Mrs. M.«, sagte Jock und setzte eine Tasse aus hauchdünnem Porzellan ab, die gelben Sprudel enthielt. »Und *weshalb* haben Sie ihr gesamtes übriges Porzellan in die Gardinen eingenäht?«

»Um es vor Diebstahl zu schützen natürlich«, erklärte sie mit kräftiger Stimme.

»Exakt. Und was war mit den Lamington-Kuchen auf dem Wohnzimmerfußboden?«

»Rattenköder.« Sie lächelte nachsichtig.

»Bestimmt sehr effektiv, Mrs. M.«

»Gewiß, junger Mann. Noch ein Häppchen?« Sie hielt ihm einen Teller hin.

»Danke, nein. Zur Zeit versuche ich mich bei Marmelade und Pappe ein wenig zu mäßigen«, erwiderte er höflich.

»Der Krieg, mein Lieber.«

»Würde mich gar nicht wundern. Dann also am Donnerstag?«

»Ich freue mich darauf.«

»Ich mich auch.«

Mrs. M. brachte Jock zum Fenster. Er schob sicherheitshalber die Mingvase auf dem Fensterbrett beiseite, ehe er hinausstieg. Mrs. M. winkte hoheitsvoll aus ihrer Villa, als er auf dem von Mohnblumen und Ranunkeln gesäumten Kiesrondell eine Ehrenrunde drehte. Kein Wunder, daß die Familie einen Vormund bestellen wollte.

»*Rattus rattus*«, murmelte Mrs. M. in ihren Bart und ging in die Küche, um frische Lamington-Köder zu holen.

»Gott«, sagte Jock sich, während er die Punt Road hinunterfuhr, »ich bin urlaubsreif. Ich glaube, ich rufe heute abend mal bei Selina an. Die will wenigstens nicht bei mir einziehen. Und ißt keine Pappe. Eine Frau nach meinem Geschmack.«

Darwin, etwas später

Selina und Miranda gaben an diesem Abend eine recht überzeugende Darbietung von faul auf der Veranda. Miranda hatte ihre Neuigkeiten unbedingt zuerst erzählen wollen.

»Und dann sagt der allseits geschätzte Regierungsvertreter, kaum ist das Tonbandgerät weggepackt: ›Was Sie brauchen, ist ein ordentlicher Fick!«

Selina verschluckte sich an ihrem Saft. »Neiiin! Wen hatte er wohl im Sinn? Einen Callboy-Service?«

Miranda kicherte. »Weißt du, ich fürchte, er hat ernsthaft gedacht, das könnte er selbst übernehmen.«

»Was hast du bloß gesagt?« fragte Selina und wischte sich die Lachtränen weg.

»Ich hab dem alten Lustmolch erklärt, ich wäre seit meinem vierzehnten Lebensjahr überzeugte Lesbe und es wären Männer wie er, die mich in meiner Überzeugung immer wieder bestärkten.«

»Nein!«

»Im Zweifelsfalle kommt man mit der Wahrheit am weitesten«, meinte Miranda. »Und das alles für einen lächerlichen halbminütigen Beitrag zu den neuen Raumordnungsbestimmungen. *Quelle* Langeweile! Irgend etwas ist da oberfaul, sagt mir mein kleiner Finger, aber ich komme nicht dahinter, was. Oder vielleicht werde ich allmählich wirklich zynisch. Selbst Krokodile müssen wohl ab und an ein bißchen am Gesetz rumdoktern. Ach, ehe ich's vergesse: Chloes Leute kommen tatsächlich morgen, so an die zwanzig...«

»Halt! Jetzt bin ich erstmal an der Reihe«, sagte Selina. »Sieh dir das mal an.« Sie griff in ihre geräumige Hutschachtel alias Handtasche und zauberte die Baupläne hervor, die sie in Briians Hotelzimmer entdeckt hatte.

Miranda studierte die Pläne, an der Unterlippe nagend, geschlagene drei Minunten. »Bingo«, hauchte sie.

»Was? Wieso?« rief Selina.

»Na, das ist doch sehr erhellend«, sagte Miranda. »Erstklassiges Stolpermaterial für Franklin, könnte man sagen. Siehst du hier die Kaufoption? Das Land gehört zum Franklinschen Familienbesitz. Franklin hat heute gesagt, daß sie die Genehmigung zur baulichen Nutzungsänderung für diesen Küstenstreifen erteilen wollen; soll Mischgebiet werden. Angeblich, damit ein Kulturzentrum für Aborigines gebaut werden kann. Klar. Ich dachte, typischer Fall von Almosen, denn die hiesigen Aborigines haben nicht die geringste Chance, ihr Land zurückzubekommen. Als das Nordterritorium Bundesstaat wurde, sind alle Landrechtsansprüche für hinfällig erklärt worden. Trickreich; sobald das Land nämlich zum Mischgebiet erklärt ist, kann er verkaufen, verstehst du? Die Projektfirma kauft, und *quelle* Überraschung, die Regierung erklärt, ein solch einmaliges Angebot könne man unmöglich ausschlagen: Arbeitsplätze, Tourismusförderung, das Territorium boomt. Ich kann's mir schon lebhaft vorstellen. Selina, das ist Wahnsinn! Das ist die Bombe, auf die ich gewartet habe. Wenn die hochgeht, ist er erledigt.« Miranda schien aus einer Trance zu erwachen. »Wo hast du das her?«

Selina wollte es ihr gerade erklären, als ein weißer Commodore auf dem Aussichtsparkplatz auf der gegenüberliegenden Straßenseite hielt und zwei Männer ausstiegen.

»Moment mal«, sagte Miranda. »Das sind doch die beiden Typen, die da standen, als wir telefoniert haben. Vielleicht hatten sie es gar nicht auf mich abgesehen, vielleicht hatte das hiermit zu tun.« Sie schnippte gegen die Pläne.

Die beiden Männer, ziemlich entschlossen wirkende Kolosse, überquerten die Straße und kamen auf das Haus zu. Dann fuhr ein zweiter Wagen vor, und Briian Bodoni stieg aus. Vor der Kulisse eines weiteren atemberaubenden Sonnenuntergangs, den er keines Blickes würdigte, sah er zu ihnen hoch. »Das ist sie!« rief er. Die Kolosse setzten sich unter den Papayabäumen in Trab Richtung Treppe.

»Aber jetzt haben sie's auf dich abgesehen!« schrie Selina und rannte zum Telefon.

Zu spät.

Das Terrortorium schlägt zurück

Kaum war der erste ministerielle Gorilla durch die Tür gesplittert, und ehe er überhaupt Piep sagen konnte, wurde er mit dem Ende eines Didjeridoos gefällt. Miranda, auf einem Stuhl hinter der Tür postiert, hielt immer noch das andere Didjeridoo-Ende in Händen, als sie draußen einen Wagen mit quietschenden Reifen bremsen hörte. Sie waren offenbar noch nicht vollzählig!

Schwerer Junge der Erste lag mit verdattertem Gesicht platt auf dem Rücken, kein Wunder, war er doch eben von einer jungen Frau im rosa Sarong fast ausgeknockt worden.

Als Schläger Nummer Zwei hereinstürmte, stellte ihm Selina, mit einer Hand immer noch am Wählen, mittels Mop ein Bein, er schlug der Länge nach hin und segelte ein gutes Stück auf einer Pandanusmatte weiter. Bloß hatte er leider unterwegs Mirandas linken Fußknöchel zu fassen bekommen und riß sie vom Stuhl.

Dann wurde Briian durch die Tür geschoben, drei weitere drängelnde Pakete Rohtestosteron im Kreuz, die mit dem letzten Wagen gekommen sein mußten. Bei aller Panik kam Selina der Gedanke, daß sie bald genug Leute wären, um eine Runde Wohnzimmer-Kicken einzulegen.

Es blieb ihr gerade noch Zeit, einen der Schweren Jungs ins Ohr zu beißen, einen anderen mit dem Kopf zu rammen und Briians Weichteilen einige Aufmerksamkeit zu widmen, ehe der schmächtigste der Schweren Jungs, der mit dem kaltblütigsten Blick, ihr die Arme auf den Rücken drehte. Es gelang ihr, sich durch gekonnten Einsatz rückwärtiger Schienbeintritte zu befreien, inzwischen aber erzwang das Ohropfer ein vorläufiges Patt durch Zücken eines Revolvers. Selina setzte sich auf den nächst erreichbaren Stuhl.

Miranda hatte kurzzeitig das Bewußtsein verloren, als sie

auf dem Boden aufschlug, und kam gerade zu sich. Alle Anwesenden, mit Ausnahme Mirandas, keuchten vor Anstrengung oder, wie Briian, Wut. Dank der ausgeprägten Aversion Selinas gegen chauvinistisches Herumschubsen und ihrer deutlichen Bekundung derselben, waren mehrere Bilder heruntergekommen, und zwei Stühle sahen kleinholzverdächtig aus.

»Rühr dich nicht, M«, sagte Selina. Sie sah sich im Zimmer um, dann sah sie Briian an. Das heißt weniger an als durch ihn hindurch. Schließlich fixierte sie den Kerl mit der Kanone.

»Kann ich Ihnen irgendwie behilflich sein?« fragte sie.

»Sehr witzig«, sagte er. »Sitzenbleiben und Maul halten.« Er wandte sich nach Mirandas Didjeridoo-Opfer um, das sich mitten im Raum rittlings auf sie draufgesetzt hatte. »Verdammt, Ken! ›Spaziergang‹ hatten wir gesagt, keine Handgreiflichkeiten, schon vergessen? Es sind doch nur Mädchen. Das gilt auch für euch beide«, schärfte er den Opfern Selinas ein, die betretene Gesichter machten. »Sie ist nur einssechzig, Menschenskinder.«

»Einszweiundsechzig, Lefty«, korrigierte Selina.

»Schnauze. Und was heißt hier ›Lefty‹? Ach, vergiß es. Briian, mach dich nützlich und find die Pläne. Ken, bind die Blondine fest.«

Miranda, mit Sicherheit die letzte Frau auf Erden, der es schmeichelte, sich als ›Blondine‹ bezeichnet zu hören, rappelte sich hoch.

»Also gut«, befahl Ken, »auf den Stuhl da und dann... Aaaaarrrgghhh!« Miranda hatte einen Treffer auf seiner Nase gelandet, und nun lief ihm das Blut über den adretten, marineblauen Anzug und die rote Krawatte – wobei es der Krawatte weniger Abbruch tat als dem weißen Hemd. Das brachte Miranda einige Punkte, aber es ließ Ken leider seine ohnehin unterentwickelten Kavaliersmanieren vergessen, und er schlug hemmungslos zurück.

Miranda ging wieder k. o. zu Boden. Selina schrie und wurde auf ihren Stuhl runtergedrückt. Sie begann zu heulen. Den Ballermann schien das zu freuen, er deutete es wohl als Schwäche statt als Gefühlsaufwallung.

»Na, na! immer mit der Ruhe«, meinte der Revolverheld, als der Mann mit der Blutnase erneut zum Schlag ausholte. »Menschenskinder, hinsetzen, alle Mann!« befahl er seinen Kollegen. »Ich muß nachdenken. Ich weiß nicht, was wir jetzt mit den Elsen anstellen sollen.«

Selina wiederholte an dieser Stelle einiges, was sie einst in sehr zartem Alter im Scherschuppen gelernt und in der Farmküche zum Besten gegeben hatte. Die darauffolgende Gardinenpredigt von Dot hatte sich gewaschen gehabt, Len hatte allerdings erst recht was zu hören bekommen, als er abends zum Essen eintrudelte, denn schließlich hatte er zugelassen, daß seiner Tochter dergleichen zu Ohren kam.

Briian kehrte mit den gerollten Kopien der Pläne in der Hand von der Veranda zurück. Sein weißer Safarianzug saß immer noch tadellos. Er grinste Selina hämisch an.

»Das kann Billy Idol besser«, sagte Selina. »Du Schwein, Briian, wenn ich dich zu fassen kriege, reiß ich dir die Nüsse ab und stopf sie dir in die Hosentaschen!«

Briian schaute beleidigt. Alle anderen schauten abwägend auf seine Hosentaschen.

Dann klingelte das Telefon. Es war ein unpassend alltägliches Geräusch für eine derart absurde Situation.

»Wahrscheinlich jemand vom Sender. Wenn niemand rangeht, denken sie, es stimmt was nicht«, sagte Selina rasch. »Laßt mich abnehmen.«

»Von wegen, du Schlaumeierin«, sagte Lefty. Er gestikulierte mit dem Revolver. »Briian, regel du das. Sie macht uns nur Ärger.«

»*No worries*«, sagte der Architicknichtrichtig und marschierte wiegenden Macho-Ganges ans Telefon.

Tüt... tüt... tüt.

»Hallo?«

»Hallo, wer ist da?«

»Hab zuerst gefragt, Großmaul.«

»Haben Sie nicht, Sie haben nur ›Hallo‹ gesagt. Könnte ich bitte Selina sprechen?«

»Was willst du? Sie ist nicht da.«

»Hier ist Jock Jovanovich. Kennen wir uns? Ihre Stimme kommt mir irgendwie...«

Selina schrie, einer der Schweren Jungs hielt ihr den Mund zu, sie biß zu, und nun schrie er.

»Was ist denn da los?« fragte Jock argwöhnisch und sehr weit weg.

»Kleine Fete«, erklärte Briian. »Ich bin der *Freund.* Alles bestens.«

»Moment mal«, sagte Jock. »Aha! Der Architicktnichtrichtig! Was hast du da zu suchen? Dich würde sie doch mit der Kneifzange nicht anfassen.«

»Würde sie wohl!« meldete sich zuerst Briians verletzte Eitelkeit und dann sein Mundwerk. »Sie ist ganz heiß auf mich. Also verpiß dich!«

Als Briian auflegte, schrie Selina nochmal auf.

Briian wandte sich dem Revolverhelden zu und grinste. »Dem habe ich ordentlich Sand in die Augen gestreut.«

Der Revolverheld seufzte und zog den Telefonstecker aus der Wand. »Ich glaube, wir sollten lieber verduften.«

Mittwoch, 16. Dezember 1998

Als die Morgenzeitung auf den Vorderrasen plumpste, war Miranda immer noch nicht zu sich gekommen. Sie wurde von Vogelgezwitscher und einem hitzigen Nachbarstreit geweckt, der sich um einen versäumten Frühstücksflokkenkauf zu drehen schien. Es war die Art Streit, die unter den herrschenden klimatischen Bedingungen im Nullkommanix zum Blutbad mutieren konnte, aber darüber nachzudenken war jetzt nicht der geeignete Moment.

Miranda lag auf dem Fußboden und starrte eine Zeitlang zum Deckenventilator hoch. Dann richtete sie sich vorsichtig auf und betastete ihren Kiefer und ihren Hinterkopf, was ihr ein zweifaches ›Autsch‹ entlockte. Sie fühlte sich noch ein wenig schwindelig und neben der Kappe, nichts, was einer von der trinkfesten Journalistenzunft gänzlich fremd gewesen wäre, also ging sie hinunter und holte die Zeitung.

›Was habe ich bloß getrunken?‹ überlegte sie, als sie die etwas wackligen Stufen in den Garten hinunterstieg. Selbst die Frühmorgensonne war zu grell, und auf halbem Wege nach unten kniff sie die Augen zusammen und kundschaftete aus, wo die Zeitung diesmal gelandet war. Großartig. Wieder einmal mitten in der Bougainvillea. Sie fischte sie mit Hilfe der verrosteten, eigens diesem Zweck zugedachten Angelrute heraus und studierte die Schlagzeile.

FRANKLIN GOLFPROJEKT BRINGT NT GELDSEGEN stand da. Nachdem er Miranda also mit lapidaren Statements zu bauordnungsrechtlichen Details abgespeist hatte, hatte Harold Franklin der *Territory Voice* die Gunst erwiesen, sie in seine Pläne für die bauliche Nutzungsänderung des Küstenstreifens und die Festsetzung als Mischgebiet einzuweihen, auf dem Minigolfplätze für alle errichtet werden sollten und Touristen wie Territorianer anlocken würden.

Miranda stand im rosa Sarong auf dem Rasen, den Blick starr auf die Balkenüberschrift gerichtet. »Dieser schlangenschlitzäugige, stummelbeinige, tätowierte Puddingtätschler«, knurrte sie, »ich weiß, was der ausheckt! Der will doch ...«

Aus diesen Gedanken wurde sie herausgerissen, weil ein großer, staubiger Kleinbus und ein Morris Jeep auf dem Rasenstreifen hielten. Sie blinzelte durch die Zweige, ohne sich groß was zu denken, als Chloe dem Jeep entstieg und mit einem Holzprügel gegen die Ladetür des Kleinbusses zu donnern begann. Nach einigen vielsprechenden Schlägen und großem Geschrei aus dem Wageninnern gab sie auf.

Miranda schob den Riegel der Gartenpforte auf und trat in die Einfahrt. »Chloe, was machst du denn hier?«

»Hä?« murmelte Chloe, ging um den Wagen herum und versuchte, die staubverkrusteten Fenster zu öffnen. »Wieso? Ich habe dir doch gestern gesagt, daß der Mob aus Nyampuju anrückt. Hast du's vergessen? Der Tanz-und-Rock-Mob. Sie haben diese Woche in Darwin ein paar Auftritte. Du hast gesagt, sie könnten bei dir wohnen; du wolltest das gestern mit Sellie regeln.«

Inzwischen war Chloe an den Fenstern der anderen Seite zugange. »Sie hatten eigentlich vor, ins Reservat zu fahren, aber sie wollen lieber ein reines Weiber-Camp, weißt du, ohne Kerle, ohne Besoffene. Du weißt ja, wie es ist... meine hochverehrten Damen«, sagte sie nun zum Bus selbst, »klemmt wie nichts Gutes, die Tür. Also Leute, von innen gegentreten und raus damit. Die vom Landrat bringen das schon wieder in Ordnung.«

Aus dem Wageninnern erscholl dumpf ein vielstimmiges *Yuwayi!*, gefolgt von einem gewaltigen Rums!, der die Ladetür aus den Angeln hob und in den Rinnstein beförderte.

»Tag die Damen!« rief Chloe munter. »Tag Tante, Tag Schwester, Tag Mutter, Tag, du andere Mutter da hinten, Tag Großmutter... darf ich euch Miranda vorstellen? Hier könnt ihr beruhigt campen. Kein Stress, kein Stoff.« Dann erst drehte sich Chloe nach Miranda um, die entsetzt auf die klaffende Öffnung im Bus starrte.

Ein nicht abreißender Strom von Frauen mit wunderschönen braunen Augen und dunkler Haut quoll daraus hervor, mit Babies, zusammengerollten Bündeln, Kleinkindern, Leinwandrollen, *billy cans*, Plastiktüten, verschrammten Gitarren, einem Hi-Hat und Wolldecken bepackt. Die Frauen trugen einheitlich staubige, ärmellose Kittelkleider und waren barfuß. Sie lächelten Miranda scheu an.

»Sie sind fünfzehn Stunden bei verklemmter Tür unterwegs«, erklärte Chloe, »du darfst dich nicht wundern, wenn sie leicht mitgenommen aussehen. Deute einfach die ungefähre Richtung von Waschmaschine und Dusche an, und ich nehme derweil Sellie zur Arbeit mit. Allgemeines Baden für den Mob angesagt, wie, Ivy?«

»*Yuwayi*, Schwester, Musik in meinen Ohren!« erwiderte ein temparamentvoll wirkender Teenager. »Die da hält uns für einen Mob dreckiger Blackfellas, wie?« Sie grinste.

»Quatsch«, murmelte Miranda benebelt, »es ist die Tür. Die Tür, die Tür... alles fliegt durch die Gegend... ich weiß nicht... Franklin. Doch, ich weiß, was er getan hat. Er hat ihnen die heiße Story zugespielt. Ich weiß, was das Schwein getan hat. Ich weiß...« Sie verstummte.

Das junge Mädchen rappelte etwas in Aboriginessprache, und die Mienen der Besucherinnen veränderten sich:

schlagartig verschlossene Gesichter. Sie lächelten zwar unverändert scheu, zogen aber ihre Kinder dichter an sich heran.

Wenn es eins gibt, was Aborigines beherrschen, dann gegenüber wirr redenden weißen Menschen die Form zu wahren, obwohl Miranda eigentlich für eine andere Gewalt im Staat arbeitete als die ihnen geläufigeren Vertreter.

»Nein, nein, die hier nicht, die ist nicht *myall*«, versicherte Chloe. »Ich fürchte eher, sie ist krank.« Chloe berührte Mirandas Gesicht und sah ihr tief in die Augen. Sie strich ihr das Haar zurück und entdeckte einen üblen Striemen, dann erst fiel ihr der Bluterguß an Mirandas Kinn auf.

»*No good*«, sagte eine der älteren Frauen.

»Du sagst es, Tante: *no good*. Kommt, wir bringen sie rein.« Chloe führte Miranda die Stiegen hinauf und blieb vor der zersplitterten Tür stehen. Die Kinnlade fiel ihr herunter.

»Na, da haben wir's doch!« sagte Miranda. »Das war's Chloe, daran habe ich mich zu erinnern versucht: Ich muß die Tür reparieren lassen. Hereinspaziert, die Damen. Es ist ein bißchen unordentlich, aber das haben wir gleich. Der Mob soll es doch gemütlich haben.«

Die Frauen folgten zögernd, plötzlich stumm, keine ließ Chloe aus den Augen. Etwas Schlimmes war hier geschehen. Blut auf dem Boden und zerbrochene Möbel. Zwei ältere Frauen schoben sich durch den Pulk nach vorne und stießen hohe, durchdringende Klagelaute aus.

»Wo ist Sellie?« fragte Chloe, nahm Miranda fest an die Hand und sah ihr ins grünliche Gesicht.

»Ach, die lebt doch in Melbourne«, erwiderte Miranda leichthin.

»O je«, sagte Chloe und besah sich die Bescherung. »Komm zu dir, Mädchen, Sellie steckt in Schwierigkeiten.« Chloe musterte das elende Häuflein Frauen im Eingang. »Verstaut erst einmal eure Sachen und den ganzen Kram in den Schlafzimmern; laßt das hier erst einmal.« Chloe wandte sich den vier Teenagern zu, die dichtgedrängt beieinander standen und voller Abscheu auf das

Blut starrten. »Los, helft den Tanten.« Sie fügte hinzu: »Und setzt eine *billy* auf, die hier braucht dringend eine Tasse Tee.«

»O ja, Tee wäre wirklich wunderbar«, sagte Miranda. Die Mädchen wechselten Blicke.

»*Warrungka*«, sagte eine von ihnen vielsagend.

»*Warrungka*«, wiederholte Miranda versonnen und drückte sich die *Territory Voice* an die Brust. »Ist das euer Aboriginesname für mich?«

»Nein, es bedeutet: eine weiche Birne haben«, klärte sie Chloe auf. »Setz dich hin. Ich rufe meinen alten Freund, den Police Commissioner, an.«

»Aha«, meinte Miranda.

Chloe stöpselte das Telefon ein, schlug im Plaza-Kalender aus ihrer Handtasche nach, wählte und begann, zur Begleitmusik von Geschnatter und symphonischen Wassergeräuschen – Kesselzischen, Brauserauschen und dumpfem Waschmaschinenschwappen aus dem Keller – zu sprechen.

Innerhalb einer Viertelstunde suchten sieben Polizeibeamte verschiedenster Dienstgrade, ein Arzt und Police Commissioner Mick Maguire ein Stück intakte Tür, an das sie klopfen könnten. Chloes Verwandte stoben in alle Himmelsrichtungen davon und verkrochen sich in diversen, übers ganze Haus verteilten Schlupflöchern, bis Chloe ihnen klarmachen konnte, daß die Polizei nach Bösewichten fahndete.

Die Constables begannen, alles mögliche zu messen und zu etikettieren, fotografieren im Wohnzimmer, vermaßen die Bremsstreifen draußen auf der Straße. Der Arzt knöpfte sich Miranda vor, leuchtete ihr mit einem Stift in die Pupillen, hob verschieden viele Finger und erhielt jedesmal auf seine Frage nach der Anzahl die falsche Antwort. Dann fragte er sie nach dem Namen des derzeitigen Premierministers. Der Doktor hatte darauf schon eine Vielzahl verschiedener Vorschläge gehört, darunter Ron Barassi und Prinz Charles, doch noch nie war ihm eine Gehirnerschütterte untergekommen, die sämtliche Namen der Mitglieder des jüngst umgebildeten Kabinetts und ihre jeweiligen Ressorts runterspulen konnte.

Damit war die Sache entschieden: Der Arzt verkündete, er werde Miranda zur Beobachtung ins Krankenhaus bringen. Mit ihr wäre als Zeugin irgendwelcher Verwüstungen offenbar kein Staat zu machen, weil sie sich an nichts erinnern könnte als eben ans Kabinett, und sie gehöre stationär behandelt.

Der Police Commissioner, in dessen Elternhaus Chloe lange angestellt gewesen war, kannte sie nicht nur als beste Geschichtenerzählerin aller Zeiten, sondern auch als Herstellerin der besten *Scones* im gesamten Darwin-Distrikt. Er zog sich zu weiteren Beratungen mit Chloe in die Waschküche zurück.

»Chloe, viel mehr ist im Augenblick nicht zu machen. Ich werde alle Dienststellen anweisen, nach eurer Freundin Ausschau zu halten, und ich werde ein Wörtchen mit dem Hotelmanager reden und herausfinden, warum sie gestern gekündigt hat, aber ohne zusätzliche Hinweise stehe ich auf dem Schlauch. Wir wissen nichts von irgendwelchen verdächtigen Gestalten, die sich derzeit in der Stadt herumtreiben. Na ja, wir haben den Laden – äh, entschuldige: das Wohnzimmer – komplett eingestaubt, und wir müssen abwarten, was das an Spuren hergibt. Ich werde tun, was ich kann.«

Chloe vertraute Mick Maguire – und das mit gutem Recht; als Kinder- und Hausmädchen hatte sie den Burschen schließlich mehr oder minder großgezogen und ihm einen Gutteil seiner moralischen Grundwerte eingeimpft. Wann immer jemand in ihrer Hörweite die Polizei als durch die Bank korrupt bezeichnete, wurde sie kiebig. »Es gibt bestechliche Bullen und unbestechliche Bullen«, erklärte sie dann. »Und daß du sie ja nicht über einen Kamm scherst.«

Jetzt verriet sie Mick, daß sich Miranda bei einer früheren Gelegenheit gescheut hatte, die Polizei zu benachrichtigen, weil sie hinter anonymen Drohungen als Drahtzieher Harold Franklin vermutete. »Sollte es Franklin je wagen, sich mit mir anzulegen, dann soll er mich kennenlernen«, sagte Maguire dazu. »Was nicht heißen soll, daß er nicht von Nutzen wäre, wenn jemand mehr Polizeibefugnisse fordern muß.«

»Du hast mehr als genug«, wies ihn Chloe in der gleichen Weise zurecht wie früher, wenn es um seinen Kuchenkonsum ging. »Ich werde heute nachmittag mal hören, wie ihr vorankommt.«

»Reine Routinesache, Chloe«, sagte Maguire im Gehen.

»Klar. Ist auch reine Routine, daß der Police Commissioner höchstpersönlich die Hausbesuche macht, wie?« konterte sie.

Eine ältere Frau kam zögernd aus der Besenkammer in der Diele neben der Küche hervor.

»Was machst du denn da, Nungarrayi?« fragte Chloe.

»Besser still-still, lange Polizei-Mob da«, erklärte die Alte in der siebten Sprache, die sie erlernt hatte – Kriol, einer Territoriumsmischung aus Whitefella- und Aboriginessprachen. »Gibt kein Töten mehr, heut, diese Zeit, sagen sie, Whitefella-Gesetz, aber weiß man?«

Sie wechselte in ihre eigene Sprache und erzählte ein Weilchen von früher, von der Heimat ihrer Mutter.

»Ja«, sagte Chloe sanft und hielt der alten Frau die Hand. »Ich muß jetzt zur Arbeit, Tante. Inzwischen kannst du doch schonmal das Bild für die Ausstellung malen, von der Heimat deiner Mutter, den Flußtraum. Und gib auf die Jüngeren acht, ja? Gegen mittag bringe ich Brot und Tomaten und Corned beef, was ihr wollt. Gut? Ihr seid hier in Sicherheit. Hier, gib Ivy, der die singt, diese Telefonnummer. Sie soll da anrufen, wenn ihr mich braucht, ja?«

»*Yuwayi*, Tochter. *Boh-Boh*.«

»*Boh-Boh*, Tante.«

Zur gleichen Zeit dämmerte Selina, wie schlimm das Hitzetief erst sein konnte, wenn man verschnürt im Kofferraum eines Commodore älteren Baujahrs lag. Zwar hatte sie sich mit Zaubertricks der Anfängerklasse entfesseln können, aber Platz zum Tangotanzen war trotzdem nicht gerade. Sie versuchte, einen klaren Gedanken zu fassen, einen Fluchtplan, aber es war so schrecklich heiß, und sie hatte schon genug damit zu tun, nicht links und rechts gegen die Kofferraumseiten geschleudert zu werden oder sich den Kopf an ihren Hutschachteln zu stoßen, die zurückzulassen sie sich strikt geweigert hatte.

›Lefty‹ – sie blieb bei dem Namen – hatte die Schachteln nach versteckten Waffen untersucht und nur Kleider, Haarnadeln, ein Tagebuch, Flusen, eine Postkarte, eine Crowded House-Kassette, Tampons, ein Paar goldene Lurexhandschuhe, Stifte und Seife gefunden. Er war nicht auf die Idee gekommen, auf Geheimfächer zu kontrollieren. Selina versuchte sich krampfhaft zu erinnern, was in ihrem Geheimfach drin war, aber sie war sehr müde. Sie hatte sich die ganze Nacht wachgehalten, um möglichst verfolgen zu können, wohin die Schweren Jungs sie verschleppten.

Beim ersten Zwischenstop hatte sie gepeilt, daß es sich um ein großes Haus mit Blick auf die Fannie Bay und den Jachtklub handelte. Es waren der Name Franklin gefallen und hitzige Worte. Dann war sie wieder in den Kofferraum verfrachtet, zu einem anderen Haus gebracht, gefesselt, mit Augenbinde versehen und ein paar Stunden in ein Zimmer gesperrt worden. Jetzt waren sie wieder unterwegs. Während Selina sich in der nächsten Kurve festhielt, dachte sie an Miranda und betete zu jeder Gottheit, von der sie je gehört hatte, daß bei der Freundin alles in Ordnung war.

Dann dachte sie an Jock. Der Anrufer konnte nur Jock gewesen sein. Hatte er begriffen, daß etwas faul war? Würden die Bullen etwas unternehmen, oder hatte Franklin die alle in der Tasche? Würde man sie umbringen? Würde sie ein Frühstück kriegen? Konnte sie diese Hitze noch lange ertragen? Sie erlag einem plötzlichen, so kurzem wie heftigem Lachkrampf, wie ihn normalerweise nur ihr Liebesleben auslöste.

Der Wagen hielt, sie hörte Türen schlagen, Stimmen. Der Kofferraum wurde aufgemacht. »Schaff sie aufs Schiff, Ken«, hörte sie.

›Kleine Kreuzfahrt?‹, dachte Selina.

Die Sonne knallte ihr mit voller Wucht ins Gesicht. Sie fröstelte.

Als Chloe mittags mit dem Essen zum Haus Mirandas zurückkehrte, fuhr gerade ein Taxi vor. Chloe, vorsichtig geworden, blieb auf der untersten Stufe stehen und spähte durch eine Zaunritze. Ein Mann in grauenhaftem grell orangefarbenem Hawaiihemd – weniger schreiend als vielmehr gleich neun Bläsercombos, die zeitgleich *Girl from Ipanema* anstimmten – entstieg dem Wagen, gefolgt von einem Blue Heeler mit rot-gold-schwarzem Halsband und einem spitzbäuchigen älteren Herrn in hellem Safarianzug und Baseballkappe mit den aufgestickten Lettern FORBES. Sie entluden einige Gepäckstücke: eine grüne Reisetasche, zwei Aktenkoffer, eine Hundeschüssel, einen schütteren Tennisball, der bestialisch stank, und einen winzigen Koffer in Spielzeuggröße.

»Na großartig«, murmelte Chloe. »Willkommen in Warrungka City.«

Die Neuankömmlinge spazierten durchs Gartentor und schlossen es hinter sich.

»Sehr erfreut, Madam«, verkündete Hiram und riß sich die Baseballkappe vom Kopf. »Hiram F. Doppelganger zu Ihren Diensten. Übernahmen, Firmen-Raiding, Transaktionen nach Art des wandelnden Handels.«

»Tag auch«, sagte Chloe. Sie schielte zu Jock hinüber. »Können Sie das noch überbieten?«

»Tag«, erwiderte er. »Heiße Jock Jonvanovich. Serboschottischer Psychiater aus dem Süden. Freund von Selina. Besorgt ihretwegen. Mein Blue Heeler Rolf. Rief gestern abend spät an. Typ am Telefon, hörte Selina im Hintergrund schreien. Vermutlich Briian Bodoni, Architicktnichtrichtig. Behauptete, Freund von Selina zu sein. Unwahrscheinlich. Urlaubsreif. Heute morgen abgeflogen. Mußte Patient mitbringen. Hiram. Ist Selina wohlauf?«

Chloe schüttelte den Kopf. »Ich fürchte, nein. Wir wissen nicht, wo sie ist. Miranda hat einen übergebraten gekriegt, sie liegt im Krankenhaus. Aber die Bullen haben keine heiße Spur – im Gegensatz zu Ihnen, wie es scheint. Wußte ich doch, daß der Kerl nicht ihr Typ ist. Na, dann kommen Sie mal rein, Jock – war doch der Name, nicht? Ist Ihr Gefährte gefährlich?«

»Nein«, sagte Jock. »Nur verrückt.«

Rolf schleckte Chloe den Knöchel ab.

Als sie die Stufen hinaufgingen, drehte sich Chloe halb um und meinte: »Ich fürchte, besonders erholsam wird das für Sie nicht werden, Sportsfreund. Wir müssen das Mädchen finden.«

»Sieht so aus«, sagte Jock, in der Hoffnung, daß er cool und abgebrüht klang, während ihm in Wirklichkeit furchtbar heiß und mulmig war, er sich verschwitzt fühlte und was klare Gedanken anging, ziemlich von der Rolle. »Ist es hier immer so heiß?«

»Nein.«

»Ein Glück.«

»Manchmal heißer.«

»Na großartig.«

Das Blut auf dem Wohnzimmerfußboden war aufgewischt worden, aber einiges Kleinholz lag noch zerstreut herum. Die Tür bestand nach wie vor aus nicht viel mehr als langen Splittern.

»Ist offenbar eine Kämpfernatur, Ihre Sellie«, nickte Chloe anerkennend. »Woher kennen Sie sie?«

»Sie war gewissermaßen Klientin. Und Freundin. Ich habe ihr Geld gegeben, damit sie von Briian loskommt – dem Typen am Telefon. Ich verstehe nicht, was er hier zu suchen hat. Meine Fresse, wie sieht's denn hier aus?«

»Keine Sorge, der Auserwählte sind Sie. Doch, doch, sie mag Sie.«

»Sollten wir nicht vielleicht die Polizei rufen?« fragte Jock.

»Also eigentlich wollte ich vorschlagen, daß wir eine Runde Amateurdetektiv á la *Cluedo* spielen«, bemerkte Chloe trocken, die Hand schon auf dem Telefonhörer.

Diesmal kam bloß ein junger Constable, um Jocks Aussage zu Protokoll zu nehmen. Jock konnte eine ungefähre Zeit für den Schrei angeben und war sich fast sicher, daß die Stimme die Briians gewesen war. Chloe ermittelte durch einen raschen Anruf im Plaza, daß der Architicktnichtrichtig auf seinem Zimmer war.

Kaum eine Stunde später meldete sich Mick Maguire und

berichtete, daß Briian abgestritten hätte, am Abend zuvor bei Selina gewesen zu sein. Er würde darüber hinaus behaupten, er hätte gar nicht gewußt, daß sie sich in Darwin aufhielte. Man würde ihn zur weiteren Befragung auf die Wache mitgenommen haben, wenn er nicht als Alibi ein Treffen mit Bauminister Franklin zur Erörterung eines Minigolf-Projekts in Tennant Creek angeführt hätte – ein wasserdichtes Alibi offenbar, denn Franklin hatte es bestätigt. Mehr noch: Der hatte unaufgefordert für den Mann gebürgt.

Inzwischen war Rolf eingeschlafen und bekam den Schwanz von einem der Kinder bemalt, denen allesamt unter Androhung spiritueller wie körperlicher Züchtigung untersagt worden war, sich auch nur in Sichtweite der Straße zu begeben. Einige Frauen hatten ein halbfertiges Bild auf der Veranda ausgebreitet und setzten geduldig mit den Enden von Zweigen Punkt an Punkt. Sie unterhielten sich über die Träume, die sie malten, und tratschten über die Leute daheim und die seltsamen Vorgänge in dem Whitefella-Haus, in dem sie sich befanden.

Hiram legte einer Alten die Vorzüge von Termingeschäften dar. Daß sie ihn ignorierte, schien ihn nicht weiter zu stören.

Chloe und Jock saßen mit sanft wehendem Haar am Wohnzimmertisch unter dem Deckenventilator. Jock verputzte gerade das letzte Stück Zuckermelone und schälte für eines der kleineren Kinder, das auf seinem Knie saß und mit einem winzigen Zeigefinger den Mustern auf seinem Hemd nachfuhr, eine Orange.

»Tja, Chloe«, sagte Jock soeben, »ich weiß nicht recht, was wir als nächstes tun sollen. Es bringt ja wohl nichts, dem Minister ins Gesicht zu sagen, daß er ein Faustdicker-Lügen-Schweine-Hunde-Hu-«

»Nein«, unterbrach ihn Chloe mit einem warnenden Blick auf die Kiddies. »Miranda erinnert sich an nichts, und hier dumm herumzusitzen, bringt uns nicht weiter und Selina nicht zurück. Wir wissen nicht einmal, ob sie noch lebt.«

Jock sah Chloe fest an und sagte: »Sie lebt.«

»Ja, glaube ich auch. Aber was sollen wir machen? Wir haben die Bullen drauf angesetzt, mehr ist in der Richtung nicht zu machen.«

»Ja, dein Kumpel Mick scheint ja ganz in Ordnung zu sein. Ich weiß nicht. Vielleicht sollten wir bei diesem Franklin anfangen. Schwer vorstellbar, daß der sich auf gewaltsame Entführung einläßt, aber die Stimme am Telefon war eindeutig Briians, und Franklin deckt ihn, also muß er mit drinstecken. Ich werde ihm wohl einen kleinen Besuch abstatten müssen. Kann ich Hiram bei euch lassen?«

»Nix«, sagte Chloe. »Ich muß wieder an die Arbeit. Und ihr könnt hier beide nicht bleiben. Das ist ein Frauen-Camp. Verwandte von mir; sie kommen von einer *outstation* bei Nyampuju unten in der Wüste. Die Mädchen habe eine Band – *Women's Business*. Ihre Mütter und Tanten und Großmütter spielen quasi Anstandsdamen... außerdem sind sie selbst Tänzerinnen und Künstlerinnen. Sie hoffen, Bilder verkaufen zu können, während sie da sind. Die Girls haben ein paar Auftritte, einen in der Kunstgalerie und einen in der Old Greek Hall, und sie wollen außerdem einen Videoclip drehen – du weißt schon: Wüstenfrauen und das weite Meer. Tiefsinnig, symbolträchtig und so. Nach allem, was mir Sellie erzählt hat, kannst du's dir sicher leisten, im Plaza abzusteigen, oder?«

»Na ja, schon, aber was ist mit Rolf?« fragte Jock.

»Wir schmuggeln ihn im Personalfahrstuhl hoch«, sagte Chloe. »Also los, wir checken dich ein, und dann kannst du's mit Franklin aufnehmen. Wer weiß, vielleicht taucht Selina ja auch von alleine wieder auf.«

Jock beschloß, daß es an der Zeit war, so zu klingen, als wüßte er, wo's langging. »Der wird schon singen, sonst kriegt er's mit mir zu tun«, sagte er.

»Was ist denn mit dir plötzlich? Kiefer verrenkt?« fragte Chloe.

»Das sollte obercool klingen – du weißt schon, wie in den Gangsterfilmen, wenn sie mit zusammengepreßten Lippen aus dem Mundwinkel reden.«

»Dann mußt du dir aber erst einmal eine Gang zulegen.« Chloe lächelte grimmig.

»Hab ich doch schon, Chloe. Dich und Hiram und *Women's Business* und einen abgerichteten Viehzüchterhund. Wär' doch gelacht.«

»Ha ha!« kam es von Chloe.

Sie machten sich auf ins Plaza und schleusten Rolf im Personalfahrstuhl ein. Jock und Hiram bekamen nebeneinanderliegende Zimmer. Chloe, bereit, ihre Anwesenheit der Geschäftsleitung zu verheimlichen, gab nichts in den Computer ein. Immerhin mußte jemand aus dem Hotel Briian Selinas Adresse verraten haben, und Chloe war es nicht gewesen.

Nachmittags um vier machte sich Jock bereit zum Showdown mit Harold Franklin, Mitglied des Kabinetts und der Entführungsbeihilfe verdächtig. Er entnahm seiner Reisetasche ein Paar hellgrüne Hosen und ein lila Hemd mit gelbem Hammer-und-Sichel Muster und zog mit Hiram und Rolf ins Regierungsgebäude.

Jock schärfte Hiram und Rolf ein, sie dürften sich nicht vom Fleck rühren. Sie könnten solange im Foyer Zeitschriften studieren. Dem Sicherheitsbeamten gab er den Namen Briian Bodoni an, und nach einem kurzen Kontrollanruf sagte man ihm, er solle im Ministerbüro auflaufen. Als er in den Fahrstuhl stieg, kam Jock in den Sinn, daß er Hiram lieber nicht zur Zeitschriftenlektüre hätte animieren sollen. Das konnte sehr wohl irgendein Kapital-Verbrechen nach sich ziehen.

Die Fahrstuhltüren glitten zu, und Jock trat an zum Kampf gegen den Drachen, ein grell gewandeter Ritter ohne Phaser und Taktik.

Einspruch, Euer Unehren

Im Regierungsgebäude entsorgte die Klimaanlage letzte Residualeffekte der Treibhausluft draußen, und auf Jocks Rükken verdunstete der Schweiß noch während seiner Beförderung in die Chefetage. Er hatte nicht die leiseste Ahnung, was er sagen würde.

Harold Franklin watschelte ungeduldig in seinem Büro auf und ab, was etliche Sachbearbeiter unten in der Fremdenverkehrsabteilung wiederholt veranlaßte, besorgt an die Decke hochzustarren. Bis jetzt hielt der Putz stand.

Franklin hatte Gavin Baskerville aus dem Allerheiligsten verbannt und wartete auf Briian. Was zum Teufel hatte Bodoni hier zu suchen? Er hatte doch Anweisung, die Else auf der *Effie* zu verstauen, seinem hochseetüchtigen ›Lustkutter‹, der einige hundert Meter vor der Küste am East Point vor Anker lag. Dort war man, anders als im Jachthafen, ungestört.

Franklin trug den üblichen gilbweißen Synthetik-Safarianzug – Sonderanfertigung. Den Sakko hatte er abgelegt und über die kleine Schraubenpalme in der Ecke des Büros neben dem Bücherregal mit dem ganzen offiziell aussehendem Zeugs gehängt, das er nie gelesen hatte. Den Sakko hätte man leicht für das Festzelt einer Kerry-Packer-Protz-Hochzeit halten können. Franklin präsentierte sich somit in der ›Uniform‹ des Territorialpolitikers: weißes Hemd über deutlich erkennbarem weißem Unterhemd und Kragenknöpfe in den Landesfarben (Ocker, Schwarz, Weiß) mit ›Staatsblume‹, der Sturt's Desert Rose, oder vielmehr einer Künstlervision derselben, also schwarzes Loch in weißem Blütenkranz – landläufig ›Arschloch mit Zähnen‹ genannt, was auch auf Franklin zutraf.

Infolge langjährigen Alkoholmißbrauchs leicht hirngeschädigt, hatte Franklin immerhin noch einiges von dem behalten, was er sich vor seiner Trinkerkarriere angeeignet hatte: Verschlagenheit, Habsucht, rassistische Borniertheit, den Politikerriecher für hemdsärmeliges Händeschütteln und das dazugehörige Namensgedächtnis in einem Wahlbezirk, der mehrere tausend Kilometer umfaßte und nur wenige tausend Wähler.

Sein Gesicht war gerötet, und sein gewaltiger Wanst drohte die Hemdknöpfe abzusprengen. Seine Kniebänder trugen schwer an ihrer Last. Franklin wandte sich um und blickte zum Fenster hinaus über die Docks und den Darwiner Hafen. Es war Ebbe, und auf Hunderte Meter sah man nur Schlamm und Mangroven. Dahinter lag wie azurblaues Glas das Meer. Franklin begutachtete sein Reich.

Er mußte das Mädchen irgendwie um die Ecke bringen lassen – was sagte er da? – oder zumindest aus dem Weg schaffen, irgendwohin, wo keinerlei Verbindung zu ihm herzustellen wäre. Außerdem gab es da die lästige Angelegenheit der ABC-Fotze und ihrer Gedächtnislücke, die sich jederzeit schließen konnte. Aber immerhin, bisher deutete nichts darauf hin, daß er irgend etwas mit der Sache zu tun hatte. Wenn die Jungs sich bloß nicht aufgeführt hätten wie Elefanten im Porzellanladen. So war das nicht gedacht gewesen. Wieso hatten sie sich nicht einfach die Pläne geschnappt und fertig?

Franklin furzte laut und strich sich mit einer Hand die beiden Haare auf seinem Kopf glatt. Zwar beschäftigte ihn dergleichen in diesem Augenblick nicht, doch er besaß auf der ganzen weiten Welt keinen einzigen Freund. Die Leute wurden dafür bezahlt, ihn zuvorkommend zu behandeln, Ja und Amen zu sagen, über seine schlechten Witze zu lachen. Seine Wähler hielten ihn für einen anständigen, bodenständigen Kerl, dem es nicht im Traum eingefallen wäre, ihre Steuergelder in den dunklen Kanälen einer obskuren Handelsbank verschwinden zu lassen – ein Image, an dem er fleißig polierte. Aber es gab niemand, der ihn näher kannte und leiden mochte. Nicht einmal seine Frau.

Das Wechselsprechgerät auf seinem Schreibtisch meldete gehorsamst: »Mr. Bodoni ist eingetroffen, Sir.«

Beim Gedanken an seine Sekretärin Connie griente Franklin dreckig. Er wußte ganz genau, daß sie sich nicht gern von ihm den Hintern tätscheln ließ, wenn immer ihm danach war. Trotzdem mußte sie ihn mit *Sir* anreden. Und weit und breit keine Gesetze gegen Belästigung am Arbeitsplatz für sie in Sicht, die Ärmste.

Er fühlte sich gleich besser, fühlte sich groß, gemein, gefährlich, er griff sich aus der Minibar unterm Bücherregal eine grüne Dose, ließ den Verschluß zischen und watschelte an den Schreibtisch zurück, wo er einen Knopf drückte und sagte: »Soll reinkommen, Mausi.«

Er nahm einen kräftigen Schluck Bier, ließ sich in seinen Sessel fallen und sprengte ein halbes Kilo Mörtel von der Decke unter ihm. Schon beim ersten Ächzen des Ministersessels hatte der Sachbearbeiter unter ihm flugs seinen Golf-Schirm aufgespannt.

Oben ging Franklins Bürotür auf, aber Connie, die zu sehr damit beschäftigt war, sich an der Klinke keinen Fingernagel abzubrechen, entging die entgeisterte Miene des Ministers beim Anblick Jocks.

»Kaffee, Sir?«

»Verschwinden Sie, Connie.«

»Ja, Sir.« Sie zog die Tür hinter sich zu.

Jock trat ans Fenster, schob die Hände in die Hosentaschen und nickte. »Spitzenaussicht«, sagte er.

»Wer zum Teufel sind Sie?«

»Ihr Totengräber, Herr Minister, könnte man sagen.«

Noch unterhalb des Tourismusniveaus, im Foyer, wurde Hiram und Rolf langsam langweilig. Rolf hatte zu seiner Zerstreuung angefangen, sämtliche Besucher dem Sicherheitsbeamten zuzutreiben, was alle Welt putzig fand. Hiram war es nach vollen fünf Minuten leid, untätig herumzusitzen. Schon die kleine Dosis *Business Review Weekly* hatte ihn in Wallung gebracht. Zeit zu handeln. Zeit zu wandeln . . .

Ein kleiner Dunkelhaariger fiel Hiram ins Auge. Er irrte, behängt mit mehreren Fotoapparaten, auf dem ministeriellen Vorhof umher und kämpfte mit einem aufgefalteten Plan. In Hirams Hirn lockerte sich eine weitere Schraube, mit der Folge, daß sich die Ereignisse fortan nicht nur überstürzten, sie schlugen Purzelbäume.

Hiram ließ sich von der Tür hinausdrehen und packte den Mann am linken Ellbogen. Er hebelte ihm die Hand halsbrecherisch auf und nieder und strahlte. Der kleine Mann lächelte höflich und verbeugte sich. Hiram ebenfalls.

»Harasato«, stellte sich der Mann mit leichtem deutschen Akzent vor. »Museum?« fügte er hinzu und tippte hoffnungsvoll auf seinen Plan.

»Hiram F. Doppelganger«, posaunte Hiram. »Schön, daß Sie sich freimachen konnten, Harasato. Kommen Sie, kommen Sie. Wir schnüren das Paket nur eben, und dann feiern wir mit neun Löchern. Folgen Sie mir!« Er schob Mr. Harasato, Toyota-Werksangehöriger aus Kyoto, durch die Drehtür. Mr. Harasato lächelte beglückt. »Ja, Golf. Ja. Museum, Golf. Ah, *arigato*.«

»Sie sagen es, Freund, Arigato Finance. Gut, daß Sie da sind«, rief Hiram, während er und Rolf vereint den japanischen Touristen dem Sicherheitsposten zutrieben.

»Da wären wir«, sagte Hiram zum Wachposten.

»Das sehe ich«, erwiderte der Pokerface-Posten.

»Da wären wir also«, wiederholte Hiram, und sein Blick fiel auf eine kleine Anzeigetafel neben der Treppe. »Gerade noch rechtzeitig für die Bauplanungskonferenz, Ebene vier.«

»Ja, sagen Sie das doch gleich«, meinte der Sicherheitsbeamte. »Vierter Stock. Wenn Sie aus dem Fahrstuhl kommen, durch die Glastür links.«

»Kommen Sie, Mr. Harasato. Denen werden wir zeigen, was eine Harke ist«, sagte Hiram und marschierte über das Marmorparkett zum Aufzug. Dabei faltete er den Plan zusammen. Hiram hatte dem strahlenden Mr. Harasato einen Arm um die Schulter gelegt, und dieser brabbelte »Paul Hogan, Koalabären, Kragen-...«, als die Fahrstuhltüren zuglitten.

Rolf sah den Sicherheitsbeamten an. Der Sicherheitsbeamte sah Rolf an. »Könntest recht haben, *mate*«, sagte der Mann.

Im vierten Stock schritt Hiram energisch durch die Glastür, Mr. Harasato im Schlepptau. Glücklicherweise handelte es sich um splitterfreies Glas, das in harmlose Glaskrümel zerbarst. Trotzdem sorgte das für einiges Aufsehen: Erschreckte Sekretärinnen umringten sie zusammen mit verbeamteten Anzugträgern, die im Begriff gewesen waren, die Sitzung zu eröffnen. Schließlich hatten Hiram und Mr. Harasato sich vom Glasgries befreit. Mr. Harasato, etwas unsicher auf den Beinen, wurde von Hiram festgehalten.

Alle Konferenzteilnehmer trugen unübersehbare Schilder, auf denen Name, Funktion oder Beruf deutlich angegeben waren. Das erleichterte Hiram die Sache ungemein. Unter bewundernswertem Einsatz von gesundem Menschenverstand, kräftigem Händedruck und ungebremstem Schwung arbeitete er sich durch den Saal vor. An einem Ende des endlos langen Konferenztisches stand ein Brett mit der Architekturzeichnung eines großen Baukomplexes. Hiram fand, es sah aus, als wären Außerirdische auf einer fünfunddreißigstöckigen Streichholzschachtel gelandet.

Er und Mr. Harasato nahmen nebeneinander Platz. Der Versammlungsleiter, ein hohes Tier vom Schatzamt, hielt die beiden für Begleiter zweier Pressesprecher, die wiederum annahmen, sie gehörten ins behördliche Lager. Der Finanzbeamte stellte das Bauprojekt vor und räumte ein, es werde wahrscheinlich auf unbestimmte Zeit auf Eis gelegt werden müssen, denn obwohl die Regierung bereit sei, die Hälfte der Entwicklungskosten zu übernehmen, wüßte niemand, wer die andere Hälfte finanzieren könnte, und zudem sei noch kein Standort gewählt. Er zwinkerte. Hiram hörte sich das etwa eine Viertelstunde lang an, dann schlug er zu.

»Meine Herren«, begann er, erhob sich umständlich und versetzte Mr. Harasato einen kräftigen Schlag zwischen die Schulterblätter. »Da kommen Harry und ich wie gerufen. Für die, die mich nicht kennen: Hiram F. Doppelganger, auf meinem Mist ist das Geschäfts- und Verwaltungsviertel in Brisbane gewachsen, ebenso Loala Square in Broome und der halbe Central Business District in Perth. Die Baulöwen habe ich in der Tasche, und mein Freund Mr. Harasato ...«

mit guten Beziehungen? Einem unorganisierten Haufen Ballroom Dancing Fans? Spielt keine Rolle. Wir sind Steuerzahler und Wähler... ach was, geht Sie gar nichts an.«

»Ich weiß nicht, wovon Sie reden«, sagte Franklin und kratzte sich hingebungsvoll am Sack. »Und jetzt verschwinden Sie.«

›Spitzenleistung‹, dachte Jock, als er aus dem Fahrstuhl in ein leeres Foyer trat. ›Keinen Eindruck auf Schweinebacke gemacht und jetzt noch der galoppierende Patientenschwund.‹

Jock ließ sich auf den Gehweg hinausdrehen, geradewegs in eine Hitzewand. Ein Gefühl, als dehnte sein Hirn sich aus, ohne daß im Schädel Platz dafür wäre. Außerdem expandierten offenbar leider nur die unterbelichteten Hirnpartien. Das Hitzetief bremste alles, und klare Gedanken kamen als erste zum Stillstand.

Er zog sich das Hemd über die Hose, fächelte sich mit den Schößen Luft zu und starrte über endlosen, sanft abfallenden Rasen zu einem mit Palmen und Bougainvillea bestandenen Kliff hinüber. Dahinter nur Meer, leuchtend blau und mit Diamantsplittern besetzt. Jock verschloß die Augen vor der Helligkeit und lauschte dem Sirren und Stottern der Rasenspenger – kschhh tschock tschock tschock kschhh tschock tschock tschock – Dauer-Geräuschkulisse Darwins. Von Rechts wegen dürfte Darwin gar keinen Rasen haben, sinnierte Jock. Rasen war ein Importartikel, wie Bier und Waffen und – wie hatte Franklin ihn genannt? – Südländer, die sich in Sachen einmischten, die sie nichts angingen.

Jock schob zwei Finger zwischen die Zähne und pfiff durchdringend zweitonig. Er hörte ein schwaches Antwortbellen. Er wartete sechzig Sekunden und pfiff nochmals. Die nächsten zwei Bellaute klangen näher. Die Rückkehr bereitete Rolf offenbar Schwierigkeiten, aber keine so ernstlichen, daß es nötig wäre, ihn suchen zu gehen. Wahrscheinlich hatte Hiram gegen den Viehtrieb mit vertauschten Rollen einiges einzuwenden.

Während er auf dem Rand eines wuchtigen Betonblumenkübels hockte und wartete, fuhr ein weißer Commodore mit getönten Scheiben und flatterndem Arschloch mit

Zähnen am Kotflügel vor und blieb mit laufendem Motor stehen. Franklin kam durch einen Seiteneingang herausgewatschelt und stieg hinten ein. Dann fiel Jock auf der gegenüberliegenden Straßenseite ein Mann im Schatten einer Palme auf. Trotz der Hitze trug er einen braunen Anzug mit Krawatte und die Art Sonnenbrille, die Jocks alter Freund und Kollege Eric Urbanburger gern als ›FBI-Standardausrüstung‹ bezeichnet hatte. Jock schmunzelte. An Eric hatte er geraume Zeit nicht mehr gedacht. ›Wie's dem wohl gefällt, als Psychoguru der Ami-Nation herumgereicht zu werden?« dachte Jock und sah dann Hiram um die Ecke des Gebäudes sprinten, einen hechelnden, schnappenden Rolf hart auf den Fersen.

Noch bevor sie Begrüßungen und Beschwerden hatten austauschen können, kam Gavin Baskerville durch die Drehtür gewirbelt und klopfte Hiram auf die Schulter. »Mr. Doppelganger«, strahlte er, »geht klar. Wenn Sie dann morgen die Papiere vorlegen, bringen wir die Chose unter Dach und Fach und halten am Nachmittag eine Pressekonferenz ab. Sie müssen unbedingt Minister Franklin kennenlernen. Ich richte es für morgen ein. Wer ist das?« Er zeigte auf Jock.

»Mein Neffe«, sagte Hiram. »Ich denke, wir gehen zu Fuß zum Plaza zurück. Komm schon, Frank, wir sollten die Tokioter Bilanzen noch unter die Lupe nehmen.«

Jock öffnete den Mund. »Ja, Onkel«, sagte er. Gavin Baskerville blickte ihnen lange nach.

Unterdessen saß Selina auf Franklins Lustkutter in der Küche – sie weigerte sich, von einer Bordpantry zu sprechen. Sie hatte diverse Methoden des Zeitvertreibs entwickelt, während die Schweren Jungs oben (oder ›an Deck‹, wie sie selbst gerne sagten) sich flegelten, Bier tranken und Dame spielten.

Sie hatte zweimal haarnadelunterstützt den Bordcomputer angewiesen, Anker zu lichten, und hatte erst Besserung gelobt, als man ihr für den Wiederholungsfall Schläge androhte. Sie hatte die Schweren Jungs um sämtliche Schlüssel erleichtert und sie an ihrem Körper verborgen, hatte Post in eine leere Limmonaya-Wodka-Flasche (aus ihrem Geheimfach) gepackt und durchs Bullauge geworfen, das leider zu diesem Zeitpunkt geschlossen war. Der unvermeidliche Krach war ihren Wärtern nicht entgangen, die Flasche wurde mit Hilfe eines langen Besenstiels mit so einem Dingsbums am Ende (dem Bootshaken) herausgefischt. Sie hatte auch einige Zeit darauf verwandt, Spottlieder zu verfassen – Hauptthema: Briians Pimmel – und sie lauthals nach Art der Shanties zum Besten gegeben.

Sie hatte versucht, Miranda via Telepathie zu erreichen. ›Na, na! kleines Fräuleinchen, jetzt ist aber gut. Hoffe, du hast dich berappelt, hattest immer schon einen Dickschädel, bitte sei gesund.‹ Und an Jock: ›Du weißt genau, daß ich von Briian nichts will; benachrichtige die Polizei!‹ Und an ihre Eltern: ›Mir geht's gut – mir geht's gut – mir geht's gut – wie geht's Hetty?«

Sie hatte die Schweren Jungs überredet, sie nach oben (an Deck) zu lassen. Es empfing sie die gewohnte wässrige Darwin-Vista. Ein paar Patrouillenboote der Marine brachten ganze Flottillen indonesischer Fischerboote auf. Sie waren auf Haifischflossenfang gewesen. Die Flossen schnitten sie ab, und den Rest benutzten sie als Köder für weitere Haie. Die Haifischflossen, zunächst für den Suppentopf, nun aber für einen Fischereiministeriums-Scheiterhaufen bestimmt, schmückten an langen Leinen die abgewrackten Fischerboote wie Wimpel die Höfe von Autohökern. Aber das Aqua-Trampen barg noch weitere Gefahren: Von Miranda wußte Selina, daß die Boote oft Brutstätten von Cholera, Gelbfieber und Typhus waren. Ihr wildes Winken bewirkte außerdem nur Nachahmung und war noch schweißtreibender. Sie hatte bereits drei Literflaschen Wasser geleert, in der Hoffnung, daß die Schweren Jungs sich mangels Alternativen mit Bier vollaufen lassen würden, bis sie über Bord fielen.

Das Hitzetief wurde immer unerträglicher, und die

Sonne war auch nicht ohne. Es nahm dem Frische-Luft-Schnappen viel von seinem Reiz – mehr ein Schnappen nach unsichtbarer Suppe. Sie starrte nachdenklich ins Wasser. Sie wußte genau, was da unten lauerte: Haifische, Salzwasserkrokodile, tödliche Nesselquallen, und zwar nicht zu knapp. Wenn sie es überhaupt ins Seichte schaffte, warteten dort unter Umständen Stechrochen, die sich gar nichts dabei dachten, einem ihre Giftstachel in die Waden zu bohren. Einmal an Land, würde sie sich im langen Gras von den Parasiten womöglich Japanisches Flußfieber holen, und dann gab es auch noch dieses Gewürm am Boden, das durch die Fußsohlen drang und einen umbrachte. Die Einheimischen nannten es ›Fluch der Nightcliff-Gärtner‹. Oder sie bekam von einem Mückenstich Ross-River-Fieber, und das alles, wo die Schweren Jungs immer noch ihre Ballermänner und ein Boot mit Motor hatten. Selina war nicht nach einem Bad.

Briian machte sich an sie heran. Er trug eine spiegelnde Sonnenbrille und ein marineblaues Sakko mit Goldknöpfen im Admiralslook. Er lehnte sich lässig an die Reling, die ihm nur bis zum Oberschenkelansatz reichte – bei Selina dagegen bis zum unteren Rippenbogen. »Hey Baby, entspann dich«, sagte er. »Wir halten dich hier nur ein Weilchen in Quarantäne; sobald die Wogen sich geglättet haben, lassen wir dich laufen, ist doch klar.«

»Briian«, erwiderte Selina. »Du hast hier nichts zu melden, und das unter Umständen aus dem nicht unwesentlichen Grund, daß du wie in einer besonders schwachen Folge von *Division Four* daherredest. Einer dieser Typen hat möglicherweise Miranda auf dem Gewissen, und ich war Zeugin. Folglich werden sie mich drittens wahrscheinlich umbringen. Oder, wie ich mal irgendwo gelesen habe: fick dich ins Knie.«

Briian griente sie lüstern an. Tut mir leid, aber so war es, und ehrlich gesagt, beim jetzigen Stand der Erkenntnisse dürfen wir wohl nicht viel mehr von ihm erwarten.

»Gelesen. In einem Buch, Briian. B und UCH wie in huch! Du weißt schon, wie Video, nur mit weniger Bildern«, klärte ihn Selina auf.

Briian senkte die Stimme. »Weißt du, ich dachte bloß, da haben wir nun so viel Zeit totzuschlagen. Franklin kommt frühestens in einer Stunde zu unserer kleinen Lagebesprechung. Und schließlich bist du diejenige, die das Thema Sex aufs Tapet gebracht hat. Ich dachte...« Briian ließ beredt die Augenbrauen wackeln und rollte mit den Augen Richtung unten (Kabine).

Selina musterte ihn abwägend. Sie senkte ebenfalls die Stimme, hielt aber ihre Prinzipien hoch.

»Du dachtest...?«

»Na, was sagst du, Zuckerpüppchen?« fragte er.

»Ich sage: Haifischfutter!«

Sie stieß ihn über Bord.

Himmel und Heckle in Bewegung setzen

Jock schmuggelte Rolf über die Hintertreppe auf sein Zimmer, ließ ihn, in Fernsehkoch Floyds Zubereitung eines halben Bisons vertieft, dort vor dem Fernseher sitzen und machte sich im Fahrstuhl in Begleitung eines weiteren Kerls in auffällig unauffälligem braunem Anzug und FBI-Standard-Sonnenbrille wieder auf den Weg nach unten.

»Heiß, nicht?« bemerkte Jock.

»Bestätige«, erwiderte der Mann mit dem Bürstenschnitt.

»Amerikaner? Auf Urlaub?« fragte Jock.

»Bestätige.«

Jock trat kopfschüttelnd ins Foyer. Sein Hirn schmorte, und offenbar lief ein Androide aus Salt Lake City in den Fahrstühlen Amok, also konnte er ebensogut ein wenig Alkohol tanken, um die Gehirnmaschinerie zu schmieren. ›Neuzeitcasanova‹ hin oder her, Jock verschmähte sämtliche nach Sexerlebnissen benannten Cocktails und bestellte ein Bier.

»Doch keine Zitronenscheibe, herrgottnochmal!... Tschuldigen Sie, schlechter Tag.« Er schlenderte zu einem der Tische hinüber, parkte Füße und Bierglas darauf, lehnte sich ins Raumteilergrün zurück, schloß die Augen und legte den Kopf in den Nacken.

Als er die Augen aufschlug und auf den Tisch sah, war sein Bier weg. Statt dessen lag da eine Baseballmütze mit den aufgestickten Buchstaben CIA. Er schloß wieder die Augen und sagte halblaut: »Halluzinationen.«

Ein Los-Angeles-Akzent belehrte ihn eines Besseren: »Shorts, du Schweinepriester! Du und Halluzinationen! Selbst wenn du's wolltest!«

Es gab nur einen Menschen, der ihn je Shorts nannte,

eine alberne Assoziationskette, die von Jock zu Jockey zu Jockeyshorts führte. Jock riß die Augen auf, ziemlich plötzlich und ziemlich weit, und siehe da: Vor ihm stand eine Vision in grellila Hawaiihemd.

»Eric!« rief Jock. Ein paar Trinkerköpfe drehten sich, darunter die der Zwillingsanzüge an einem Ecktisch. Eric und Jock umarmten sich überglücklich, was farblich sich gefährlich beißende Hemden zur Folge hatte.

»Wowww!« juchzte ein überdrehter Eric, der verdächtig an einen zu kurz geratenen Wikinger erinnerte. »Was in aller Welt treibst du hier, Jock? Ich wollte dich in Melbourne überraschen, nach einem Kurzurlaub im Kakadu National Park. Mann, du siehst vielleicht fertig aus.«

»Urbanburger, ich habe mich in meinem ganzen Leben selten so gefreut, jemanden wiederzusehen. Ich sitze tief in der Scheiße. Ich komme mir vor, als wäre ich mitten in einen Z-Movie gestolpert, und du bist genau die Sorte Meschugger, der mir da heraushelfen kann. Verrate mir schnell, was dich hierher verschlagen hat, und dann erzähle ich dir die ganze Geschichte«, sagte Jock. »Und gib mir mein verdammtes Bier zurück. Großer Gott, was trinkst du denn da! Sieht aus wie eine Obstladenexplosion.«

Eric Urbanburger war ebenfalls verrückter Psychiater, nur hatte er die bessere Ausrede: Er war US-Amerikaner. Er war *coast to coast* für seine Auftritte als Tele-Therapeut im Kabelfernsehen und bei Talkshows bekannt – je nach Lage wechselte er Standpunkt und Hemd. Entführungsdramen, das Liebesleben Madonnas, Scheidung in der Vorstadt, Haustierneurosen. Er hatte einen Haufen Geld verdient und war eine Fernsehberühmtheit. Die Leute sprachen ihn in Restaurants an, gestanden ihm, wie verrückt sie waren, und verlangten Autogramme. Das war eben Amerika. Eric war ein vielbeschäftigter Mann.

Er brachte Jock auf den neuesten Stand bezüglich der Umstände, die zu seinem freiwilligen Exil geführt hatten. Anscheinend hatte Eric der amerikanischen Öffentlichkeit nahegelegt, Hundehaufen ans Weiße Haus zu schicken. ›Schlagen Sie zwei Fliegen mit einer Klappe‹, hatte er geradewegs in die Kamera gesagt. ›Sorgen Sie für saubere Straßen, und machen Sie dem Präsidenten klar, was Sie von ihm halten.‹ Er verriet den vierundfünfzig Millionen Zuschauern von *Morning in America* (und zugeschalteten Sendern in dreiundvierzig Staaten), daß der Präsident ein komplett übergeschnappter, heuchlerischer, machtgeiler Psychopath mit einem Hang zu geheimen Mordaufträgen sei. Er führte aus, daß der Präsident einst Chef der CIA gewesen sei, also damals wie vermutlich heute noch in zwielichtige und üble Machenschaften in Zentral- und Südamerika und sonstwo verwickelt. Seine Geheimlaufbahn würde eine Disposition zum Lügen begünstigt haben, er würde Krieg als etwas betrachten, an dem man sich mutwillig und ohne lange Diskussionen beteiligte, und er sei folglich total unzurechnungsfähig. Ein nicht unbeträchtlicher Teil von Erics ebenso wortgewandten wie glaubwürdigen Darlegungen war nicht mehr gesendet worden, da der Programmdirektor rasch einen Werbespot für Kanarien-Kopfschmerztabletten hatte einblenden lassen und über die Hausanlage kreischend Erics sofortige Entfernung aus dem Studio angeordnet hatte.

PRÄSIDENT PLEMPLEM? Schlagzeilen und aktuelle Sendungen, die ausschließlich dem Zustand des Staatsoberstübchens gewidmet waren, folgten. Das Weiße Haus spielte die Sache herunter, so gut es ging. Die Postzustellungsdienste in Washington beschwerten sich, und das Weiße Haus machte mehr Mist als sonst – wenn man die Iran-Contra-Affäre nicht mitrechnete.

Eric mußte erleben, daß Gastkommentare gestrichen wurden, feste Talkshow-Termine umgelegt, abgesagt oder die Aufzeichnungen nicht gesendet wurden, und daß ihn zwei Agenten des *American Federal Bureau of Investigation* zu beschatten begannen. Er nannte sie Heckle und Jerk-Off; sie begleiteten ihn schon seit drei Wochen, waren ihm bis nach Australien gefolgt und nippten derzeit in einer Ecke des Plaza-Foyer an Orangenlimonaden.

Jock und Eric winkten ihnen zu. Heckle und Jerk-Off taten so, als bemerkten sie es nicht. Jock gab vor, in das Cocktailschirmchen zu sprechen, das er aus Erics Drink fischte, und Eric antwortete per Schuh.

Mühelos erneuerten sie ihre alte Freundschaft. Jock und

Eric hatten sich bei einer internationalen Psychiatrietagung auf Hawaii kennengelernt. Sie waren als einzige Teilnehmer in einem Arbeitskreis zum Thema ›Psychiatrie, wozu?‹ aufgetaucht – nicht aber der Leiter. Sie hätten sich aber auch so gefunden. Bei der Anmeldung waren von allen Teilnehmern sie allein in ethno-authentischen Hawaiihemden erschienen, und während der üblichen Foto-Vorzeigerunden, als die Kollegen sich gegenseitig Schnappschüsse ihrer Frauen, Männer und Kinder in die Hand drückten, zeigte Jock Eric Bilder von Rolf, und Eric Jock eine Narbe am Knie, Ehrenzeichen eines Football-Fiaskos aus Teenagertagen.

Die beiden Männer hatten sich bei der Tagung königlich amüsiert. Sie hatten sich ganz dieser Aufgabe und den örtlichen Nachtklubs und Frauen, deren Namen auf -i endeten, gewidmet, und seitdem hatten sie sich sporadisch Postkarten aus bizarren Gegenden geschickt. Wenn Jock etwa eine aus Truth or Consequences, New Mexico, bekam, kriegte Eric dafür eine aus Woy Woy, New South Wales.

»Eric«, sagte Jock, »ich sitze in der Scheiße. Ich habe mich verliebt ...«

»*Große* Scheiße, meinst du. Mann, Shorts, als hätte ich dich nicht oft genug vor dergleichen gewarnt«, sagte Eric und hob sein Cocktailglas an die Lippen, ging aber, bis auf die halbe Banane und den Plastikflamingo im Ohr, leer aus.

»Aber das ist es doch gar nicht! Paß auf, hier können wir nicht reden. Laß uns zu mir aufs Zimmer gehen.«

Also gingen sie hoch. Rolf konnte Eric auf Anhieb riechen, und Jock erzählte ihm die ganze Geschichte von Selina und Briian und Miranda und Franklin und Entführung.

»Wilde Geschichte«, meinte Eric, »echt wilde Geschichte, Mann.«

»Jetzt mach hier nicht einen auf höhere Tochter«, sagte Jock. »Laut Filmskript müßte einer von uns an dieser Stelle rufen: ›Warte! Ich weiß was!‹«

»Könnten wir nicht lieber in einem dieser Filme sein, wo sie sagen: ›Also, liebe Kinder, wollen wir was spielen?‹« protestierte Eric.

»Warte!« rief Jock. »Ich weiß was.«

»Cool, Mann.«

Miranda setzte sich auf und verrenkte sich schier den Hals, um den Namen auf dem Krankenblatt am Kopfende ihres Bettes zu entziffern.

»Hallo, Schwester«, sagte Miranda.

»Willkommen unter den Lebenden. Sie haben aber lange geschlafen.«

»Bin ich krank?«

»Nein, nur Amnesiepatientin. Das heißt, nicht ausgewachsene Amnesie, bloß 'ne Gehirnerschütterung. Nach Ihrem langen Nickerchen müßten Sie fast wieder auf dem Damm sein.«

»Ja, jetzt fällt es mir wieder ein«, sagte Miranda und schielte nach dem Namensschild ihres Gegenübers. »Wie stehen denn die Chancen, hier ein Bier zu bekommen, Pete?«

»Höchstens intravenös«, sagte er.

»Reizend. Und sonst?«

»Nun, Sie werden gleich von einer Polizeieskorte heimbegleitet. Sie Glückliche, draußen auf dem Flur sitzen schon seit Stunden zwei Prachtkerle, richtige Bullen, bei Fuß.«

»Das läßt mich eher kalt, Pete. Ich bin vom anderen Ufer.« Miranda zwinkerte.

»O fein, um so besser für mich«, sagte Pete. »Dann will ich schnell mal raushuschen und Dr. Feelgood holen, damit Sie entlassen werden können.«

»Nein, bitte nicht! Das ist nicht Ihr Ernst. Dr. *Feelgood?*« stöhnte Miranda.

»Dann nicht. Sie dürfen sich anziehen, meine Liebe.«

Zwei Stunden später war Miranda befragt worden und hatte in Berrimah auf der Polizeidirektion Nordterritorium einen dicken Ordner mit Fahndungsfotos durchgeblättert. Es waren keine Bekannten darunter.

»Tut mir leid«, sagte sie. »Es ging alles ziemlich schnell, und nach einer Weile sehen diese Typen alle gleich aus.« Sie tippte auf den Ordner. »Dabei müßte ich geschulte Beobachterin sein, aber offenbar schneide ich schlecht ab.«

»Schon gut«, sagte Constable Djambin, der ihr am Tisch gegenübersaß. »Vielleicht sind sie aus dem Süden.«

Die Polizei hatte Miranda von Jocks Verdacht erzählt, daß Briian, der Architicktnichtrichtig, mit von der Partie gewesen war, aber da konnte sie auch nicht weiterhelfen. »Ich weiß nicht, wie er aussieht, außer daß Sellie ihn als Fiesling beschrieben hat. Den Typen, der mich ein zweites Mal flachgelegt hat, den würde ich allerdings schon wiedererkennen. Die anderen nannten ihn Ken. Aber hier ist kein Foto von ihm dabei.«

»Tja, vielleicht kriegen wir ihn über INTERSTATE zu fassen. Und was diesen Bodoni angeht, hätten wir ja zu gern gewußt, ob Sie ihn bei einer Gegenüberstellung erkannt hätten, aber wie es scheint, hat er sich für zwei Tage aus dem Hotel abgemeldet. Dabei hatten wir ihm extra gesagt, er soll sich zur Verfügung halten, also macht er sich sowieso verdächtig. Vielen Dank, daß Sie gekommen sind. Wir bringen Sie jetzt nach Hause, und ich schiebe auf jeden Fall mal bis morgen früh vor Ihrem Haus Wache.«

»Tatsächlich? Die ganze Nacht?«

»Anweisung von ganz oben. Vom Commissioner.«

»Ach so, ja richtig: Chloe. Wie stehen Ihrer Meinung nach die Chancen, Selina zu finden?«

»Keine Ahnung, Miss Spurn. Knifflige Sache. Normalerweise lese ich nur Betrunkene auf und halte Nachbarschaftsvorträge zur Einbruchssicherung.«

»Wie, ein anständiger Bulle?« Miranda grinste.

»Versuchen Sie ja nicht, einen Kontaktmann bei der Bullerei zu gewinnen, Miss Spurn.« Er grinste auch.

»Ms. oder Miranda, suchen Sie sich's aus. So durchsichtig, der Versuch?« fragte sie.

»Wie ein Negligé im Horrorfilm, Miranda«, sagte er.

»Bei der Kriminalitätsverhütung ist Ihr Talent vergeudet, Constable Djambin. Mit Ihrem Flair könnten Sie in der Öffentlichkeitsarbeit was werden.«

»Klar.«

Miranda fand zu Hause in der Abenddämmerung ein volles Haus vor. Das Wohnzimmer war Matratzenlager, ebenso die Veranda. Chloe hatte eine große *billy-can* auf dem Herd.

Alle waren hocherfreut, Miranda heimkehren zu sehen, vor allem, da ihr kleines Gastspiel als Schwachsinnige ohne Nebenwirkungen geblieben zu sein schien, abgesehen von einem Kopfverband.

Miranda hockte sich auf die Küchenbank, verteilte Äpfel an die Kinder und unterhielt sich mit Chloe, während diese kochte. Die Frauen saßen auf der Veranda und sangen die zu ihren Stammesgruppen gehörigen Lieder. Das alles wäre richtig nett, richtig gemütlich gewesen, hätten sich Miranda und Chloe nicht Sorgen um Selina gemacht.

»Also bei diesem Jock-fella weiß ich nicht so recht. Obwohl der ja immer noch mehr durchblickt als Hiram, der hat sie ja wirklich nicht alle in der Pfanne«, sagte Chloe. »Ich glaube fast, da vertraue ich ausnahmsweise lieber auf die Bullen.«

»Ja. Ich fahr morgen zum Sender und schau mal, was sich ausgraben läßt. Nur weiß dummerweise alle Welt, daß ich mich mit Franklin angelegt habe. Ich kann ihm schlecht einen Bauskandal anhängen, wenn ich nicht hieb- und stichfeste Beweise habe, und die Kopien der Pläne haben sie zusammen mit Selina entführt.« Miranda dachte laut. »Aber ich kann ihm weismachen, daß ich mehr weiß, als ich weiß.«

»Bitte?« fragte Chloe.

»Einer der zwei fast unfehlbaren Tricks, die ausgebuffte Reporter auf Lager haben«, erklärte Miranda. »Du tust so, als wärst du im Bilde, und prompt läßt der andere was fallen, von dem er glaubt, du wüßtest es sowieso. Der andere Trick ist, so zu tun, als wüßtest du überhaupt nichts. Der zieht besonders bei Leuten, die sich haushoch überlegen fühlen. Sie behandeln dich wie Klein Doofi und erklären dir alles haarklein, um zu demonstrieren, wie schlau sie sind. Und weil sie nicht auf der Hut sind und glauben, du kapierst nix, plaudern sie brandheiße Informationen aus.«

Chloe grinste. »Verstehe. Aber paß bloß auf. Dir haben sie schon einmal die Birne weichgeklopft.«

»Ja, ich werde mich vorsehen. Aber schließlich wird mich Franklin ja wohl kaum in seinem Büro zusammenschlagen, oder? Ich werde ein hübsch harmloses Interview vorbereiten und mir einen Termin geben lassen.«

»Apropos Termin«, meinte Chloe, »die Band hat sich einen weiteren Gig gesichert. Offenbar kommt morgen hoher Besuch – irgendein Bundesminister – und da soll im Jachtklub etwas steigen. Die Band soll auftreten, und unser Mob soll tanzen. Kommst du? Und kannst du über den Sender ein bißchen Werbung machen?«

»Klar«, sagte Miranda. »Vielleicht tut uns der Abend gut. Chloe, ich glaube, ich muß Sellies Eltern anrufen. Sie sollten Bescheid wissen oder zumindest genauso schlau sein wie wir.«

»Vorhin ist mir Jock im Plaza über den Weg gelaufen. Er hat sich schon mit ihnen in Verbindung gesetzt. Ich soll dir ausrichten, daß sie sich deinetwegen Sorgen machen, von daher solltest du vielleicht wirklich mal durchrufen. Wenn Sellie bis zum Wochenende nicht aufgetaucht ist, wollen sie hochkommen. Übrigens waren im Zimmer von diesem Architekten keine Kopien der Baupläne mehr. Er muß sie alle mitgenommen haben.«

»Chloe! Woher weißt du? Du warst doch immer so ein Drachen, wenn es um die Hausordnung ging«, staunte Miranda.

»Ordnungen. Wann haben uns die schon jemals weitergebracht?« erwiderte Chloe und trug das Essen auf die Veranda. »Bringst du die Fleischzange mit?«

Selina lag an Deck des Lustkutters und sah in die Sterne. Sie versuchte, ihre Schmonzette *Mit Haut und Hornbrille* fortzuspinnen, aber sie war mit einem halben Ohr bei der gedämpften Unterhaltung unter Deck.

Franklin hockte seit etwa einer halben Stunde da unten; sein Motorboot dümpelte am Heck. Die Jungs hatten etwas aus dem Motor ausgebaut, damit sie mit dem Boot nichts anfangen könnte.

Sie wußte, daß es da unten um ihre Zukunft ging. Je länger man sie festhielt, desto heißer würde der Boden für Franklin und Briian, den Architicktnichtrichtig. Das fehlte gerade noch, daß der Boden hier in der Gegend noch heißer wurde! Sie fragte sich, ob die Jungs wohl ein Paar Zement-Pumps springen lassen würden, oder ob man sie ohne über Bord werfen und einfach warten würde, bis sie ertrank oder einem Reptil zum Appetithappen fiel.

Die Worte konnte sie im einzelnen nicht verstehen, aber es schien Streit zu geben. Briians Stimme war am lautesten, fast schrill. Fragte sich nur, ob er für oder gegen ihr Überleben plädierte.

Selina zwang sich, die Handlung von *Mit Haut und Hornbrille* weiter voranzutreiben. Sie erwog flüchtig eine Titeländerung – *Himmelsstürmer* – und die Einführung einer Pilotin als Heldin, aber der neue Titel klang einfach zu sehr nach Fußball. Eine entsprechende Live-Übertragung ging ihr durch den Kopf: ›Hola! Ein GEWALTIGER Hechtsprung vom jungen Timmy Godlike, dem Himmelsstürmer! ALLERHAND! Er hat ihn, er hat ihn! Was sagen Sie dazu?‹

Himmel, wo hatte sie nur ihren Verstand gelassen? Sie rief sich zur Ordnung. Also. Tief Luft holen. *Mit Haut und Hornbrille: Sprachlos stand der kleine, kompakte Mann mit Hornbrille, laut Leseausweis Range Bancroft, Betreiber eines eigenen Baumaschinen-Verleihs, vor Hoyden Perts, gertenschlanker Bibliothekarin mit tizianrotem Haar und grün-grauen Augen, als sie von ihm die Rückgabe des seit drei Wochen überfälligen Anti-Diätbuchs forderte.*

»Würden Sie es bitte abgeben?« fragte sie ihn mit belegter Stimme und am schneeweißen Hals flatterndem Puls.

Ihm entfuhr ein heiseres »Nein!« Er stampfte auf.

»Hey, Karottenkopf«, unterbrach eine Stimme.

Selina öffnete die Augen.

Ken öffnete seinen Hosenstall und pinkelte über die Reling. Selina schloß die Augen wieder und schickte ein Stoßgebet um eine Änderung der Windrichtung zum Himmel. Das gab ihr das Gefühl, machtlos zu sein, und sie begann zu weinen, aber lautlos, damit er es nicht merkte. Das erwies sich als äußerst unbefriedigend, denn das Gesetz der Schwermut und -kraft besagt, daß, wer auf dem Rücken liegt und weint, die Ohren bald voller Tränen hat.

Der Schwere Junge sagte irgend etwas. Selina schüttelte das Naß aus den Ohren und fragte: »Wie bitte?«

»Der Boss will dich sprechen. Unter vier Augen, wenn du verstehst, was ich meine...« Sein Lächeln war alles andere als anziehend. Selina riß sich zusammen. Das war doch schon mal was. Wenn man sie mit Franklin allein ließ, hatte sie gute Karten. Schluß mit Schnulze, sagte sie sich. ›Na, na! kleines Fräuleinchen, jetzt ist aber gut.‹ Klar zum Einsatz!

Sie setzte sich auf und fuhr sich mit den Fingern durchs Haar – auf eine Art, die dem Wort ›Mähne‹ ganz neue Bedeutung verlieh. Die restlichen Schweren Jungs schlurften mit verlegenen Gesichtern an Deck. Briian mied ihren Blick. »Sorry«, brummte Lefty, während einer seiner Kollegen eine Kopfbewegung Richtung Niedergang machte. Er schien verstimmt.

Sie kletterte rückwärts den Niedergang hinunter, drehte sich um und sah Franklins Massen hinten zwischen Bank und Küchentisch eingekeilt. Vor sich hatte er eine halbleere Flasche Whiskey und ein Glas stehen. »Herr Minister«, begrüßte sie ihn förmlich.

»Selina heißt du, nicht?« sagte Franklin lächelnd – zumindest glaubte er das. »Komm, setz dich zu mir. Hol dir ein Glas. Ich denke, wir sollten eine kleine Krisensitzung abhalten.«

›Lieber Gott‹, dachte Selina. ›Machen wir hier Politik?‹ Sie nahm Franklin gegenüber Platz, und das hieß unangenehm nah, und schenkte sein Glas bis zum Rand voll. Für sich selbst goß sie ein Fingerbreit in ein kleines Glas. Franklin packte die Flasche und füllte ihr auf.

Selina sah aus dem Augenwinkel, daß die Doppelkoje heruntergeklappt war. ›Er macht wohl Witze‹, dachte sie. ›Wenn daher der Wind weht, gibt's Mord und Totschlag.‹ Sie dachte an die Kerle oben und fröstelte. Zwar würde sie Franklin ziemlich zurichten können, bevor man sie überwältigte, aber sie wußte, daß ihre eigentliche Stärke woanders lag. Sie musterte den Minister.

»Werden Sie mich umbringen?« fragte sie.

»Na hör mal«, sagte er in dem Ton, den er bei Pressekonferenzen anschlug, wenn jemand eine verfängliche Frage stellte und er andeuten wollte, daß diese vollkommen abwegig, ja geradezu absurd sei.

»Scheiße«, sagte Selina, »Sie wollen mich also wirklich umbringen.« Ihr war, als würde die Welt zusammenschnurren und ins Rutschen geraten, dann klappte es wieder mit dem Fokussieren.

»Nun«, begann Franklin im Plauderton, »ich wüßte wirklich nicht, wie sich das umgehen ließe, wenn du schon so direkt fragst. Du hast mich erkannt, und die Jungs könntest du auch identifizieren. Was mit denen wird, ist mir im Vertrauen gesagt, scheißegal, aber ich persönlich kann es mir nicht leisten, einen Entführungsskandal abzuwettern. Ich fürchte, da wäre selbst von unserem ehrenwerten Lokalblatt kein sicheres Geleit mehr zu erwarten. Von dir erhoffen wir uns allerdings sehr wohl Kooperationsbereitschaft.«

»Na, klar doch«, sagte Selina. »Ich könnte zum Beispiel die Kugeln für Sie polieren.« Ihre Stimme klang in ihren eigenen Ohren, als käme sie von ganz woanders. Ihr Wille war eisern darauf gerichtet, keine Angst zu zeigen.

»Es besteht noch eine klitzekleine Chance, daß ich die Jungs überreden kann, dich in Ruhe zu lassen, sofern du Entgegenkommen zeigst«, sagte Franklin ölig.

»Bin ich Patty Hearst?« erwiderte sie.

»Wer?«

»Machen Sie sich doch nichts vor, Herr Minister«, sagte sie, immer wieder seinen Rang betonend, ohne zu wissen, ob sich das zu ihren Gunsten oder Ungunsten auswirken würde, »was sollten Sie denn schon für mich tun können? Welche Gewißheit hätten Sie, daß ich nicht zur Polizei gehe?«

Franklin lächelte breit. »Ich stehe auf bestem Fuße mit der Polizei. Es stünde dein Wort gegen meines. Und ich bin schließlich Mitglied der Regierung.«

›Heilige Arroganz!‹ dachte Selina. ›Er hält sich allen Ernstes für unantastbar!‹

»Außerdem, meine Liebe, könnten wir ein kleines Arrangement treffen, dergestalt, daß du dich bereit erklärst, den Mund zu halten.«

»Wieso sollte ich so etwas arrangieren?« fragte Selina.

»Damit wir dich nicht umbringen müssen«, erklärte Franklin.

»Das Arrangement würde mir in der Tat zusagen«, sagte Selina.

»Andererseits«, sinnierte Franklin, »wäre das die unsaubere Lösung. Als Zeugin könntest du Polizeischutz kriegen.«

»Aber Sie sind in der Regierung«, bemerkte Selina bitter, »Sie würden mich ausräuchern können.«

»So isses«, sagte Franklin. »Doch wie es so schön heißt: Eine Hand gibt, die andere nimmt. Und...« – in einem irrtümlicherweise für verführerisch gehaltenen Ton fügte er hinzu – »...ich wüßte schon, was ich gern nehmen würde.«

Selina unterdrückte mit Mühe einen überwältigenden Brechreiz. ›Sammlung, Konzentration‹, mahnte sie sich streng. Sie wußte, was sie zu tun hatte.

»Herr Minister«, sagte sie, »Sie sehen etwas müde aus. Wollen Sie sich's nicht bequem machen und sich von mir ein bißchen verwöhnen lassen?« Sie schenkte Franklin ein süßes Lächeln, Abscheu für jede seiner Fettzellen empfindend. Er griente und watschelte zum Bett hinüber. Die Jacht krängte bedenklich. Er begann, einen ziemlich schwabbligen Sturm auf den Winterpalast in Versailles zu entblößen. Selina legte sich ins Zeug: Sie senkte die Stimme und machte sich daran, sein Ego zu massieren. Jetzt hatte sie ihn in der Hand.

»Dann wollen wir mal anfangen«, raunte sie.

Tuchfühlung

»Schön entspannen, Herr Minister«, gurrte Selina.

»Keine Tricks, ja?« murmelte der Weiße Riese in der Feinrippunterhose. »Denk an die Jungs oben. Sag mal, als ich das letzte Mal geschäftlich in Hong Kong war, habe ich in einer Bar eine Kleine kennengelernt, die kannte so eine unglaubliche Eiswürfel-Nummer...«

»Kein Problem«, hauchte sie und hockte sich, obwohl ihr speiübel war, auf die Bettkante. Hätte sie doch statt T-Shirt und Sarong eine Ritterrüstung an! Egal, ans Werk.

»Wollen Sie mal etwas richtig Ausgefallenes probieren?« fragte sie.

Franklin, der platt auf dem Rücken lag, konnte über seinen Wanst nicht rübergucken.

»Was meinst du?« fragte er mißtrauisch.

»Na ja, Sie haben doch sicher schon von Telefonsex gehört.«

»Ja...«

»Dann werde ich Ihnen erst einmal ein bißchen was erzählen, und danach tun wir's, wie immer Sie wollen. Einverstanden?«

»Und wie!« erwiderte Franklin. »Ich mag es, wenn die Weiber Schweinkram reden.«

Selina holte tief Luft, dankte der Schicksalsfügung, die sie mit Keith Tremble zusammengeführt hatte, und begann, den Minister nach Strich und Faden zu hypnotisieren.

Sie leistete ganze Arbeit: Er war überzeugt, daß sie beide eine tolle Nummer geschoben hatten, daß Selina unter keinen Umständen umgebracht werden durfte und daß sie voll hinter ihm stand. Außerdem würde er beim nächsten versuchten Sex-Abenteuer ein heftiges Stechen in der Genitalgegend verspüren. Für den Notfall gab sie ihm ein geheimes

Schlüsselwort ein. Sollte dieses Wort jemals an sein Ohr dringen, würde er sich vollständig entkleiden und vergessen, wer er war, bis das passende Erlösungswort fiel.

Selina packte sich eine Palette Bierdosen und sprang damit ungefähr fünfmal auf und ab, um die Illusion dessen zu erzeugen, wovon sie ganz richtig annahm, es entspräche Franklins Vorstellung vom Bumsen. Das Boot bebte. Dann holte sie den Minister aus der Trance und dankte ihm für ein unvergeßliches Erlebnis.

Sie hatte ihm nicht einmal an die Wäsche gehen müssen. Nachdem er Anweisung gegeben hatte, Selina fürstlich zu behandeln, brauste Franklin, in der einen Hand eine grüne Dose, auf dem Gesicht ein dämliches Grinsen, in seinem Motorboot in Schlangenlinien übers Meer davon. Selina strahlte ihrerseits wie ein Honigkuchenpferd. Briian war erschüttert. Lefty musterte Selina scharf, sie schenkte ihm ein süßes Unschuldslächeln. Sie hatte die Trancezeit unter Deck genutzt, um das Geheimfach ihrer Hutschachtel genau zu untersuchen. Sie fand drei Tampons, ein Männer-Pinup, ein halbes Dutzend Kondome, einen Rest Gleitcreme, eine Miniaturflasche Wodka und ein Canastaspiel.

»Runde Canasta?« fragte Selina.

»Warum nicht?« meinte Lefty.

Selina, Lefty, Briian und Ken spielten eine geschlagene Stunde Karten. Selina ließ die Karten um und durch den Tisch wandern, zog zwanzig-Cent-Münzen aus Kens Ohren, sie bog Löffel und verblüffte Ken und Briian mit Taschenspielertricks, bis ihnen schwindelte und sie sich geschlagen zurückzogen. Sie und Lefty blieben noch eine Weile auf. Lefty erklärte ihr die Sterne, und sie brachte ihm ein paar kinderleichte Kartentricks bei. Als er meinte, vielleicht sollte er eine Karriere als Zinker in Erwägung ziehen, schmunzelte Selina und sagte, dann müßte er sich aber einen Smoking zulegen. Dann schlug sie ihn fünfmal hintereinander beim Pokerspiel. Sie saßen eine Weile kameradschaftlich schweigend und schwitzend da, bis Lefty schließlich sprach.

»Ich weiß nicht, was du getrieben hast«, meinte er ungeschickt, »aber ich bin mir ziemlich sicher, daß du's mit dem Boss nicht... getrieben hast. Für eine Else bist du schon in Ordnung.«

»Sagt man mir nach«, stimmte Selina zu. »Nacht, Lefty.« Sie schleppte ihre Schlafmatte und ihre Hutschachteln aufs Vordeck und schlug dort ihr Lager auf. »Hoffentlich geht einer von euch morgen in die Stadt einkaufen. Zum Frühstück könnte ich es ohne weiteres mit Rührei und noch mehr Speck aufnehmen.« Selina schlief unruhig und träumte von Hawaiihemden und Konfitüre.

Donnerstag, 17. Dezember 1998

Wieder ein postkartenreifer Sonnenaufgang im Paradies. Miranda sah ihn, weil sie Frühdienst hatte, Selina, weil er sie weckte. Miranda mußte arbeiten, und Selina mußte entkommen, doch von beiden erledigte an diesem Tag nur Miranda ihre Aufgabe. Sie hatte bei der Frühschicht einspringen müssen, weil sich wieder mal ein neuer ABC-Ansager ohne Vorwarnung abgeseilt hatte.

Das Problem war mindestens so alt wie das NT-Funkhaus selbst. Stellen bei der ABC mußten landesweit ausgeschrieben werden, und regelmäßig bildeten sich arbeitslose oder frustrierte Ansager aus dem Süden ein, das wäre *die* Chance, ihren Familien zu entfliehen, ein neues Leben zu beginnen, Sonne zu tanken oder sich in Darwin von einem gebrochenen Herzen zu erholen. Gelegentlich kriegte so einer den Job. Manche hielten durch, die meisten nicht, besonders die nicht, die für die hörerschwachen Stunden eingeteilt wurden. Sie vereinsamten, sie betranken sich, sie erkannten, daß sie ihre Probleme zwischen den Ohren mit sich herumschleppten, oder sie bekamen eine Stelle angeboten, wo es keine Mücken gab, keine fünfundneunzig Prozent Luftfeuchtigkeit, keine Cat Stevens-lastigen Musikprogramme und nicht sechs Monate lang ein und denselben

Wetterbericht, dessen einzige Abwechslung die Wirbelsturmwarnungen boten.

Manche feierten feucht-fröhliche Ausstandsfeten und versprachen zu schreiben. Vor Jahren hatte einer eine Abschiedsparty geschmissen, deren Höhepunkt ein Bierdosengebirge bildete, das gegen halb fünf Uhr morgens fast an die Wohnzimmerdecke stieß. Ein blöder Macker hatte sich mit einem Hechtsprung mitten hinein geworfen, sich dabei an einer Dosenlasche die Braue aufgeschlitzt und war im Notarztwagen davongekarrt worden, dicht gefolgt von einer Eskorte unbehelligter Promille-Übertreter in japanischen Kleinwagen. Das waren noch die Zeiten, als es keine anständige Fete ohne Fahrt in die Notaufnahme gab. Hinweisschilder zum Krankenhaus Darwin waren deshalb unübersehbar. Der geduldete Blutalkoholgehalt betrug im Nordterritorium 0,8 Promille und nicht, wie überall sonst, 0,5; am unveräußerlichen Recht eines Territorianers rütteln zu wollen, sich gehuntüchtig zu trinken und deshalb mit dem Auto nach Hause zu fahren, galt als politischer Selbstmord.

Jedenfalls war der jüngstdesertierte DJ am Tag zuvor einfach nicht zur Arbeit erschienen. Auf seinem Schreibtisch hatte er eine Nachricht hinterlassen: ›Bin weg. Sorry.‹ Niemand regte sich sonderlich auf; der Kerl hatte sich während seines dreiwöchigen Gastspiels ziemlich unmöglich gemacht, etwas als er auf Sendung in Tränen ausgebrochen war, nachdem er Rod Stewarts zartbesaitete Meisterleistung *Hot Legs* gespielt hatte. »Für Sheree«, hatte er geschluchzt, »wo immer du sein magst, *mate.*« Dann war er vor Kummer bewußtlos unter den Studiotisch gesackt und vom diensthabenden Techniker hervorgezerrt worden, der etwas zu heftig dem Bourbon zugesprochen hatte und anderthalb Stunden lang *Jingle Bells* abnudelte. Der Beliebtheitsgrad des Ansagers ließ sich daran ablesen, daß niemand sich die Mühe machte zu fragen, wer zum Teufel Sheree war.

Der Studioleiter hatte den Kopf geschüttelt, die immer gleiche Stellenausschreibung aufgesetzt und Miranda für den Übergang Überstunden angeboten. Ihr kam das sehr gelegen, denn so konnte sie morgens um neun Schluß machen und den Rest des Tages Franklin widmen. Sie winkte Constable Djambin auf Wiedersehen und fuhr zum Sender.

Miranda warb bei jeder Gelegenheit für das Jachtklubfest desselben Abends. Die Veranstaltung lief unter dem Motto ›Auf Tuchfühlung mit dem Bundesbergbauminister‹. Der vorgenannte Politiker war auf der typischen Provinz-Tingeltour, bei welcher Gelegenheit er der Regierung des Territoriums mal wieder unter die Nase reiben würde, daß sie nur dank massiver Finanzhilfe des Australischen Bundes überlebte, die in keinerlei Verhältnis zur geradezu lachhaften Bevölkerungsdichte stand, während er umgekehrt den Territorialkollegen Gelegenheit bot, hinter seinem Rücken über die Einmischung der Ignoranten aus dem Süden herzuziehen. Das alles ließ Miranda unerwähnt.

Man würde grillen, dic Nyampuju-Frauen würden tanzen, und es gäbe einen Auftritt der beliebten Band *Women's Business*. Sie spielte deren Single *Country* zweimal und schob es auf einen Computerfehler. Um 8:59 wurde sie von der ›Clarrie-Garter-Stunde‹ abgelöst, küßte sie auf die Glatze, während sie ihr die Kopfhörer aufsetzte, und war um 9:01, Tonbandgerät unterm Arm, auf dem Weg zur Tür.

»Einen wunderschönen guten Morgen, Gartenfreunde«, trällerte Clarrie ins Mikro und warf ihr eine Kußhand zu.

Miranda machte im Plaza Halt, wo sie ein Frühstück schnorrte und mit Chloe plauderte, um zu hören, ob es Neues aus dem Polizeidirektorium gäbe. Gab es nicht. Chloe grüßte einen Kerl mit Sonnenbrille in Flamingorot. »Miranda – Jock. Jock – Miranda.«

»Ach, hallo«, sagte Miranda. »Sag mal, wollen wir nicht ein gemeinsames Selina-Rettungskomitee bilden? Ich bin –«

»Hallo«, sagte er. »Tut mir leid, aber ich bin furchtbar in Eile. Bis später.« Miranda zog eine Augenbraue hoch und starrte ihm nach.

»Tja«, meinte sie, »dann mache ich auch die Fliege. Auf in die Höhle der Kakerlake.«

»Kakerlaken leben nicht in Höhlen«, widersprach Chloe.

»Nein, stimmt. Sie verschanzen sich in großen, repräsentativen Gebäuden zwischen Topfpflanzen«, verbesserte sich Miranda. »Drück mir die Daumen.«

»Kraft mit dir.«

»Das klingt gut.«

»Los, gib's dem Sackgesicht.«

Miranda konnte den Sicherheitsposten mit einem Zwinkern bestechen und an ihm vorbeischlüpfen. Sie hatte seiner Tochter vor einigen Monaten einen Praktikumsplatz beschafft, und das Mädchen hatte vergessen, daß sie so bald wie möglich ihren Motorradrocker heiraten wollte, und war statt dessen nach Sydney auf die Journalistenschule gegangen. Er vergrub die Nase in seine Zeitung und pfiff betont unbekümmert vor sich hin, während sie auf den Fahrstuhl wartete.

Vorm Schreibtisch der Sekretärin Franklins blieb sie stehen. »Wow, Connie, du siehst ja ganz verändert aus!«

Connie grinste, schob ihren Drehstuhl zurück und legte die Füße auf den Tisch.

Miranda schnappte nach Luft. »Mein Gott, Connie, was ist passiert! Safari-Shorts? Wo sind die Pfennigabsätze? Was hat er bloß dazu gesagt?«

»Bisher gar nichts. Ich schwebe auf Wolken! Meine Kusine hat gestern aus Newcastle angerufen. Meine Tante ist gestorben und hat ihr einen kleinen Laden vermacht, eine Milchbar am Strand. Ich soll mit einsteigen. Also hat er meine Kündigung auf dem Schreibtisch liegen.«

Die Fahrstuhltüren glitten auf, und heraus watschelte Franklin. Ausnahmsweise gönnte er Connies Beinen nicht einmal einen flüchtigen Blick. Im selben Moment ging die Tür zur Feuertreppe auf, und Jock und Eric erschienen, neonpink bzw. chartreusegrün gewandet.

»Guten Morgen«, sagte Jock.

»Scheiße, Sie schon wieder«, sagte Franklin.

Miranda wagte einen Vorstoß: »Herr Minister, ob Sie wohl einen Augenblick –«

»Schnauze«, knurrte Franklin.

Er wandte sich Connie zu. »Halten Sie mir die Knallchargen vom Leib«, sagte er. Er fühlte sich gut, fühlte sich groß, gemein, gefährlich. »Und ziehen Sie sich was an, Fotze.«

Und mit diesen Worten wabbelte er in sein Büro und knallte die Tür zu, drei heruntergeklappte Kinnladen und eine zähnefletschende Connie hinter sich lassend.

»Meine Fresse«, staunte Miranda. »Je eher du im Flieger sitzt, desto besser.«

»Miranda«, sprach Connie. »Ich habe das ganze letzte Jahr damit verbracht, dich abzuwimmeln, dir vorzulügen, er wäre nicht da, und dir zu verheimlichen, was er wirklich denkt. Was meinst du, wie oft er dich so genannt hat? Jetzt bin ich keine Sklavin mehr; darauf gehen wir einen heben!«

»Es ist neun Uhr morgens!« wandte Miranda ein.

»Viertel nach, meine Damen«, bemerkte Eric.

»Welche Damen, Affenarsch?« fauchten Miranda und Connie unisono und schickten sofort genuschelte Entschuldigungen hinterher.

»Tut mir leid, du kriegst ein Teil vom Fett von dem da drinnen ab«, sagte Connie. »Bin gleich wieder da, Miranda.«

»Schon gut«, sagte Eric. »Wie wär's, wenn ihr Leine ziehen würdet. Wir haben mit dem Minister ein Wörtchen zu reden.«

Miranda sah Jock an und hob eine Augenbraue (ihre Spezialität).

»Leine ziehen?« fragte sie ihn.

»Was der werte Kollege damit meint, Miranda, ist...« – er sah Connie auf der Damentoilette verschwinden, ohne daß sie noch einen Gedanken an ihre Wachhundpflichten verschwendet hätte – »...wir haben einen Plan, also verkrümelt euch mal kurz.«

»Jock, ich weiß, wir kennen uns nicht besonders gut, aber meinst du wirklich...« Sie beäugte die Hemden der beiden mit unverhohlener Skepsis.

»Miranda, sieh zu, daß du Land gewinnst, bevor du in etwas verwickelt wirst, in das eine Journalistin nicht verwickelt sein sollte. Im Ernst.« Er sah ihr tief und treuherzig in die Augen.

Miranda schnaubte. »Sellie hat mich schon gewarnt, daß du den Charme aufdrehen kannst. Stellt nichts Widergesetzliches an. Ich will sehen, ob Connie bereit ist, mir Akten zuzuspielen, aber das wird nicht leicht sein. Sie würde ihre Ansprüche aufs Spiel setzen.«

»Bitte?« sagte Jock.

»Vergiß es.«

Miranda wäre nicht im Traum darauf gekommen, daß Jock und Eric tatsächlich strafbar handeln könnten – eine ungewöhnliche instinkttechnische Entgleisung ihrerseits. Auf dem Weg nach draußen fielen Miranda ein auffällig das Gebäude ablichtendes Duo in Karos ins Auge: Heckle und Jerk-Off. Sie und Connie schüttelten die Köpfe, wenn auch aus verschiedenen Gründen. ›Kleinkarierte Klemmchauvis‹, besagte Connies Schütteln, ›Mormonen-Bubis‹, besagte Mirandas.

Jock und Eric standen vor Franklins Bürotür und wechselten einen Blick.

»Und nun, mein Freund?« fragte Eric. »Wie geht's jetzt weiter?«

Jock überlegte einen Augenblick. »Weiß ich nicht.«

»Hey, ich will ja kein Spielverderber sein, Kumpel, aber als du gesagt hast: ›Ich weiß was!‹, habe ich doch so irgendwie angenommen, du hättest die Art Plan ausgeheckt, die so eine Art eingebauten Wie-geht's-weiter-Mechanismus hätte. Ich mein ja nur...«

»Vielleicht war ›Plan‹ nicht ganz der richtige Ausdruck; vielleicht hätte ich lieber ›Konzept‹ sagen sollen. Und du mußt zugeben, das Konzept ist nicht schlecht. Einen Minister zu kidnappen, das ist schon ziemlich verwegen. Ziemlich kühn. Ziemlich...«

»O Mann«, sagte Eric, und nicht ganz zu unrecht. »Glaubst du, er kommt freiwillig mit?«

»Willst du meine fachkundige Meinung hören?«

»Ja.«

»Keine Chance.«

»Wir sollten uns beeilen, bevor hier jemand aufkreuzt.«

»Bitte«, flehte Eric, »sag wenigstens nicht: Solange die Luft rein ist.«

»Dann eben nicht.«

»Wir haben nicht die geringste Chance. Um zehn spätestens sitzen wir hinter Gittern.«

»Gut. Dann wäre das wenigstens schonmal geklärt.«

Die beiden Männer platzten in Franklins Büro.

Im Stuhl des Ministers saß Hiram, der Minister selbst stand splitternackt am Fenster.

»Großer Gott!« rief Jock.

»Jeez!« rief Eric.

»Salve, Freunde«, posaunte Hiram, aufgeräumt wie immer. Er kaute an einer Zigarre und versuchte, an seiner Schuhsohle ein Streichholz anzureißen. »Der Minister und ich haben gerade eine kleine Baubesprechung abgehalten. Lief alles bestens, bis er fand, es ließe sich leichter reden, wenn er sich um seine Kleider erleichterte und so täte, als wüßte er nicht mehr, wer er ist. Aber was soll's, wir Unternehmer müssen mit der Zeit gehen. Ich habe nichts gegen New Age, ich bin für alles Neue aufgeschlossen. Ich kaufe selbst ausschließlich thunfischfreie Delphindosen, und Teufel auch!, wenn ich Bergkristallkreide fressen muß, um einen Siebenundachtzig-Millionen-Deal einzutüten, meinetwegen.« Er lehnte sich in seinen Sessel zurück und legte die Füße auf den Tisch.

Jock starrte Hiram an, Eric starrte auf den ministeriellen Speckberg.

»Katatonisch«, diagnostizierte Eric, um dem Unerklärlichen beizukommen.

Er ging hinüber und hielt Franklin vorsichtig die Hand vors Gesicht. Franklin winkte zurück.

»Hiram«, sagte Jock betont langsam, »weißt du *zufällig*, weshalb Mr. Franklin sich ausgezogen hat?«

»Nein, hol's der Teufel«, sagte Hiram. »Aber ich krieg's schon noch raus. Ich steige schon noch hinter seine Taktik, verlaß dich drauf. Ich weiß noch damals, als Rupert und ich in Aspen um –«

»Hiram«, unterbrach ihn Jock, »wir haben nicht viel Zeit. Was war, bevor er sich ausgezogen hat?«

»Wir wärmten uns gerade erst auf, mein Junge, um dann zum Eingemachten, den Nägeln mit Köpfen, den Essentials zu kommen. Ich hatte ihm von meiner neuen Jacht erzählt, und da ließ er plötzlich die Hosen runter. Ich habe ihn gefragt, was er damit bezweckt, aber er stritt einfach ab, Minidanke, wäre nett, wenn Sie uns am Plaza rauslassen könnten.« Die vier verließen das Büro und nahmen den Fahrstuhl in die Tiefgarage, wo sich Franklin hinters Steuer quetschte und den Motor seines Dienstwagens aufheulen ließ. Die Klimaanlage kam gleich auf Touren. Eric saß vorne, Jock mit Hiram hinten. Franklins Wagen legte sich auf der Ausfahrtrampe gefährlich in die Kurve. Hinten flüsterte Jock eindringlich mit Hiram.

Hiram wurde allmählich ärgerlich und hob die Stimme.

»Aber ich sage dir doch, ich hatte nichts damit zu tun! Ich erzählte ihm gerade von meiner neuen Jacht, und wie die Polster der alten einfach durchgewetzt waren. Ich sagte, ich hätte mich entschlossen, den ursprünglichen Namen beizubehalten, und da legte er auch schon los mit seiner Striptease-Nummer.«

»Was sagen Sie?« fragte Franklin.

»Wie hieß das Boot, Hiram?« drängte Jock.

»Doch kein Boot, mein Junge, wir sprechen hier von einer Dreißigmeterluxusjacht!«

»Wie heißt das Scheißding?« brüllte Jock, der inzwischen sämtliche Skrupel wegen größenwahnfördernder Effekte auf seinen Patienten über Bord geworfen hatte.

»Na, na! benehmt euch da hinten«, sagte Franklin.

»Halt du dich da raus!« fuhr ihn Hiram an.

Jock beugte sich vor und packte Hiram an den Rockaufschlägen seines einzigen Anzugs (Hiram zufolge einer von zweiunddreißig exakt identischen). »Der Name!« Was hatte er schon noch zu verlieren? Es war alles entschieden zu beängstigend, aber vielleicht kriegte er wieder Oberwasser, wenn er Franklin dazu brachte, nochmal einen auf Neodorm-Überdosis zu machen.

»HOLDSELIGKEIT!« kreischte Hiram.

Der Wagen schoß mit schlingerndem Heck auf den Randstreifen und hielt mit einem gewaltigen Ruck. Während Jock, Hiram und Eric noch in die Polster zurückflogen, hatte Franklin schon die Fahrertür aufgerissen, stand am Straßenrand und zerrte sich das Hemd vom Leib.

»Du Pfundskerl!« rief Jock, warf sich aus dem Wagen und stieß Franklin auf den Rücksitz, wo sich dieser seelenruhig weiter entblätterte und Hiram äußerst beklemmende Erfahrungen bescherte, da Raum und Luft knapp wurden.

Jock schmiß sich auf den Fahrersitz und schlug die Tür zu. »Krankenhaus, wir kommen!« jubelte er.

Eric hatte den Kopf in den Händen vergraben. »Wir verlieren unsere Approbation, wir werden eingebuchtet, das kann doch nicht dein *Ernst* sein! Jock, hast du die geringste Vorstellung, wie's weitergehen soll, wenn wir am Krankenhaus ankommen?«

Jock, vollauf damit beschäftigt, nicht von einem Road Train plattgewalzt zu werden, der in der Kurve überholte, antwortete nicht. Und möglicherweise deshalb, weil sie sich wenig von den ersten unterschieden, beantwortete er auch Erics nächste Fragen nicht, sondern folgte den Hinweisschildern zum Krankenhaus und hielt auf dem Parkplatz. Er sah Eric an.

»Was hältst du davon, wenn wir ein Regierungsmitglied mal eben ein, zwei Tage in die Geschlossene einweisen?«

»Nur zu. Meinst du, die nehmen uns vielleicht gleich mit auf?« fragte Eric.

Unbemerkt war ein zweiter Wagen auf den Platz gebogen und hielt in einer hinteren Ecke. Heckle und Jerk-Off machten es sich zum Observieren bequem.

Chloe rief bei Miranda zu Hause an und verabredete sich mit den Schwestern, Tanten und Müttern, damit sie nachmittags die Punkt-Bilder auf einer der Veranden des Jachtklubs aufhängen konnten. Neben der Gage für die Tanzaufführung versprachen sie sich von einer kleinen, improvisierten Kunstauktion Einkünfte. Dann wurde die Anlage von *Women's Business* aufgebaut und getestet.

Selina saß schwitzend unter Deck. Die Schweren Jungs, tödlich gelangweilt, wollten in die Stadt, alle außer Briian, der wußte, daß die Polizei ihn zwecks ›Ermittlungshilfe‹ suchte. Lefty wollte die Kleinanzeigen nach einem Second-

Hand-Smoking durchforsten. Selina hoffte, aus Franklins Hypnotisierung noch Nutzen ziehen zu können, und beglückwünschte sich zu ihrer Wahl ausgefallener Schlüsselwörter. Kein halbwegs normaler Mensch würde zu Franklin ›Holdseligkeit‹ sagen, geschweige denn ›Simsalabim‹. Trotzdem wäre ihr wohler gewesen, wenn sie ein paar Durchblikker und Fluchthelfer hinter sich gewußt hätte. Sie drückte die Daumen und hoffte das Beste.

In diesem Moment standen Jock und Eric in einem abgelegenen Flur des Krankenhauses Darwin in weißen Kitteln herum, die sie in einem Wandschrank gefunden hatten. Harold Franklin saß auf dem Boden des Putzmittelraumes hinter ihnen und sang im Flüsterton *I Did It My Way.* Hiram, angewiesen im Auto zu warten, war in die Stadt zurückgefahren, gefolgt – im FBI-Standardabstand – von Heckle und Jerk-Off.

»Paß auf«, sagte Jock, »ich habe keinen blassen Schimmer, wie wir ihn ins Krankenhaus einschmuggeln sollen. Aber wir können ihn schließlich nicht im Plaza verstecken.«

»Laß uns auf jeden Fall irgendwas unternehmen«, drängte Eric. »Und zwar schnell. Sonst schmoren wir auf dem Stuhl.«

»Schmoren? In diesem Land schmoren wir keine Leute, Urbanburger. Wir sind zivilisiert. Wir werfen sie einfach ein paar Jahre in ein schwarzes Loch der Hoffnungslosigkeit und Gewalt und erwarten Besserung. Schau, zur Psychiatrie geht's da lang. Wir könnten ihm ein Laken über den Kopf hängen und es als Merkmal seiner Psychose ausgeben.«

Eric seufzte. »Er ist stellvertretender Wasweißich, Shorts. Zumindest die Oberschwester wird ihn zu Gesicht bekommen. Und außerdem halten wir uns in einem wildfremden Krankenhaus auf, woher zum Teufel willst du überhaupt wissen, wo die psychiatrische Abteilung liegt?«

»Den Schwestern werde ich was vorsäuseln, Kumpel, das laß nur meine Sache sein. Und außerdem weiß ich genau, wo wir sind, weil dieses Krankenhaus genauso angelegt ist wie das in Canberra, wo ich mein Medizinalpraktikum absolviert habe. Bis hin zu den Schneefängen über den Fenstern.«

»Schwachsinn. Wir befinden uns in den Tropen. Wozu

brauchen sie hier Schneefänge?« Eric sah zum Fenster gegenüber. »Sie haben tatsächlich welche.«

»Wir haben keine Zeit, das Schrumpfhirn des behördlichen Gesundheitsapparats und die bedeutendsten architektonischen Kostendämpfungsmaßnahmen unserer Zeit zu diskutieren, Urbanburger. Also breite ihm ein Laken über die Birne und warte hier auf mich. Ich muß mal eben telefonieren.«

Jock bog um die Ecke zur Telefonzelle und kam nach fünf Minuten wieder zurück. Eric war inzwischen fast hysterisch.

»Wo *bleibst* so lange? Während ich hier in einer Besenkammer festsitze und mich mit einem politischen Schwergewicht strafbar mache, das sich für Frank Sinatra hält! Wen mußtest du denn anrufen?«

»Die Zeitung.«

»Bist du wahnsinnig?«

»Ich mußte nur schnell eine Anzeige aufgeben. Du weißt schon, wie in *Susan verzweifelt gesucht*. Selina ist Zaubergehilfin. Das hat mich auf die Idee gebracht. Wie im Film, nur daß ich einen astreinen Tausch angeboten habe: Selina gegen Franklin.«

»Na, großartig! Was steht in der Anzeige? Haben den Bauminister inkl. Zwangsjacke, also rückt meine Freundin raus? Es ist ja nicht zu *fassen*!«

»Sei nicht albern, Urbanburger, natürlich verschlüsselt. Ich hab's gerade noch rechtzeitig geschafft, es kommt noch in die Abendausgabe. In zehn Minuten wird gedruckt.«

»Verschlüsselt«, wiederholte Eric dumpf. »Weck mich doch einfach auf, wenn alles vorbei ist, okay?«

Als Oberschwester Rosie Minjawirra von ihrem Pult hochblickte, sah sie zwei etwas zerknitterte Männer und eine mit einem Laken verhüllte massige Gestalt.

»Guten Morgen«, sagte Jock forsch.

»Tag«, erwiderte sie mit mitten in der Bewegung über einem amtlich wirkenden Formular verharrendem Stift.

»Ich bin Dr. Jock Jovanovich, und das hier ist mein geschätzter Kollege Dr. Urbanburger vom St. Harvard Hospital in Amerika. Wir haben ein klitzekleines Problem. Sie können uns hoffentlich weiterhelfen. Ich habe hier einen meiner Patienten aus Melbourne, der aus einer Anstalt entlaufen ist. Es wäre ratsam, ihn einige Tage ruhigzustellen, bis ich seine Unterbringung neu regeln kann.«

»Wirkt jetzt schon ziemlich ruhiggestellt, wenn Sie mich fragen«, sagte Rosie.

Die massige Gestalt unter dem Laken wand sich, das Laken glitt zu Boden und ringelte sich um ihre Knöchel.

»M-O-UUUH-S-E, MICKEY MOUSE!« deklamierte sie.

Rosie besah sich den nackten Harold Franklin und legte den Stift ab. Dann sah sie Jock an und verschränkte die Arme vor der Brust. »Sie glauben doch wohl nicht, daß Sie mir einen vorsäuseln können?« meinte sie.

Hiram marschierte auf die Baubesprechung und schüttelte Gavin Baskerville die Hand.

»Ich weiß gar nicht, wo der Minister bleibt«, entschuldigte sich Baskerville. »Er muß jeden Moment kommen, Mr. Doppelganger, es sieht ihm gar nicht ähnlich, sich zu verspäten. Bitte, setzen Sie sich doch.«

»Wir haben uns eben erst voneinander verabschiedet«, sagte Hiram. »Er schien sehr von meinem Vorschlag angetan, finanzierungstechnisch. Er sagte, er müsse sich entschuldigen, es käme ihm etwas dazwischen, aber wir sollten doch ruhig ohne ihn anfangen. Wenn ich es recht verstehe, mein Sohn, ist die PR Ihre Aufgabe; das müßten wir beide auch allein hinkriegen. Also, wir sollten das Ganze als Belebungsspritze für die Wirtschaft des Territoriums verkaufen – und zu diesem Zweck vielleicht etwas Derartiges gezielt an die richtigen Stellen durchsickern lassen.«

»Klingt gut«, sagte Baskerville.

»Also, die Sache ist die, Schwester...«, sagte Jock auf dem einzigen Privatzimmer der psychiatrischen Abteilung. »Die Sache...«

»... ist die«, sagte Rosie am Fußende des unter Franklins Gewicht schier zusammenbrechenden Bettes, »daß Sie ein nicht zum Hause gehörender Arzt sind, der hier mit dem stellvertretenden Premier aufkreuzt, der offenbar mehr als eine Schraube locker hat, und da wollen Sie mir einreden, es dürfe von der Regierung niemand benachrichtigt werden? Sie sind jetzt anderthalb Stunden hier, und Sie haben mir vier verschiedene Versionen der Umstände aufgetischt, die ihn in diesen Zustand versetzt haben und weshalb er Ihr Patient ist.«

Ein Summer ertönte.

»Entschuldigen Sie mich nochmal«, sagte Rosie in der Tür. »Ich versuche ganz nebenbei eine psychiatrische Abteilung zu beaufsichtigen.«

»Zehn Jahre«, murmelte Eric, der zusammengesunken im Stuhl neben dem Bett saß. »Dafür kriegen wir zehn Jahre. Erfinde bloß keine neue Geschichte, Jock, ich flehe dich an!«

»Sie frißt mir doch aus der Hand«, sagte Jock, »es wird schon alles...«

Rosie betrat wieder den Raum. Sie trug Gummihandschuhe und eine Nierenschale mit Spritzbesteck. »Also?« fragte sie. »Beeilen Sie sich, ich muß da bei jemandem Sandmännchen spielen.«

»Also, die Sache ist die, Schwester...« hob Jock mit einem charmanten spitzbübischen Lächeln an.

»Lassen Sie das«, sagte Rosie.

»Fünfzehn«, stöhnte Eric.

»Es berührt die ärztliche Schweigepflicht«, fuhr Jock fort. »Kurz bevor er katatonisch wurde, bat der Minister mich, die Sache geheimzuhalten. Er sagte, das passiere ihm alle sieben Jahre, es halte nur vierundzwanzig Stunden an, und dann sei er ganz der Alte. Sie würden doch nicht seine Karriere gefährden wollen?«

»Seine Karriere gefährden?« wiederholte Rosie. »Wäre er in einen Honigtopf gefallen, würde ich ihn an einem

Ameisenhaufen festbinden und seine Nasenhaare abbrennen, aber darum geht es hier nicht. Ganz offensichtlich hat der Mann ein schweres Trauma erlitten, oder er ist übergeschnappt. Aber gewalttätig ist er *nicht*, also kann ich kein Sedativum verabreichen.«

»Schwester, ich verabreiche. Ich bin Arzt.«

»Nicht auf meiner Abteilung. Ich habe Sie in meinem Leben noch nie gesehen. Sie erscheinen einfach so – Simsalabim – mit einem Riesenskandal auf meiner Abteilung –«

Franklin erwachte brüllend zum Leben, den flackernden Blick auf Jock gerichtet. »Sie Aas!« schrie er. »Ihnen verrate ich gar nichts! Mich kriegen Sie nicht! Vorher bringe ich Sie um!« Er stürzte sich auf Jock, die Wände wackelten. Bettpfannen fielen scheppernd zu Boden, das Bett sprang quietschend übers Linoleum. Franklin legte Jock die Hände um den Hals und drückte zu. Eric schrie und versuchte, ihn wegzuzerren, aber das war ungefähr so, als wollte man einem Nilpferd mit Maulsperre ein Lammkotelett entreißen.

Rosie rammte Franklin die Injektionsnadel in den Arm, und sein Griff lockerte sich. In seinen Augen glomm es noch, doch die Lichter gingen endgültig aus, sobald Jock wieder sprechen konnte: »Die Holdseligkeit in Person sind Sie, Schwester«, krächzte er. »Ein Glück, daß Sie den Schuß griffbereit hatten.«

Franklin wurde wieder lammfromm.

Eric kaute auf seinen Fingernägeln.

»Sediert oder nicht sediert«, sagte sie streng, »ich werde zumindest die Frau des Ministers benachrichtigen.

Sie war nicht umzustimmen, und nachdem sie im Telefonbuch nachgesehen hatte, rief sie gleich vom Apparat auf Franklins Nachttisch aus an. Sie stellte laut, damit die beiden mithören könnten. Eric tigerte auf und ab, Jock machte eine besorgte Miene.

»Guten Tag. Spreche ich mit Mrs. Effie Franklin?« fragte Rosie. »Rosie Minjawirra, Krankenhaus Darwin, am Apparat.«

»Ist etwas passiert? Ein Unfall?«

Nein, nein, keine Sorge, Ihr Mann ist nicht verunglückt.«

»So'n Pech.«

»Bitte?«

»Äh, nichts«, sagte Mrs. Franklin und bewunderte daheim ihr Hafenpanorama.

»Es sieht so aus, als könnte Ihr Mann eine Art Nervenzusammenbruch erlitten haben«, sagte Rosie. »Im Augenblick haben wir ihn erst einmal ruhiggestellt. Ein gewisser Dr. Jovanovich aus Melbourne behauptet, Ihren Mann in Behandlung zu haben. Er ist der Ansicht, Regierung und Presse sollten vorerst nicht benachrichtigt werden, weil er davon ausgeht, daß Mr. Franklin bis morgen wieder ansprechbar sein wird. Kennen Sie den Arzt, Mrs. Franklin?«

»Geben Sie ihn mir mal«, bat Mrs. Franklin und runzelte die Stirn. »Hallo?«

»Tag, Mrs. Franklin«, sagte Jock. »Ihr Mann ist in den besten Händen, das kann ich Ihnen versichern. Ich lernte ihn im letzten Jahr kennen, bei... äh« – Jock kniff die Augen zu und hielt die Luft an.

»Das ist jetzt unwichtig«, sagte Mrs. Franklin. »Können Sie mir den Mistkerl bis morgen vom Leib halten?«

Jock riß die Augen auf. »Äh, selbstverständlich.«

»Gut. Ich will nicht, daß hier irgendwelche Reporter herumschnüffeln. Vertuschen Sie die Sache so lange wie möglich.«

»Werden Sie Ihren Mann besuchen wollen?«

»Einen Teufel werde ich. Wir sprechen uns morgen, ja? So kann ich wenigstens einen Abend in Freiheit genießen, und wehe, wenn Sie mir das vermasseln«, sagte Mrs. Franklin und legte auf.

»Mir ist vollkommen unklar, was hier gespielt wird, aber ich werde Mrs. Franklins Wunsch entsprechen – bis morgen abend, vorausgesetzt, sein Zustand bessert sich nicht«, verkündete Rosie. »Danach schreibt das Gesetz eine gerichtliche Anhörung vor, und das dürfte dann das Ende der ganzen Geheimniskrämerei sein.«

Das Telefon klingelte.

Franklin hob ab.

»Bin ich Dr. Jovanovich?« fragte er abwesend.

»Nein!« sagten alle ungnädig. Jock entriß ihm den Hörer.

»Ja. Äh ja. Ja«, sagte er. »Jachtklub, sieben Uhr. Sie erkennen mich an einem blauen Hawaiihemd. Ja. Keine faulen Tricks«, fügte er rasch hinzu und hängte ein.

Rosie verschwand mit dem Hinweis, daß es schließlich noch andere Patienten gebe, um die sie sich kümmern müsse.

»Wahrscheinlich sollte ich lieber nicht fragen, aber wer weiß überhaupt, daß du hier bist?« fragte Eric.

»Nur die Ganoven«, erklärte Jock stolz. »Wir haben heute abend Übergabetermin. Hätte eigentlich ein entlegeneres Plätzchen sein müssen, aber um die Zeit ist da bestimmt nichts mehr los.«

»Hast du heute morgen kein Radio gehört? Miranda hat heftig die Werbetrommel gerührt für eine Fete heute abend im Jachtklub.«

»Man muß die Feste feiern, wie sie fallen!«

»Aber Shorts...« – Eric sprach ganz ruhig –»... meinst du nicht, daß sie vielleicht, wo sie jetzt wissen, daß wir hier in der Klinik sind, hereinschneien und uns, nur mal angenommen, niedermähen, und wir im sprichwörtlichen Kugelhagel umkommen?«

»Ich kenne keine Sprichwörter zu Kugeln«, erwiderte Jock. »Außerdem würden sie nicht im Traum drauf kommen, daß wir den Minister hier haben.«

Franklin schnarchte.

»Es ist nicht zu fassen!« sagte Eric.

Knallchargen auf der ganzen Linie

Am Nachmittag empfing Hiram auf Jocks Zimmer im Plaza eine Journalistin der *Territory Voice* – das heißt, nicht irgendeine Journalistin, sondern Felicia Caxton, Chefreporterin und Leitartiklerin des Ressorts Innenpolitik. Felicia war in vieler Hinsicht außergewöhnlich: Erstens, weil sie behauptete, mit Evita Peron verwandt zu sein, zweitens, weil die fünfzigjährige alleinstehende Frau sich alle Mühe gab, jeden neuen Grünschnabel bei der *Voice* zu vernaschen, drittens wegen ihrer stockblinden Verehrung des Premier, die zum letzten Weihnachtsfest in hymnischen Reimversen zu dessen Politik gegipfelt hatte, und schließlich, weil sie landesweit die einzige ihrer Zunft war, deren Analysen unweigerlich größeres Zutrauen in die Regierungspolitik erkennen ließen, als die Regierung selbst sie an den Tag legte.

Schön für die Regierung, aber mitunter war es doch peinlich, wenn der eigene Optimismus zweimal wöchentlich vom unerschütterlichen Frohmut von Leitartikeln überschattet wurde, die einer unmittelbar bevorstehenden ökonomischen Aufschwungsorgie das Wort redeten. Felicia hatte eine Riesenfete geschmissen, als das Nordterritorium Bundesstaat geworden war; noch am selben Tag gab die Regierung bekannt, sie werde Abbaukonzessionen für die Nationalparks vergeben und allen weiteren Landrechtsansprüchen der Aborigines einen Riegel vorschieben.

Während die ministeriellen Laufburschen noch auf Bestätigung für Hirams Bonität warteten und bisher nur ein Vorvertrag unterzeichnet war, sagte Felicia ihr Riecher, daß sie einer heißen Story auf der Spur war. Aus den Regierungsbüros war ihr zugesickert, daß etwas im Busch war – und in groben Zügen auch, was. Sie überfiel Hiram im Plaza, zückte ein parfümiertes Notizbuch, war ihm sofort verfallen und begann, honigsüße Fragen wie die folgende zu träufeln: ›Was ist das denn für ein Gefüüühhl, das wandelnde Wirtschaftswunder des Territoriums zu sein, Mr. Doppelganger – oder darf ich Hiram sagen?‹

Hiram spulte munter Lügen runter, die sich bequem im Bereich von vollkommen übergeschnappt bewegten.

›Die Titelseite wird der Knüller‹, dachte Felicia. Darin zumindest sollte sie recht behalten.

›Man nannte sie *die Blattmacherin*‹, frohlockte sie. In Wahrheit nannte man sie die *notgeile Journalisten-Schnitte*, aber das gehört nicht hierher.

Felicia lächelte breit und beugte sich vor. »Sie sind ein wirklich faszinierender Mann«, sagte sie.

»Tja«, stimmte Hiram gutgelaunt zu. »Noch etwas Himbeersaft?«

Draußen auf der Jacht bekakelten die Schweren Jungs die Geiselübergabe Selina – Franklin. Lefty hielt eine Abendausgabe der Zeitung außer Selinas Reichweite und las aus der Anzeigenrubrik ›Sammelfreuden‹ vor: »›Freunde von Harold. Super-Tauschangebot: Alter Politschinken gegen Hasen für Zauberhut. Einmalige Gelegenheit! Telefon‹... soundso... der Rest ist nicht für deine Ohren bestimmt.«

Selina schielte unter ihren Ponyfransen hervor. »Das verstehe ich nicht«, sagte sie. Sie saß an Deck und ließ die Beine über die Bordkante baumeln.

Briian erklärte es ihr: »Die haben Franklin, und wir haben dich. Franklin muß bis morgen um Mitternacht dringend gewisse Papiere unterzeichnen. Sie wollen tauschen. Es ist absurd. Die ganze Geschichte ist total aus dem Ruder gelaufen. Das war alles mal als harmloser Baulandschwindel geplant, und was ist draus geworden?« Er warf den Schweren Jungs einen bösen Blick zu. »Menschenraub, Körperverletzung.«

»Und wie geht's jetzt weiter?« fragte Selina laut. Im stillen fragte sie sich, wer zum Teufel ihre Verbündeten waren. Miranda? Eine Meute wildgewordener Ballroom-Dancing-Fans? Sie schüttelte den Kopf. »Und? Tauscht ihr? Dein Deal ist ohne Franklins Unterschrift gestorben, Briian. Wer sind überhaupt *deine* Auftraggeber? Die wollen doch wohl kaum in so etwas verwickelt werden, oder?«

Briian blickte über die Reling hinweg in die Ferne. »Wir holen uns Franklin, Selina. Du bleibst hübsch hier. Und ich auch, weil die Bullen sich gar zu gerne mit mir unterhalten würden. Wir beide ganz allein... Die Jungs kümmern sich inzwischen um deine kleinen Freunde.«

Wahrscheinlich hätte sie darauf schlagfertiger und souveräner antworten müssen, aber ›urgggh!‹ gab ziemlich genau wieder, was Selina empfand. Das Bordfunkgerät würden sie natürlich lahmlegen, aber sie hatte sich den Schlüssel zum Seenotschrank gesichert. Vielleicht würde es ihr gelingen, ein paar Leuchtraketen abzufeuern. Im Film war es doch so. Sie wünschte, sie hätte beim *Großen Leichtsinn* mehr auf die Seenotsignal- als auf die Sexszene geachtet, und obwohl es ein bißchen sehr melodramatisch sein mochte, jemanden mit einer Leuchtpistole zu erschießen, könnte es sich in Briians Fall lohnen. Sie schüttelte den Kopf. Und was wäre damit gewonnen? Die anderen würden ja wiederkommen, und dann hätte sie sich wegen Beschädigung fremden Bandentums unbeliebt gemacht. Aber eine Rakete nach guter alter Sitte – als SOS, Mayday, Kommt-gefälligst-und-rettet-uns-wir-sinken-Signal, das war durchaus angebracht. Sie würde warten, bis es dunkel wurde.

Die Sonnenuntergangsautomatik schaltete sich gegen sechs Uhr ein, samt Wolkenviolett und Flammenballeffekten. Weil Teile des Kakadu-Nationalparks brannten, waren letztere ins Glutvolle gesteigert; Wildhüter hatten nach bewährter, generationenerprobter Kultivierungstradition der Gagadju Feuer gelegt, und unsichtbare Aschepartikel belebten die Show.

Unten an der Esplanade fächelte eine Brise denjenigen Linderung zu, die der Luftfeuchtigkeit zu entrinnen suchten. Beamte und Ministerialberater in weißen Hemden, Shorts, lachhaft langen Socken und Sandalen vermißten die Klimaanlagen ihrer Büros, Eigenheime und Autos. Das Jachtklubgelände – besonders im Grillbereich – füllte sich jetzt rasch mit Menschen, die nach der Arbeit geduscht und sofort wieder angefangen hatten zu schwitzen: Griechen, Aborigines, Osttimorflüchtlinge, Chinesen, den vornehm Blassen und den Sonnenverbrannten, Hippies, Journalisten, Filmteams, den Frommen und den Vollen, in Sonnenkleidern und Strandlatschen, Safarianzügen und Sarongs.

Der Bundesminister, aufgehalten von Anrufen aus seinem Arbeiterwahlbezirk in Melbourne, von dem ein gewisser Prozentsatz am Nachmittag bei einer Chemieabfallexplosion in die Luft geflogen war, traf mit leichter Verspätung ein. Seine vorgeschickten Wachhunde, Watschenmänner und Gutwettermacher sondierten bereits die diplomatische Lage und stellten sicher, daß etwaigen herumlungernden Minoritätenvertretern oder Lobbyisten auch bestimmt die rechte Hand herzlich von einem Bundesminister geschüttelt würde.

Women's Business machte mit Müttern und Großmüttern und Tanten an einem der abgelegeneren Tische einigen Krügen Zitronenlimonade den Garaus; wie die große Mehrheit der Aboriginesfrauen im Territorium waren auch sie strikte Antialkoholikerinnen. Bald würden die Tänzerinnen sich in einen vom übrigen Klubgelände durch Papayabäume und Flamboyants abgeschirmten Winkel zurückziehen, um Gesichter und Brüste mit weißer Tonerde zu bemalen.

Die Tänzerinnen trugen alle rote Röcke im ›züchtigen‹ beziehungsweise ›Missionsstil‹. Tanzschilde, flache, längliche, in Punkttechnik bemalte Ovale der einzelnen Stammesgruppen lagen in heillosem Durcheinander auf dem Tisch, sie waren aber keineswegs austauschbar. Jeder Tanzschild stellte einen Besitztitel auf Land, Geschichten, Ortskenntnis und Spiritualität dar. Ähnliche Tanzschilde wurden in vielen Museen und Galerien aufbewahrt, geschützt vor Staub und neugierigen Fingern; kontrollierter Raubbau sozusagen. Auf dem Rasen lagen ein paar Leinwände zum

Verkauf ausgebreitet, davor gestapelt Kampfkeulen und graue Decken, die die meisten Australier wohl als ›Pferdedecken‹ bezeichnet hätten.

Die Frauen mußten an diesem Abend nicht gegen andere antreten. Oft, wenn sie zu Festivals oder Sondervorführungen anreisten, tanzten dort auch ihre Yali-Buschnachbarinnen. Zwischen ihnen herrschte große Rivalität, eine Rivalität, die allerdings von Außenstehenden nach völlig anderen Kriterien beurteilt wurde. Für die spielte es keine Rolle, daß die Nyampuju-Frauen traumhaft tanzten und dabei die rechtmäßigen Besitzerinnen der richtigen Geschichten die Gesänge anführten. Denn die Yali-Tänzerinnen (die zugegebenermaßen ebensogut waren) trugen bei den vorgeführten Zeremonialtänzen Federn im Kopfband. Und damit waren jedesmal sie diejenigen, die im halbminütigen Film in den Fernsehnachrichten vorkamen, weil sie eben diese entscheidende Nuance ›exotischer‹ aussahen. Da war es dann auch egal, ob die Namen der Tänze ungenannt blieben, der ihrer Region falsch ausgesprochen wurde, sie selbst überhaupt nicht namentlich erwähnt wurden – sie sahen eben aus, wie man sich Aborigines vorstellte, bloß, so die Nachrichtenfilmer, noch mehr.

Pressejournalisten und -fotografen, deren Beiträge im Süden abgedruckt wurden, wußten auch, worauf es ankam. Buschgeschichte? Unbedingt einen Ureinwohner in der Telefonzelle ablichten. Und wer einen armen Teufel überreden konnte, die Hose wegzulegen und sich seinen Speer zu schnappen, auch wenn er eigentlich vorhatte, erst morgen auf Jagd zu gehen und heute seine Steuererklärung zu machen, um so besser. Einmal in der Unterhose hinstellen und dem Freizeichen lauschen, bitte. Danke.

In der Nähe der Tänzerinnen stritt sich ein Grüppchen Umweltschützer darüber, ob sie ein Spruchband zwischen zwei Flamboyants spannen sollten. »Bäume haben auch Rechte«, verkündete eine, die sich kürzlich in Spinifex umbenannt hatte, dem Beispiel anderer folgend: Indigenia, Bedrohtes Skrofulöses Wallaby, Ozon.

»O Gott«, stöhnte der Vorsitzende der *Environment Protection Force*, den die hergelaufenen Hohlköpfe zur Verzweiflung trieben, die vielleicht mal versehentlich an einer Kundgebung teilgenommen hatten und es weniger wichtig fanden, eine auch nur einigermaßen geschlossene Front gegen die Konzernriesen zu bilden als unsägliche Gedichte über Regenwälder zu schreiben, zu geklauten Joni-Mitchell-Melodien zu setzen und in Einkaufszentren zum Besten zu geben.

Darwin wurde während der Trockenzeit regelmäßig von ihnen überschwemmt: Erwachsene Menschen, die improvisierte Delphintänze mit Besenstielen und Ukulelen veranstalteten und das als Aktionstheater ausgaben, und die die straff organisierten Umweltschutzgruppen blamierten. Die meisten setzten sich während des Hitzetiefs ab, verkrümelten sich nach Byron Bay oder an sonstige coolere Orte, aber diese Vertreterin hier hatte sich als äußerst hartnäckig erwiesen, dank einer Liaison mit einem ortsansässigen Musiker.

»Wollen wir die verdammten Bäume vorher fragen, Kylie?«

»Ich heiße nicht Kylie«, sagte sie, »ich habe dir schon zweimal gesagt, daß du mich Spinifex nennen sollst, also komm mir nicht mit deiner Fascho-Macho-Tour, Louis.«

Ein paar besonnene Umweltschützer eilten ihm zu Hilfe, Spinifex wurde an den Strand geschoben, wo sie in Staunen versunken auf ein Stück Treibholz starrte. Louis bemerkte, er werde nie begreifen, wie Leute in den Tropen Marihuana rauchen könnten; es machte sie so locker, daß sie praktisch scheintot waren. Dann besann er sich auf die Aufgabe.

»Eins, zwei, drei, hoch!«

Das Spruchband wurde gehißt. Es verkündete in fluoreszierendem Orange auf weißem Grund: ›HÄNDE WEG VOM REGENWALD!‹. Aus dem O in VOM hatte man eine lachende Sonne gemacht. Während Louis begann, Flugblätter zu den voraussichtlichen Folgen einer Cyanidverseuchung des Flußsystems eines Nationalparks durch die Gold- und Platinumminen zu verteilen, verließ der Bundesminister den Parkplatz und bewegte sich auf die Menge in Gummilatschen zu. Er trug ein Hawaiihemd, das er anläßlich einer eminent wichtigen Tagung zum Weltweizenmarkt in Waikiki erstanden hatte, in einem früheren Leben als Minister für Bauernfängerei und Unwahrscheinliche Informationsreisen. Er hatte gehofft, es würde ihn tropenlaunig machen, und außerdem waren auf seinem Polyester-Safarianzug Flecken von der Soße, die er tagsüber beim Besuch der Krokodilfarm zu einem Hot Dog genossen hatte.

Louis konnte dem Minister ein Flugblatt aufdrücken, worauf dieser abwesend lächelte und ohne darauf einen Blick geworfen zu haben beteuerte, man werde sich der Sache annehmen, denn der Regierung und auch ihm persönlich liege sehr daran, um sich gleich darauf seinem Gastgeber, dem örtlichen Bundesparlamentsabgeordneten, zuzuwenden. »Na, ihr habt ja ganz schön was auf die Beine gestellt, Bluey«, lobte er.

»Nur vom Feinsten, *mate*«, sagte der Ortsabgeordnete, der das Wort an diesem Tage schon sechsundvierzigmal benutzt hatte.

Während die Sonne unter den Horizont rutschte, reichte man den Minister herum und stellte ihn diversen Leuten vor. Wenige Minuten später funkelten am dunklen, violettschwarzen Himmel schon die Sterne. Am Selbstbedienungstresen bemannte eine Frau mit mehr Tätowierungen als Zähnen die Kasse.

»Ja, wassollssein?« fragte sie, nahm die Bestellung auf, blickte auf einen Zettel vor sich und schaltete das Mikro ein.

»Nummer sechsundfünfzig, Nummer sechsundfünfzig, Sie können Ihr Essen abholen«, krächzten die an zurechtgebogenen Kleiderbügeln in die Bäume gehängten Lautsprecher. Der Grill lief allmählich heiß, Rauch stieg himmelwärts und verschwand zwischen Sternen.

Der Minister kam, um die jüngeren Nyampuju-Frauen zu begrüßen.

»Und das hier ist die Leadsängerin Ivy«, stellte der Ortsabgeordnete vor.

»Abend, Ivy«, sagte der Minister.

»Guten Abend, Herr Minister«, sagte Ivy. »Wie läuft denn die Mobilisierungskampagne?«

Der Minister lachte übertrieben laut. »Ach, wissen Sie, Wahlen haben wir noch lange nicht.«

»Dann ist also nichts dran an dem Gemunkel um eine vorzeitige Parlamentsauflösung?«

»Ach was, wir Canberra-Fellas schuften uns für euch Fellas doch den Arsch ab!« rief der Minister im Gehen jovial über die Schulter zurück.

»Wißt ihr«, meinte Ivy, als sie sich wieder niederließ, »da bin ich mir doch glatt nicht mehr so sicher, daß allein wir die Rezession verschuldet haben.«

Der Minister drehte weiter seine Runden. Zu seiner Verblüffung sichtete er eine berühmte Modedesignerin aus Amerika, die ins Territorium gekommen war, um von den Aborigines zu ›lernen‹, soll heißen, ihre Totems und Muster abzukupfern, von überarbeiteten Filipinas in Näh-Knästen zu ›Freizeitkleidung‹ verarbeiten zu lassen und in Ladenketten der Ersten Welt zu unverschämten Preisen zu verkaufen. Verblüfft war der Minister vor allem deswegen, weil die Designerin sich im Busch herumgetrieben und mit freundlicher Erlaubnis der Nyampuju-Frauen mit deren Ockerpigmenten gespielt hatte; das Ergebnis: eine mit rotem Ocker auf Schwarz getrimmte weiße Kalifornierin. Ein paar Ureinwohnerinnen wie Chloe waren drauf und dran, sie zu verprügeln.

»Für wen hält die sich – Al Jolson?« knurrte die eine.

Der Minister strahlte Chloe an. »Abend, wie geht's?«

»Danke gut.«

»Freuen Sie sich auf den Auftritt?«

»Yeah.«

»Es ist ein Höhepunkt einer solch weiten Reise, ein Stück echte Koori-Kultur erleben zu dürfen. Ein Erlebnis.«

»Es sind nicht Koori, sie kommen aus Nyampuju«, verbesserte sie ihn.

»Äh, ja, natürlich, ich meinte Koori selbstverständlich im weiteren Sinne, als Bezeichnung, die Ihr Volk sich für sich auserbeten hat.«

»Ich habe nie im Leben darum gebeten, als Koori bezeichnet zu werden«, sagte Chloe. »So heißen die Aborigines in den südöstlichen Regionen. In Queensland gibt es die Murris, in Südaustralien die Nungas, und es gibt haufenweise verschiedene Namen für alle möglichen Gruppen.«

»Interessant«, meinte der Minister. »Und wie nennen Sie uns?«

Chloe mußte sich beherrschen, nicht loszuplatzen. »Entschuldigen Sie mich, ich entdecke dort drüben gerade ein paar Freunde.«

Zwei Nachzügler waren ihr ins Auge gefallen. Jock hatte sich mit seinem himmelblauen Ananas-gemusterten Hawaiihemd selbst übertroffen. Eric hatte es vorgezogen, für diesen Anlaß auf Understatement zu machen: Er trug ein schwarzes Cowboyhemd mit lila abgesetzten Taschen, Manschetten und Schulterpassen. Immerhin waren beide in Anzügen erschienen. Jocks war orangefarben, 40er Jahre mit weitem Bein, Erics neonblau.

»Wird hier ein Videoclip gedreht?« fragte Chloe.

»Hallo, Chloe«, sagte Jock, »wie geht's denn so?«

»Gibt's was Neues?« fragte Chloe.

»Nein.« Er zwinkerte. »Aber vielleicht noch im Laufe des Abends.«

Chloe seufzte. »Klar. Na ja, wenigstens verfolgen die Bullen die Sache noch. Ich muß mich jetzt um die Damen kümmern. Wir sehen uns nach den Tänzen, ja?«

»Yo.«

»Wir sprechen eine Sprache, Bruder«, grinste Chloe. »See youse.«

Der universelle Klang einer Stimme, die ›Eins, zwei... eins, zwei...‹ ins Mikro quakte, lenkte ihre Aufmerksamkeit auf die improvisierte Bühne zwischen zwei Bäumen. *Women's Business*, das Meer im Rücken, waren startklar.

Ivy, mit ihrer Gitarre an der Rampe, legte mit einem langen Heulbojenton vor, dann setzten die anderen ein. Sie fetzten mit *Country* los, einem Titel, den ihre Plattenfirma in die Sender zu hieven versuchte, ein Song mit Reggae-Rhythmus und einem Text in Kriol, regionaler Aboriginessprache und Englisch, von dem sich ein paar Zuhörer zu einem zaghaften Bop hinreißen ließen. Als sie bei der vierten Nummer angelangt waren, Marianne Faithfulls paradoxerweise von Territoriumsbands gern gecovertem Titel *The Ballad of Lucy Jordan*, tanzten schon eine ganze Menge Leute – vorneweg die kleinen Kinder. Die Girls beendeten den Set mit dem Hardrock-Titel *You Ain't Nothing But A Camp Dog (Mangy All The Time)* und der Aufforderung, massenweise zu ihrem nächsten Auftritt zu erscheinen.

Die Band marschierte am Minister und dem Ortsabgeordneten vorbei, um sich gackernd ihren Krug vom Tisch zu holen.

»Großartig!« schwärmte der Minister. »Sie sollten wirklich überlegen, ob Sie nicht professionell einsteigen wollen!«

Der Ortsabgeordnete rieb sich die Stirn und schnitt für Ivy eine peinlich berührte Grimasse. Sie nickte.

Der Plauderpegel stieg, wurde dann überlagert und schließlich überblendet vom Klappern der Schlaghölzer und von Frauenstimmen. Aus dem Dunkel tauchten, eine nach der anderen, mit kleinen Sprüngen, die Tänzerinnen auf. Die Frauen formierten sich zu einer langen Reihe, sie sprangen und stampften im Takt. Sie sangen von Buschfeuern, vom Sammeln der Samen zum Brotbacken, vom Schlangengeist. Ihre Brüste, mit weißen Bogenlinien und Streifen verziert, hüpften auf und ab, ihre Gesichter waren ernst und gesammelt.

Die Zuschauer verhielten sich respektvoll, wenn viele auch verwirrt waren. Von wegen wilder exotischer Tanztaumel. Noch dazu wurde in einer Fremdsprache gesungen. Ivy griff erneut zum Mikrofon und erklärte die Bedeutung der Tänze. Dann sagte sie den letzten an: die Zelebrierung der reichen Tagesausbeute an Buschhonig. Es gab höflich bis herzlichen Applaus, der langsam abebbte und wieder der Unterhaltung wich sowie weiteren Bestellungen an der Selbstbedienungsbar.

»Nummer sechsundfünfzig, Nummer sechsundfünfzig, bitte Essen abholen«, knarrten die Lautsprecher.

Eigenartigerweise schien es noch heißer zu werden, jetzt, wo doch die Sonne gesunken war. Die reinste Treibhausluft! Etliche Gäste tranken unmäßig, andere waren gefühlsselig beduselt, wieder andere sternhagelvoll. Der Minister hatte sein Jackett abgelegt. Die Frisuren der Berufs-Gattinnen welkten, Hemden klebten an Rücken.

Plötzlich erschien aus dem Nichts ein Kerl am Ministerellbogen. Dem Aussehen nach war mit ihm nicht zu spaßen. Er hatte eine gebrochene Nase und eine sehr entschlossene Visage.

»Wo ist der Minister?« fragte Lefty.

»Steht vor Ihnen«, sagte der Minister lächelnd und hielt die Hand zum Schütteln hin.

»Sehr witzig«, sagte Ken. »Wo ist Fat Man?«

»Bitte?« meinte der Minister verwirrt. »Sprechen Sie vielleicht vom Verteidigungsminister?« Aus dem Augenwinkel bemerkte er zwei weitere Gorillas.

»Franklin«, knurrte Ken. »Geh nach Hause, Kleiner, hier wird erste Liga gespielt.«

»Hören Sie, wenn Sie die Umweltprobleme meinen, glauben Sie mir, die gehen uns alle an, wir alle haben Kinder, aber wissen Sie, man muß sich gewissen wirtschaftlichen Sachzwängen...«

»Was soll der Scheiß?«

»Offizieller Regierungsstandpunkt.«

»Äh...«, machte Ken.

»Keine Namen, Ken«, warnte Lefty.

»Da drüben steht noch so einer mit einem blauen Hawaiihemd, *mate*.«

»Mist«, sagte Lefty. »Und wer sind dann Sie?« fragte er den Minister.

»Ich bin Bundesbergbauminister. Ich bin in Sachen ›Bürgernähe‹ unterwegs.«

»Ach du Scheiße. Tschuldigung.«

»*No worries*.«

»Briian, ist im Schrank noch Wodka?«

»Welschem?«

»Dem mit dem roten Kreuz drauf.«

»Wermalnachschehen. Äh. Ne. Nur daschda«, erklärte Briian und zerrte einen kleinen Koffer hervor.

»Laß mal sehen«, sagte Selina und nahm ihm die Kiste

mit den Leuchtraketen ab. »Ah ja. Da hätten wir doch schon was«, fuhr sie fort, zauberte die winzige Flasche Wodka aus ihrem Geheimfach hervor und reichte sie Briian. »Ich gehe mal nach oben Sterne gucken.«

»Bisch'n prima Kerl, Schelina«, nuschelte Briian und versuchte, den Schraubdeckel der Wodkaflasche abzubeißen.

»Immer«, bekräftigte sie, schnappte sich eine Taschenlampe und schoß den Niedergang hoch.

Jock und Eric standen auf. Jock schlotterten die Knie.

»Eijeijei«, sagte Eric. Geben wir's zu: Die wenigsten von uns bleiben angesichts dreier hünenhafter Gestalten in Sakkos mit verräterischen Beulen unter den Achseln der Sprache wahrhaft mächtig. Lefty schien kurz zu überlegen, ob er Jock anrempeln sollte, dann setzte er sich, einer einladenden Geste Erics folgend, gegenüber an den Tisch. Das nahm ihm etwas von seiner Bedrohlichkeit, weil er sich seitlich mit dem Hintern auf die Bank schieben mußte.

»Wie war das mit dem Tauschgeschäft?« fragte er Jock, schielte argwöhnisch zu Eric hinüber, behielt aber Jock die Wenn-Blicke-töten-könnten-Version vor. Jock fand, daß sein psychologischer Durchblick ihm angesichts dieses durchsichtigen Manövers eine gewisse Herablassung gestattete.

»Wir dachten, wir könnten euch Harold Franklin gegen unsere Freundin andrehen. Wir wissen, daß ihr sie irgendwo festhaltet.«

Lefty fackelte nicht lange, er packte Jock bei den Rockaufschlägen, schlug sie zurück und knallte sie ihm dann wieder an die Brust. »Irgendwelche Wanzen?«

»Ey!« protestierte Eric und wollte aufspringen. Er wurde von einem Reserve-Schläger wieder auf die Bank gedrückt, das kurze Gerangel erregte ein gewisses Aufsehen bei den umstehenden Tuchfühlungsgästen.

»Alles bestens«, erklärte Jock leutselig. »Kleiner

Scherz.« Er senkte die Stimme und fauchte Lefty an: »Laß das!«

»Gib ihm doch eins auf die Finger«, höhnte Ken.

Jock und Eric sahen sich an, dann wieder ihr Gegenüber.

»Sind wir hier im Kindergarten?« meinte Jock.

»Überlaß das mal mir«, sagte Eric. »Hör zu, ich kann da schon was mit anfangen, mit deiner Suche nach dem inneren männlichen Selbst...«, sagte er zu Lefty.

Jock schnaubte verächtlich.

»Hä?« machte Lefty.

»Klar Mann, wir alle müssen hin und wieder in die Wildnis ziehen, um uns unserem ›tiefen Mann‹ zu nähern. Aber in diesem konkreten Hier und Jetzt ist das weniger angesagt. Wir müssen umdenken.«

»Schnauze«, bellte Lefty.

»Nein, jetzt mal im Ernst, wenn du den Haarigen Mann sichtbar machen willst...«

»Was soll das?«

»Ich meine ja bloß, wir sind doch alle Männer – Brüder. Was unterscheidet dich und mich?«

»Das zum Beispiel.«

»Na ja, zugegeben, es gibt diesen kleinen Unterschied: die Kanone. Jetzt wieder du, Jock.«

»Danke, mein Freund. Wir haben den Minister.«

»Kannstes beweisen?«

Jock griff sich in die Innentasche. Lefty zuckte zusammen. Jock zog Franklins Brieftasche hervor und klappte sie rasch auf und wieder zu.

»Gut, wollt' ich bloß wissen. Also paß auf, Sportsfreund«, sagte er und ließ den Revolver unterm Tisch, aber auch – was einer gewissen Logik nicht entbehrte – auf Jock gerichtet.

»Was los, willst du durch einen Zementtisch ballern?« fragte Eric.

»Mach dich doch nicht lächerlich«, fügte Jock hinzu. »Wir treffen uns morgen abend um neun auf dem ungeteerten Parkplatz am Ende der Werftstraße. Wir bringen den Minister, ihr bringt Selina. Dann tauschen wir: eins zu eins. Alles klar?«

»Du holst den Minister, pronto, sonst erschieße ich deinen Freund«, lautete der Gegenvorschlag Leftys.

»Die Idee stinkt zum Himmel«, sagte Eric.

Hinter Lefty tauchte Ivy auf. »Bis dann, Jock... äh, alles in Ordnung bei euch?«

»Verpiß dich, Puppe«, sagte Lefty.

Ivy trat einen Schritt vor und musterte Jocks und Erics angespannte Gesichter. Hinter ihr versammelten sich einige der älteren Frauen, aufbruchsbereit, mit Decken, Kampfkeulen, Tanzschilden und Kopfbändern beladen.

»Ich sagte ›verpiß dich!‹«, wiederholte Lefty und schwenkte seinen Revolver kurz vor, damit sie ihn sah, sich aber nicht gleich aller Augen im Jachtklub darauf richteten. Der Effekt ließ zu wünschen übrig. Acht schwerbrüstige, rundhüftige, bestürzte Nyampuju-Frauen begannen, auf ihn einzuschnattern.

»Schick sie weg!« rief er Jock zu.

»Hab ich nichts mit zu tun!« rief Jock zurück.

Verdattert wedelte Lefty abermals mit seinem Revolver. Vom Gezeter alarmiert, liefen weitere Tänzerinnen auf. Mit einem Blick erfaßten sie die Situation, und dann ging's los. Siebzehn Tänzerinnen ließen ihre Siebensachen fallen, packten ihre Kampfkeulen, fuchtelten drohend und stießen herausfordernde Schlachtrufe hervor. Die beiden anderen Schweren Jungs traten näher, die Hände auf ihren Beulen.

»Kacke!« rief Lefty, legte den Rückwärtsgang ein und fiel dabei fast über die Bank. Er machte eine Bewegung auf Ivy zu, die sich inmitten des Aufruhrs nicht vom Fleck gerührt hatte. Aber da waren die Frauen davor. Sie hatten ihm schließlich Gelegenheit gegeben, sich abzuregen, jetzt gingen sie kreischend zum Angriff über und prügelten, was das Zeug hielt, auf die drei ein. Jock und Eric saßen mit offenen Mündern und großen Augen da.

Die Frauen trieben die Männer schreiend und schimpfend vor sich her zum Strand. Die drei gaben Fersengeld und hetzten schwerfällig durch den Sand, dicht gefolgt von einem entschlossenen Mob Kampffrauen mit Keulen.

Die Schweren Jungs warfen sich in ein Schlauchboot, zerrten an der Reißleine, bis der Motor aufheulte, und nahmen Kurs auf East Point. Die Wüstenfrauen standen am Wasser, beäugten es mißtrauisch und schimpften dem kleiner werdenden Boot hinterher.

Plötzlich erhellten zwei Leuchtraketen den Himmel über East Point. Sie kamen offensichtlich von der anderen Seite der Landspitze.

»Feuerwerk!« jubelte einer der Betrunkenen.

Der Minister blickte hinunter zum Strand. Die Frauen standen dicht gedrängt beieinander und beredeten, daß sie lieber so schnell wie möglich die Stadt verlassen sollten. Der Minister wandte sich an den Ortsabgeordneten.

»Phantastisch!« schwärmte er. »Bleibende Erinnerungen, was? Wie hieß jetzt dieser Tanz? Bewundernswerte Kultur, wirklich bewundernswert.«

In einem Haus weiter oben am Hang spielte Effie Franklin Poker mit ihrer Putzfrau Mrs. Beryl Najinsky, die gerade ihre achtzehnte Zigarette ausdrückte, und zwei Gästen, mit denen sie schon zur Schule gegangen war – einem ältlichen Hippie namens Max, dem der lange weiße Bart in den Whiskey hing, und der stellvertretenden Leiterin des Northern Land Council, Mrs. Ruby Jarrmbinji, die mit zusammengekniffenen Augen auf ihren Straight Flush schielte.

»Laß uns nochmal die Madonna-Platte auflegen« schlug Effie vor, »ich habe Lust zu tanzen.«

»Nur weil du weißt, daß ich dieses Mal den Pott gewinne, du Luder«, maulte Ruby.

»Was glaubst du, wozu der verdammte Spiegel hinter dir hängt, Rube«, konterte Effie, schob auf dem Weg zur Anlage mit einem energischen klack! ihr Taschenfernglas zusammen. Als sie am offenen Verandafenster vorbeikam, zerplatzten zwei Seenotraketen und sprühten roten Funkenregen zwischen die Sterne.

Unten im Jachtklub sah Miranda zu, wie die Raketen verglommen. Sie stand wie angewurzelt da und schaute.

»Nummer sechsundfünfzig. Nummer sechsundfünfzig, du Knallcharge...«

Feuchte Träume

Die wenigsten schliefen in dieser Nacht gut. Wenn überhaupt, wurde die Schwüle noch schwüler, um erst gegen Morgen von einem kurzen kühleren Intermezzo abgelöst zu werden. Überall am Top End Australiens wälzten sich Menschen mit verkniffenen Gesichtern und schwitzenden Leibern in ihren Betten, stöhnten und strampelten, soffen und schlugen sich, fielen in ihre Swimmingpools, fläzten auf ihren Veranden, benetzten sich mit eisgekühltem Wasser aus Zerstäubern, legten Laken in Kühlschränke, ehe sie die Betten bezogen, duschten zwischen Mitternacht und Morgengrauen dreimal kalt – alles, *alles*, wenn es nur Linderung versprach.

Einige schliefen, während ihre Hirne die unterschwellige Botschaft der Klimaanlage verarbeiteten, dieses beharrliche, bedeutungsleere Brummen, das die Hirnströme oszillieren ließ und den Verstand abstumpfte; so mußte es sich anhören, wenn man sich zu erinnern versuchte und nichts kam. Menschen ohne Klimaanlage träumten noch schlechter: von Feuersbrünsten, Ertrinken oder Gelähmtsein.

Auf Kinderstirnen klebten Haarsträhnen und Schweiß, die Kleinen wimmerten oder träumten von Eislollies und Rasensprengerspielen. Babies schrien. Männer verdroschen Frauen oder griffen zärtlich nach ihnen. Frauen spien bittersten Sarkasmus oder ergaben sich: dem Wetter, dem Leben oder – müde lächelnd – ihren Liebhabern. Einsame weinten, Neurotiker durchlitten alptraumhafte Ängste, Dynamische wurden träge bis katatonisch. Von den Alten im Arnhem Land würde in dieser Nacht niemand vor Kälte sterben. Hunde seufzten und streckten sich bäuchlings auf kühlen Holzdielen und Steinveranden aus. Kokosnüsse hingen schwer von den Palmen, und vorbeisegelnde

Flughunde pißten auf aufgehängte Wäsche, ehe sie an den Hochspannungsleitungen verschmorten. Bald würde der Himmel heller werden, würde die Sonne aufgehen, würden Wolken sich auftürmen und die Hitze gefangenhalten. Doch bis dahin: ein einziges Warten.

Selina hatte ihr Moskitonetz so anbringen müssen, daß ihr Körper nirgends damit in Berührung kam, sonst setzten sich die Mücken aufs Netz und saugten durch die Gaze hindurch. Sie war hundemüde und seelisch zerschlagen von dem gescheiterten Versuch, auf sich aufmerksam zu machen. Ein bißchen beruhigte sie die Vollkommenheit des Sternenhimmels, und die Andeutung einer Meeresbrise bewahrte sie davor, sich zu fühlen wie ein bei lebendigem Leibe siedender Krebs.

Selina glaubte, der kommende Tag würde ihr Schicksal entscheiden. Und mit Hilfe war offenbar nicht zur rechnen. Irgendwas war gestern schiefgelaufen. Irgendwer hatte irgendwas mit Franklin angestellt, und Franklin wurde dringend gebraucht, um bis Mitternacht – heute – ein Dokument abzuzeichnen. Wenn diese Deadline überschritten wurde, war ihr Tauschwert gleich Null. ›Heute abend um diese Zeit‹, dachte sie, ›bin ich entweder frei... oder tot.‹ Spekulation war ihre Sache nicht.

Harold lag sediert im Darwiner Krankenhaus. Seine Frau Effie und ihre Gäste, die normalerweise auf Franklins Geheiß hin Hausverbot hatten, wälzten sich unruhig auf diversen Sofas und in verschiedenen Betten seines geräumigen Heims.

Miranda schlief tief und fest, nachdem sie bis spät in die Nacht versucht hatte, die Wasserschutzpolizei dazu zu bewegen, nach einem verdächtigen Schlauchboot zu fahnden, das sich möglicherweise im Hafen herumtrieb. »Haben wir einen neuen *Rainbow-Warrier*-Fall oder was?« spottete der Diensthabende auf der Wache. »Es ist mitten in der Nacht, und Sie haben nichts Erhellenderes zu bieten, als daß ›die Sache verdächtig aussieht‹? Vergessen Sie's. Gehen Sie ins Bett. – Und schauen Sie in Zukunft nicht mehr so tief ins Glas«, fügte er noch hinzu.

Miranda konnte ihm ja schlecht erzählen, daß zwischen

Jock und Eric und den Männern im Schlauchboot irgendwas lief, denn sie wußte nicht, was Jock und Eric vorhatten, konnte sie im Plaza nicht erreichen und wollte die beiden nicht unwissentlich reinreiten. Sie konnte es nicht riskieren, den beiden Schwierigkeiten zu machen, wenn das Selina vielleicht in noch größere Gefahr brachte. Es kam ihr alles neunmalkomisch vor; wo sollte sie bloß anfangen, das Knäuel zu entwirren?

Die Polizei war nicht untätig gewesen, hatte sich mit drei Autounfällen, mehreren häuslichen Auseinandersetzungen, einer Handvoll Trunkener am Steuer, der unangenehmen Entdeckung, daß es sich bei den beiden Touris, die am Nachmittag auf der Straße zum Krankenhaus von dem Road Train plattgemacht worden waren, um FBI-Agenten gehandelt hatte, deren Zentrale wissen wollte, ob es mysteriöse Umstände gegeben habe, und mehreren originellen Vandalen herumgeplagt, die ›ALLES SCHEI . . .‹ an das Oberste Gericht gesprayt hatten, ehe sie, im Polizeijargon, ›in Gewahrsam genommen‹ oder, mit den Worten der Vandalen selbst, ›ein paar geditscht bekommen und wegen Sachbeschädigung verknackt‹ worden waren.

Hiram schnarchte den tiefen, traumlosen Plaza-Klima-Schlaf des gewohnheitsmäßigen Lügners, und Felicia Caxton machte sich an die Arbeit, trank zwölf Becher Kaffee, rauchte sechzehn Zigaretten und kolportierte ihren Knüller, den Aufmacher der Morgenausgabe der *Territory Voice*.

Der erste Absatz las sich folgendermaßen: ›Der charismatische Charmeur und mysteriöse Millionär Hiram F. Doppelganger tritt an, um das Territorium aus dem wirtschaftlichen Hinterwald ins Eldorado eines $ 760 Millionen Touristenkomplexes in Nightcliff zu führen‹, woraus der stellvertretende Ressortleiter am frühen Morgen machte: ›EXKLUSIV. Ein $ 760 Millionen Touristenkomplex soll im kommenden Jahr in Nightcliff entstehen und die Wirtschaft des Territoriums ankurbeln [Punkt. Neuer Absatz.] Hinter dem geplanten Unternehmen steht der millionenschwere Immobilienfinanzier Hiram F. Doppelganger, der [hieß es weiter] gestern das Projekt als ›Selbstläufer‹

bezeichnete. Mr. Doppelganger wird voraussichtlich heute nachmittag auf einer gemeinsamen Pressekonferenz mit dem stellvertretenden Premier Mr. Franklin Einzelheiten zu dem Projekt bekanntgeben. Gestern gewährte er der *Territory Voice* ein Exklusiv-Interview. »Harold und ich sind uns handelseinig«, eröffnete er in seiner Luxussuite im Plaza. »Wir lernten uns im vergangenen Jahr am Baccarat-Tisch in Monaco kennen und...«‹

Felicia schleppte sich in ihre Stadtwohnung und schlief voll bekleidet ein.

Jock und Eric verbrachten die Nacht im Krankenzimmer Harold Franklins. Jock schlief auf der Couch, Eric auf einer aus dem Gang entwendeten Bahre. Die Nachtschwester war in der Tat Jocks berüchtigtem Charme erlegen, armes Ding, und hatte versprochen, in Hinblick auf die Besuchszeiten ein Auge zuzudrücken. Ehe sie zum Krankenhaus zurückgefahren waren, hatten die beiden Psychiater bei der *Territory Voice* eine Anschlußanzeige für die Morgenausgabe aufgegeben. Text: ›FREUNDE VON HAROLD. Bedauern Panne. Wünschen trotzdem Teilnahme am Tauschbörsentreff. Gleicher Ort, gleiche Zeit. Anruf erbeten.‹

Wegen des Aufsehens, das ihr nicht anders als uncool zu bezeichnender Abgang erregt haben könnte, war einer der Schweren Jungs vor Morgengrauen in die Stadt geschlichen und hatte eine Frühausgabe von den Stapeln vor einem Zeitungsladen mitgebracht. Auf Seite 3 brachten sie einen kurzen Bericht über das Tuchfühlungsfest im Jachtklub, dazu ein zweispaltiges Bild des Ortsabgeordneten, der zusah, wie der Bundesminister von einer Frau mit mehr Tätowierungen als Zähnen einen Steakteller entgegennahm. Der Minister hatte sich in Fotopose Nummer Siebzehn geworfen – die mit dem optimistisch erhobenen Daumen. Es lohnt nicht, die Bildunterschrift wiederzugeben, aber man darf davon ausgehen, daß sie was über Fleischtöpfe oder gar einen Bürgerking zurechtkalauerte. Lassen wir dergleichen hinter uns, und treiben wir lieber das Geschehen voran.

Kein Wort über das Scharmützel mit den Nyampuju-Frauen, es sei denn, ›eine besonders lebhafte Darbietung‹ fiele unter diese Rubrik.

An Bord hatten sie Muße, die Titelseite zu studieren. Schlafen konnte sowieso keiner so recht. ›NT WIRD BOOM BESCHERT: Exklusivbeitrag von Felicia Caxton.‹ Fünf Spalten nahm das Foto von Hiram im Hotelzimmer in Anspruch. Ein leeres Sektglas in der Hand, zeigte er konquistadorisch über den wegen der Ebbe freigelegten Schlamm des Hafens. Der Bildredakteur hatte retuschiert: Der Beistelltisch neben Hiram mit der Flasche Himbeerlimonade und der Ausgabe eines von einem anderen reichen Arschloch als dem, bei dem der Bildredakteur in Lohn und Brot stand, herausgegebenen Wirtschaftsmagazins waren der Schere zum Opfer gefallen. Trotzdem, was übrig blieb, war unverkennbar Hiram, von den Zitaten gar nicht erst zu reden.

Als Miranda aus unruhigen Träumen erwachte – ihr Hirn war geschmolzen und rann ihr aus den Ohren aufs Kopfkissen – ließ sie sich unter der Dusche kaltes Wasser über den Kopf laufen, schüttelte sich wie ein Labrador am Strand und ging hinaus, um die Zeitung aufzuklauben. Auf dem Rückweg schlug sie sie auf, überflog die Titelseite und brach in schallendes Gelächter aus.

»Warte du erstmal *meinen* Exklusivbeitrag ab, Lady!« murmelte sie, warf einen Blick auf die Uhr und griff nach dem Telefonhörer. Es war fünf; um sechs sollte sie auf Sendung gehen.

»Wehe, wenn's nicht brennt«, sagte die Stimme in der Leitung.

»Tut mir leid, Boss, aber Sie werden Ihr Frühstück alleine servieren müssen. Ich habe die Story des Jahres.«

»Herrgott nochmal, Miranda! Können Sie Ihre Bomben nicht zu einer weniger unchristlichen Zeit hochgehen lassen?«

»Hören Sie erstmal zu, Fingle«, sagte sie. Fingle hörte. Fingle grinste. Und Fingle übernahm die Frühstückssendung. Miranda fuhr zur Arbeit, griff sich ein Tonbandgerät und brauste zum Plaza. Unterwegs hörte sie den Wetterbericht – ». . . mit Schauern rechnen«.

»Von wegen ›Schauer‹«, murrte sie laut. »Das sagt ihr schon seit drei Wochen, und die einzigen Schauer bisher sind die, die einem das Territorium über den Rücken jagt.« Dann konzentrierte sie sich auf ihr Vorhaben: Hiram auffliegen zu lassen und mit ihm Franklin, der immer noch kein Interview zugesagt hatte, obwohl sie mehrere entsprechende Nachrichten bei Gavin Baskerville hinterlassen hatte.

›Wenn das hier Franklin nicht auf den Plan ruft, dann weiß ich nicht, was sonst‹, sagte sie zu sich.

›Wenn er wegen dieser Geschichte schon auf Tauchstation gegangen ist, dann wird er sich kaum noch weitere Schwierigkeiten einhandeln wollen. Hoffe ich wenigstens.‹ Sie dachte an Selina und mußte scharf bremsen, um nicht von einem Taxi gerammt zu werden, das eine rote Ampel überfuhr, am Steuer ein diabolisch Lachender, auf dem Rücksitz eine unter Schock stehende Frau mit zwei Koffern. ›Hoffentlich schaffst du den Frühflug noch, Schätzchen‹, dachte Miranda. ›Könnte mir vorstellen, daß ich es auch eilig habe, sobald der Schlamassel hier bereinigt ist.‹

Um sieben Uhr trat Rosie Minjawirra ihren Dienst an. Sie weckte Jock und Eric mit Kaffee und der Zeitung.

»Hallo«, sagte sie. »Sie sind mir vielleicht ein paar Helden. Heiße Nacht? So heiß, daß Sie Ihren Rausch in der Psychiatrie ausschlafen mußten?«

Die beiden Herren ächzten, schrubbten an ihren Augäpfeln und in ihren Unterhosen herum und bedankten sich für den Kaffee. Was sich in etwa so anhörte: Grunz.

»Grunz meinerseits«, sagte Rosie.

Jock warf die Füße über den Couchrand und blickte auf seinen zerknitterten Anzug runter. »Puh«, sagte er.

»Ihnen auch einen wunderschönen guten Morgen«, sagte Rosie.

Eric riß die Augen weit auf und starrte an die Decke. Unter dem bis zum Kinn hochgerafften weißen Laken ragte nur sein Kopf hervor.

Er drehte den Kopf, sah Jock und Rosie, schrie ›Aaaaah!‹ und verschwand wieder unterm Laken.

»Reizend«, sagte Rosie. »Darf ich die Herrschaften vielleicht daran erinnern, daß dem Herrn in dem Bett dort nach dem Gesundheitsrecht des Nordterritoriums vor neun Uhr des heutigen Abends rechtliches Gehör zusteht – nein, Sie meine ich nicht, Dr. Urbanburger –, sonst wird er entlassen. Da er in seiner derzeitigen Verfassung natürlich nicht entlassen werden kann, würde ich vorschlagen, daß für sieben heute abend eine Bettlägrigen-Anhörung anberaumt wird. Ich werde Mrs. Franklin benachrichtigen und vor Büroschluß das Gericht. Guten Tag.« Rosie drehte sich auf dem Absatz um und verließ das Zimmer.

»Es ist verdammt nochmal kein guter Tag, verdammt!« brüllte Eric, wenn auch etwas gedämpft, unter dem Laken.

»Vorsicht, *mate*, bald fluchst du wie ein Aussie. Hände über die Bettdecke, und dann: frisch ans Werk«, sagte Jock und schlug auf der Suche nach dem Anzeigenteil die Zeitung von hinten auf.

»Ach, halt's Maul!« brummte Eric und warf das Laken ab.

»Ach, sieh an, die Anzeige ist drin!«

»Ach nee!«

»Meinst du, es reicht jetzt vielleicht mit den Ach-Sätzen?«

»Ach, Scheiße!«

»Offenbar nicht. Nun, werter Kollege, wir müßten jeden Moment von unseren Desperados hören.«

Das Telefon klingelte.

Eric schnitt eine Grimasse. »Es wird immer schlimmer. Nicht nur, daß du in Klischees redest, sie werden auch noch wahr. Es ist zum Kotzen, es ist zum Kotzen, es ist zum Kotzen...« Er setzte seine Litanei fort, während er von seinem fahrbaren Untersatz kletterte.

Jock nahm ab. »Dr. Jovanovich«, sagte er. »Ja. Uhmhm. Ja, er ist hier. Wir werden da sein. Ja. Schönen Tag noch.« Dann legte er auf.

»... es ist zum Kotzen. Ich meine es ernst, ich finde es wirklich zum Kotzen«, sagte Eric.

»Effie«, murmelte Franklin im Schlaf, »Effie.«

»Wir müssen uns auf die kommenden Ereignisse vorbereiten.«

»Für wen hältst du dich, Shorts, für Darth Vader? Komm runter, Kumpel, wir werden wahrscheinlich verhaftet. Oder erschossen.«

Jock blätterte unbeeindruckt in der Zeitung. »Heiliger Strohsack!«

»Jetzt reicht's. Das schlägt an Einfallslosigkeit allem bisher Dagewesenen den Boden aus. Ich halt's nicht mehr aus!« Eric verstummte, als ihm Jock die Titelseite mit dem fast postergroßen Bild von Hiram hinhielt.

»Ich glaub, mich knutscht ein Elvis«, sagte Eric.

»Du sagst es«, stimmte ihm Jock zu. »Elch hin, Elvis her, wie dem auch sei, wir sollten uns lieber ins Hotel zurückbeamen, ehe die Marsmenschen landen.«

»Bitte?!«

»Da hab' ich dir aber doch einen Schrecken eingejagt, wie? Nein, keine Angst, ich glaube, wir kommen ohne Marsmenschen aus. Wir haben einen Minister gekidnappt und gedopt und vor der Polizei versteckt, wir haben – schon gut, schon gut, *ich* habe – zugelassen, daß ein unbestreitbar durchgeknallter Patient einen Millionär mimt, und Mr. Grenzgänger wahrscheinlich durch Duldung seines Größenwahns über die Borderline getrieben. Wie soll ich ihn jetzt jemals davon überzeugen, daß er kein millionenschwerer Venture-Kapitalist ist? Hier steht es schwarz auf weiß! Und die Frau, in die ich mich verknallt habe, ist immer noch in den Händen von Knallchargen, darunter ein Architicktnichtrichtig.«

»Äh... aber keine Marsmenschen?« vergewisserte sich Eric.

»Nein.«

»Dann geht's ja noch. Also los, laß uns abhauen. Ich hatte schon Angst, du mutierst vor meinen Augen zum Kalifornier.«

»Soll ich dir nochmal Johanna von Orléans channeln?«

fragte Jock, als sie am unbesetzten Pult der Oberschwester vorbei auf die Fahrstühle zusteuerten.

»Nein, Jock. Nein.«

»Spielverderber. Dabei geht nichts über geröstete Marshmallows!«

»O Gott. Weißt du, was ich geträumt habe? Ich war auf einer riesigen Strandfete, und ich hatte nichts an, und irgendwelche Männer in Fliegeruniformen stapelten riesige Kisten mit dem Aufdruck ›ANTIDEPRESSIVA‹ auf der Seite. Ein paar Schwule wollten mit mir reden, aber ich habe mir die Ohren zugehalten und die Mickey-Mouse-Erkennungsmelodie gesungen, bis sie weggelaufen sind. Dann war ich fast am Ertrinken und versuchte, darauf aufmerksam zu machen, aber Annette Funicello surfte, mit Frankie Avalon als Brett. Dann waren wir plötzlich wieder am Strand, und sie wachste ihn mit einem Franzosen.«

»Einem Franzosen?«

»Ja, du weißt schon, so ein Ding, kriegt jede Mutter auf.«

»Ey, das ist ja fremdenfeindlich, sag mal, und frauenfeindlich noch dazu!« tadelte ihn Jock streng.

»Vergiß es. Sag mir einfach, wie du den Traum deutest.«

»Hat Frankie Avalon irgend etwas zu dir gesagt?«

»Nein, aber zugezwinkert hat er mir«, sagte Eric, als sie die Schwingtüren am Eingang aufstießen und sich auf den Weg zum Parkplatz machten.

»Die Deutung ist doch klar: Du wirst der erste Vorsitzende des Arbeitskreises ›Psychiatrie und Ethik‹ in Harvard sein, der Fernsehinterviews im Hawaiihemd gibt«, verkündete Jock.

»Ja, so habe ich das auch verstanden.«

Auf ihrer Matte an Deck der *Effie* räkelte sich Selina und seufzte, jetzt schon erschlagen von der drückenden Hitze. »Du Feudelherr meiner feuchten Träume«, sang sie tonlos.

Wieder eine fast schlaflose Nacht. Sie schubste Briian beiseite, als sie nach unten ging, um sich eine kalte Dusche und ein frisches T-Shirt zu gönnen. Das, in dem sie geschlafen hatte, zog sie durchs Wasser, dann wickelte sie sich in ihren Sarong, hängte das T-Shirt über die Reling und machte sich auf die Suche nach den Schweren Jungs. Sie lümmelten unter einem Sonnensegel am Heck um den Kartentisch und wirkten selbst leicht mitgenommen, um nicht zu sagen mißgelaunt.

»Was los, Jungs?« fragte sie.

»Wir sollen dich heute abend gegen Franklin eintauschen«, sagte Briian.

»Also, ich weiß nicht...«, meinte Lefty. »Ich hab sowas noch nie gemacht«, fügte er hinzu.

Die anderen kriegten große Augen. »Hab ich nun mal nicht«, sagte er trotzig. »Ich habe Fat Man in einer Bar in Hong Kong kennengelernt, als ich versuchte, auf einem Schiff anzuheuern. Ich kann ja nicht nach Sydney zurück, weil sie mich wegen Drogenbesitz auf dem Kieker haben. Also bin ich nach Asien abgeschwirrt. Und ehe ich mich versehe, hüte ich seine Jacht, während der reguläre Skipper nach Argentinien ist, zu einem sterbenden Onkel oder irgend sowas Blödes, und ehe ich mich wieder versehe, bin ich irgend so'n Muskeltier mit Kanone. Gibt drei Jahre, sowas. Ein Scheißjob, aber ohne Padron kein Lohn, also werden wir wohl oder übel tauschen müssen.«

Seine Kumpel sahen leicht bestürzt drein. So viele Wörter auf einmal hatte er sich noch nie abgerungen, schon gar nicht in Satzform.

»Es wird doch nicht zu einer Schießerei kommen, oder?« fragte Briian.

»Nicht, solange niemand die Nerven verliert. Der Ami macht mir etwas Sorgen. Und dieser Doktor Yovvyanyovich, oder wie immer der heißt, ist mir auch nicht ganz geheuer. Der hat sie nicht mehr alle in der Pfanne, wenn du mich fragst.«

›Das fehlt mir gerade noch!‹ dachte Selina, deren Gedanken in alle Richtungen auf einmal losjagten. ›Einen verrückten Psychiater als Verbündeten! Was hat der in Darwin zu suchen? Und wer ist der Ami? Wer will schon Amis als Verbündete haben? Das Ende vom Lied sind zum Kernwaffeneinsatz vorgemerkte Stützpunkte und ein ausgebombter Weizenmarkt.‹

»Wer ist der Idi eigentlich?« fragte Briian. »Dein neuer Freund?«

»Briian«, sagte Selina, »du bist ein Brechmittel.«

»Ja, nicht?« bemerkte Lefty.

Briian zog sich beleidigt mit einem Phantom-Comic unter Deck zurück, Selina ließ die Beine über die Bordseite baumeln, einen gewaltigen Strohhut von Effie auf dem Kopf, den sie in einem Schapp entdeckt hatte. Sie dachte an Jock, und sie dachte an ihre Eltern, und sie dachte, daß die Dinge doch sehr schnell sehr eigenartig werden konnten. Allerdings, wenn sie es recht bedachte, hatte die Woche auch unter ungünstigem Vorzeichen begonnen – mit einer Räumung, einem verlorenen Job, dem Zersägtwerden und dem Sich-möglicherweise-verliebt-Haben – und nun neigte sie sich ihrem Ende zu mit Entführung, Gefahr für Leib und Leben und der Tatsache, daß der Mann, in den sie sich möglicherweise zu verlieben im Begriff war, den Kontinent überquert hatte, um sie aus den Verwicklungen irgendeines Mega-Bauskandals zu retten. ›Na‹, dachte sie, ›ein Glück, daß bald Wochenende ist!‹

Apropos Jock; seine Nummer als Strahlender Held war ziemlich überzeugend – wenn man auf strahlend und Held stand. Andererseits konnte Jock genausogut in die Schiebung verwickelt sein. Immerhin schwamm er offenbar in Geld. Vielleicht wollte er nur seine zehn Riesen wiederhaben. ›Und da habe ich doch allen Ernstes immer geglaubt, Geld bedeute Freiheit‹, sinnierte Selina und blickte sehnsüchtig zur Küste hin.

Sie mußte allerdings zugeben, daß sie trotz des ganzen Wahnsinns doch verrückte romantische Vorstellungen plagten. Jock Jovanovich. Ob er gute Gesellschaft wäre? Ob er gern küßte? (Natürlich küßte er gern, was redete sie da!) Ob er gut küßte? Das war die Frage. Er war unverkennbar Casanova-Verschnitt, aber ihr war ja keine Zeit geblieben, die Melbourner-Mädels-Mundpropaganda-Hotline anzuzapfen. Sie war davon ausgegangen, daß es mit dem telefonischen Dossier Zeit hätte, bis sie nach Melbourne zurückkehrte. Es war sowieso die Hölle, jemand Neuen kennenzulernen. Was, wenn er *Thelma und Louise* entsetzlich fand? Sie schlug nach einer Mücke, und die Mücke zog den kürzeren.

Würden ihre Knie weich werden, wenn sie ihn wiedersah, oder würde sie einfach Magenflattern kriegen wie im Normalverknallfall? Vielleicht käme es zu einer bisher unbekannten biologischen Reaktion. Etwa, daß ihr linker Ellbogen in der Luft unwillkürlich Achten beschrieb oder ihre Ohren schamlos zu wackeln begannen. Und wenn schon. Die Hauptsache war erstmal, dieser Meute zu entkommen. Zuviel *Haut und Hornbrille*, gestand sie sich unwillig ein. Verschossen? Verschissen wohl eher. *Sonny boy, gegen die Sonnenpein hilfst nur du allein*... Wie hieß doch gleich noch dieser Komiker mit den großen Ohren? Vielleicht sollte sie ihn anrufen, sobald sie zurück war. Zurück? Richtig, da war doch noch was. ›Nur Kitsch und Kram im Kopf, wo ich doch geniale Fluchtpläne schmieden müßte‹, rief sie sich zur Ordnung. ›Muß an der jahrhundertelangen Konditionierung der Frauen durch Märchen, Heftromane, Pop Songs, Seifenopern und Brautkleiderindustrie liegen. Oder an der Luftfeuchtigkeit. Wer weiß?‹

Selina ging hinunter und nahm sich eine Flasche Mineralwasser ohne Kohlensäure aus dem Kühlschrank. Briian ignorierte sie. ›Und was, wenn ich fragen darf, ist daran so schlecht, eine Zeitlang Single zu sein?‹ fragte sie sich. ›Frühstück und Furze im Bett ohne Angst vor Repressalien, Zeit zur Aktualisierung des Flirtrepertoires. Nicht mehr nachts neben jemandem liegen und sich fragen, wie man da bloß aus lauter Jux und Dollerei hingeraten ist, weniger Kompromisse machen müssen. Das Küssen dagegen...‹ dachte sie wehmütig und sah zum Bullauge hinaus oder vielmehr durch die Scherben eines Bullauges.

»Ey, reichst du mir mal ein Bier aus dem Kühlschrank?« fragte Briian, ohne Diana Palmer aus den Augen zu lassen, die zur UNO gegangen und das Phantom als Babysitter bei Kit und wiehießsienochgleich in der Totenkopfhöhle zurückgelassen hatte. Selina nahm eine rote Dose aus dem Kühlschrank, schüttelte sie gründlich hinter vorgehaltener Kühlschranktür, sang dazu ein paar Takte ihres Lieblingslieds von Madonna, *Express Yourself*, stellte die Dose vorsichtig vor Briian hin und schoß den Niedergang hoch, ehe er langsam, ohne aufzublicken, danach griff und an der Verschlußlasche zog.

»Na, Jungs«, rief Selina an Deck, »Runde Canasta?«

Miranda wurde am Empfang des Plaza von Chloe abgefangen.

»Komm schon, Chloe, laß mich wenigstens raufgehen und an seiner Tür klopfen.«

»Läuft nicht, Schwester, kleiner Interessenkonflikt. Der Geschäftsführer hat mich schon auf dem Kieker. Laß uns doch einfach Mick Maguire rufen und ihn Hiram wegen Betrugs festnehmen. Mir hängt das ganze Trio zum Hals raus, sind bloß im Weg, und diese Kerle mit den Kanonen gestern abend im Jachtklub waren der Gipfel. Was glaubst du, was da alles hätte passieren können! Ich habe das dumpfe Gefühl, daß die Psychos die Chancen, Selina freizubekommen, nicht gerade erhöhen. Ich finde, wir sollten –«

»Chloe, ich bin ja ganz deiner Meinung«, unterbrach Miranda sie. »Ich denke auch, es wäre an der Zeit, daß die Bullen mit Jock und Eric mal ein Wörtchen reden, nur finde ich, wir sollten zuerst selbst mit ihnen sprechen. Außerdem rappelt's bei Hiram ganz gewaltig, den können sie gar nicht einbuchten. Und Chloe, Chloe, hör gut zu: Wenn sie es doch tun, kann ich nicht mehr berichten. In dem Moment, wo sie ihm etwas anlasten und die Sache rechtshängig ist, darf ich über Einzelheiten des Falles nicht mehr schreiben. Also bitte laß mich zu Hiram rauf, laß mich versuchen, Jock und Eric aufzutreiben, damit ich wenigstens von einem von den Dreien ein Zitat ergattere, das ich in den Äther jagen kann. Dann steht Franklin unter Zugzwang, dann muß er...«

»Wenn man vom Cowboy spricht...; meinetwegen kannst du als Gast mit hochgehen«, sagte Chloe, die über Mirandas Schulter hinweg zur Drehtür blickte, durch die soeben ein Paar arg zerknitterte professionelle Helfer aufs Marmorimitatparkett geschoben wurde. »Schnapp sie dir.«

Miranda hatte die Halle schon halb durchquert, Tonband auf Aufnahme, Mikro gezückt. »Dr. Jovanovich, haben Sie heute morgen schon die Zeitung gelesen?«

»Ja, Miss Spurn, habe ich. Eine ernste Angelegenheit.«

»Besonders wohl für Sie, Sir, da einer Ihrer Patienten behauptet, ein millionenschwerer Investor zu sein, und mit der Territoriumsregierung über die Finanzierung und Realisierung des Baus eines touristischen Millionenprojekts einen Vorvertrag unterzeichnet hat.«

»Wie war doch gleich noch die Frage?«

»Jo-ock.« Miranda rollte mit den Augen.

»Gut, dann wollen wir Tacheles reden. Band läuft? Fertig? Film ab.«

Miranda senkte den Blick, um den Ausschlag der Nadeln zu kontrollieren, dann ließ sie ihn wieder hochwandern. »Kann losgehen.«

»Hiram F. Doppelganger ist bei mir in Behandlung. Vor wenigen Tagen noch war er Patient in einer Nervenklinik in Melbourne. Er gilt als harmlos, doch dank der Sparpolitik auf dem Gesundheitssektor sitzt er wie viele andere auf der Straße, statt in eine therapeutische Wohngemeinschaft aufgenommen werden zu können, wo man ihm helfen könnte. Mr. Doppelganger ist mit mir auf Reisen gegangen, weil er nicht wußte, wohin.«

»Das heißt, er steht unter Ihrer Obut.«

»Das nicht, aber ich bedaure sehr, daß es zu dieser unglücklichen Situation gekommen ist.«

»Sie übernehmen also keinerlei Verantwortung für das entstandene Dilemma?«

»Nein. Warum sollte ich? Bisher hat kein Mensch sich von Hirams Fantastereien täuschen lassen. Vierjährige Kinder erkennen auf Anhieb, daß er kein Millionär sein kann. Weltfremde Ordensschwestern merken, daß er kein Immobilienfinanzier ist, sondern an Megalomanie leidet.«

»Das ist ja fantastisch! Endlich einer, der sendereife Sprechblasen abläßt! WOW! Äh, Augenblick, Jock... okay: Dr. Jovanovich, wie erklären Sie sich, daß Ihr Patient, ein geistig verwirrter Fünfzigjähriger, den stellvertretenden Premier und die Regierung des Nordterritoriums davon hat überzeugen können, daß er Multimillionär und Bau-Tycoon ist, und zwar so nachhaltig, daß sie mit ihm ein Jointventure beschlossen haben?«

Jock zögerte. »Gar nicht«, sagte er. »Wissen Sie, ich war in den letzten Tagen sehr beschäftigt, und Hiram stellt normalerweise nicht viel an, höchstens belästigt er mal Passanten und versucht sie in Gespräche über Aktienkurse zu verwickeln... wahrscheinlich spielen einfach zu viele Leute aus Höflichkeit mit.«

»Und im Falle der NT-Regierung?«

»Vielleicht erkannte man in Mr. Doppelganger einen verwandten Geist?«

»Läuft nicht«, sagte Miranda. »Verleumdung. Versuch's nochmal.«

»Äh... Ich bin zutiefst erschüttert, daß die Landesregierung Mr. Doppelganger für einen Millionär hat halten können. Meines Wissens lebt er von einer Erwerbsunfähigkeitsrente. Und ich möchte doch wirklich zu bedenken geben, daß jeder, der ihn beim Wort nimmt, eine Verschlechterung seines Zustandes zu verantworten haben könnte.«

»Dr. Jovanovich, vielen Dank«, sagte Miranda breit grinsend.

»Mo-ment mal«, meldete sich Eric zu Wort. »Das war ja wohl das fingierteste Ad-hoc-Interview, das ich je gehört habe. Du hast ihm ja praktisch eingeflüstert, was er sagen soll!«

»Reg dich ab«, grinste Miranda. »Sag mal, Jock, wie heißt das Pflegeheim, in dem Hiram war? Und bei welcher Standesorganisation bist du in Melbourne Mitglied?«

Sie kritzelte die Angaben hastig in ein Spiralheft. »Gut, sobald ich das überprüft habe, wird gesendet. Wenn ich nur wüßte, ob ich es als Exklusiv-Interview bringen oder den Premier damit auf der Pressekonferenz in Verlegenheit bringen soll. Was meinst du?«

»Überprüfen?« empörte sich Eric. »Er ist mindestens genauso durchgeknallt wie Hiram!«

»Ja, bloß ist er Arzt, das ist der entscheidende Unterschied. Wir wollen doch mal sehen, ob Franklin, dieses Schwein, damit nicht auszuräuchern ist. Ich bin mir sicher, daß er weiß, wo Selina versteckt gehalten wird. Im Gegensatz zu euch. Oder?« Sie hob eine Augenbraue.

»Genau«, versicherte Jock wahrheitsgemäß. »Ehrlich.«

»Und was sollte dann der Zirkus gestern abend im Jachtklub? Das waren doch die Kerle, die meine Bude gestürmt und Selina mitgenommen haben, oder nicht?«

»Dir entgeht aber auch nichts, wie, Miranda?« sagte Jock. »Ja, das sind die Kerle. Wir haben über eine Anzeige mit ihnen Kontakt aufgenommen, aber es wurde nichts weiter daraus. Du hast sie ja türmen sehen.«

»Wohin?«

»Das weiß ich nicht«, sagte Jock verstimmt.

»Dann spiel nicht den Helden, sondern geh zur Polizei und sag denen, was du weißt. Wir haben hier nicht *Miami Vice*«, sagte sie zu Eric.

»Oh, besten Dank. Soll ich mir mal eben den Schädel mit einem Stein einschlagen, weil ich dummerweise als Ami auf die Welt gekommen bin, Schätzchen?«

»Komm mir nicht mit Schätzchen, *mate*!«

»Heeeeeerarrgh!« sagte Jock.

»Jungs, ich muß los«, sagte Miranda. »Nichts für ungut, Eric. In einer knappen Stunde ist Pressekonferenz. Ich hoffe, daß Franklin aufkreuzt, und dann können wir ihn nach Selina fragen. Selbst wenn er abstreitet, irgend etwas von der Sache zu wissen, setzen wir ihn damit weiter unter Druck. Und nach der Pressekonferenz werde ich Connie mal auf den Zahl fühlen – ihr wißt schon, seine Sekretärin – und versuchen, ihr irgendwelches inkriminierendes Material zu diesem Bauordnungs-Schwindel abzuluchsen. Bis zur ›PM‹-Sendung heute abend müßte das Schwein... na, ihr wißt schon...«

»Geschlachtet sein?« schlug Eric vor.

»Auch gut.«

Miranda schwirrte ab.

»Es wäre unpassend, wenn Franklin jetzt wieder auftauchen würde«, stellte Jock fest. »Ich bestimme, wo's lang geht. Und ich sage: Erst müssen wir das Mädchen kriegen.«

»Du kriegst das Mädchen doch immer.«

»Aber bis dahin muß ich offenbar lauter Blech reden.«

»Weißt du, für einen verschnarchten Außenposten mit fünfundneunzig Prozent Luftfeuchtigkeit geht hier ziemlich die Post ab«, sagte Eric.

Jock schmollte. »Wenn meine Hirnzellen wenigstens mithalten könnten.«

»Darf ich jetzt nach Hause? Lieber nehme ich es mit fünfzehn FBI-Agenten und einem McDonald's Hamburger auf als mit dem hier. Oder sagen wir zumindest mit fünfzehn FBI-Agenten. Wobei mir einfällt... wo sind eigentlich –...« Sie schlenderten Richtung Fahrstuhl.

Mit Mirandas Plan, erster Teil, klappte alles wie am Schnürchen. Zehn nach neun hatte sie Hiram über den Äther enttarnt (die überregionalen Agenturen übernahmen die Meldung als weiteren Beweis für die Hinterwäldler-Hirnverbranntheit am Top End), hatte für die Pressekonferenz ein Band einsatzbereit gemacht und vor Konferenzbeginn ein Treffen mit Connie arrangiert.

Im Regierungsgebäude stauchte unterdessen der Premier des Nordterritoriums Gavin Baskerville zusammen. »Verdammt, Mann! Da ist Franklin der einzige, der weiß, was hier vorgeht, und er ist nicht da! Da denke ich, wir geben schlicht die Grundsatzvereinbarung bekannt, der Tourismusbranche mit einer kleinen Millionenspritze auf die Beine zu helfen, und jetzt? Wo steckt der Mistkerl?«

»Seine Frau sagt, er sei krank, Sir.«

»Krank? Und wenn er mit beiden Beinen im Grab steht! Schafft ihn her. Was sagen wir bloß der Journaille? Erklären Sie denen mal, wie die Regierung dazu kommt, einen aktenkundigen Irren den größten Touristenkomplex der Landesgeschichte bauen zu lassen!«

»Aktenkundiger Irrer ist ziemlich starker Tobak, Sir. Ich glaube, die politisch korrekte Wendung derzeit ist ›mehrfach benachteiligt‹.«

Der Premier starrte ihn entgeistert an. »So tun Sie doch etwas, Gavin!«

»Sir, ich würde vorschlagen, Sie beteuern, daß Sie von der ganzen Sache nichts gewußt haben. Dementieren Sie. Sagen Sie, an der Geschichte sei nichts dran ...«

»Aber sie stimmt doch, oder?«

»Ja«, bestätigte Gavin Baskerville. »Was hat das damit zu tun?«

»Wollte mich nur vergewissern ... weiter.«

»Sagen Sie also, das Ganze sei eine Ente, Sie wüßten nicht, wer das Gerücht aufgekocht habe, die Regierung habe niemals Verbindung mit einem Hiram Sonstwer gehabt, der stellvertretende Premier könne unmöglich einen Vertrag mit ihm geschlossen haben, weil er ... weil er ...«

»Zu einem Wirtschaftsgipfel nach Mauritius gereist sei?« schlug der Premier vor.

»Das ginge zur Not. Sobald wir ihn finden, bleuen wir ihm das ein. Jedenfalls sichern wir uns auf die Weise eine Galgenfrist. Es wird sich kaum jemand auf einer Pressekonferenz hinstellen und Sie einen ausgemachten Lügner nennen.«

Ha.

Hand aufs Herz und Herz in die Hose

Das Wetteramt hatte sich mit der Voraussage einer gewaltigen Sturmfront noch im Laufe des Tages ziemlich weit aus dem Fenster gelehnt, aber es war immerhin schon das sechste Mal in zwei Wochen, daß der im eigenen Saft schmorenden Bevölkerung ein Ende des Hitzetiefs verheißen wurde. Da das Landwirtschaftsministerium den Empfehlungen des Wetteramtes zu folgen pflegte und da von der Möglichkeit gegen zwei Uhr aufkommender günstiger Winde die Rede war, begann man die Mangrovenwälder in der Nähe von fünf Vororten mit den üblichen Mückenlarvenpestiziden zu besprühen. Wie der Pilot jedoch später vor dem Untersuchungsausschuß zu Protokoll gab: ›Pustekuchen.‹ Kein Wind, die dreifache Dosis Pestizide (weil der Pilot sich einen geballert hatte), und ehe man sich versah: dreißig Kindergartenkinder in der Notaufnahme, zwei Rentner auf der Intensivstation und zweitausendsechshundert Vögel aller Arten tot.

Die Dunstglocke über Darwin verdichtete sich zu einem noch seltsameren Gebräu aus Pestizidenrückständen, Kakadu-Asche und dem ölig-schwarzen Rauch irgendwelcher von den Behörden aufgebrachter und in der Nähe der Werften abgefackelter indonesischer Fischerboote. Eine halbe Stunde später erschien ein Amokläufer mit Axt in der Einkaufszone und bereicherte die Beschwörungskunst der Bettler um neue, überzeugendere Ausdrucksformen, so daß es einiger Einschüsse ins linke Bein bedurfte, um der Darbietung ein Ende zu setzen. Es wurde gemunkelt, Auslöser sei die drittmalige Beschallung der Passage mit *Jingle Bells* gewesen, insbesondere mit der Stelle, an der es um Schlitten und Schnee ging. Ehe der Mann gestellt (oder vielmehr fast umgelegt) wurde, gelang es ihm, das amtliche Lametta-

Aufgebot weitgehend zu verhackstücken und ein paar amerikanischen Touristen so richtig anheimelnde Gefühle zu vermitteln.

Draußen im Kakadu-Nationalpark, wo es unweigerlich noch heißer war als in Darwin, schmorten und entschlackten die überwiegend Nicht-Aborigines-Bewohner der Minensiedlung Jabiru. Unten in der Uranmine fiel zehn Minuten lang der Strom aus; der Notgenerator brauchte fünf, um auf Touren zu kommen. In dem mit Abwässern vollgepumpten künstlichen See gärte eine tote, stille Brühe vor sich hin – keine Vögel, keine Tiere. Ringsherum blinkte der mannshohe Maschendrahtzaun in der grellen Sonne. »Typisch«, schimpfte Spinifex, als sie rüberkletterte, »da mache ich in der Gluthitze den weiten Weg, um Protest anzumelden, und dann gibt's auch noch einen Hürdenlauf um einen Schluck Wasser.« Keine dreißig Sekunden, nachdem sie auf der anderen Seite auf die Erde plumpste, stand der Draht wieder unter Strom. Spinifex beschloß, einen Spaziergang um den See zu machen.

In der Stadt rauchte inzwischen ihr Komponistenfreund, halb irre vor Hitze, auf dem Küchenfußboden, den Kopf im Gemüsefach, drei Joints und spielte auf seinem Pianoakkordeon fremde Riffs (er nannte das sampeln). Am Abend war er der einzige im Darwiner Krankenhaus, auf dessen Krankenblatt die Diagnose ›Unterkühlung‹ stand.

Am Nachmittag saßen sie im Wetteramt schon auf glühenden Kohlen. Es schien doch wahrhaftig, als braute sich aus dem Nichts ein gewaltiger Sturm zusammen. Wenn der Darwin heimsuchte, dann konnten sie ihr Hitzetief endlich abhaken: Dein Typ ist hier nicht mehr gefragt! Oben in der Atmosphäre spielte sich irgendein Oberdrama ab, und das Amt rang sich zu einer Sturmwarnung durch, für alle Fälle. Das heißt, es wurden sämtliche Not- und Katastrophendienste und die Küstenwacht alarmiert; alle Rundfunk- und Fernsehsender begannen, die ›große‹ Sturmwarnung zu verlesen mit der Vor- und Nachformel: ›Es handelt sich jedoch *nicht* um eine Hurrikanwarnung.‹

›Es wird dick‹, dachte Effie, während sie die Erdnußflips vom Boden saugte, das Toupet ihres Mannes vom Balkon warf und über den Hafen hinausblickte. ›Aber erst spätnachmittags.‹

Bis Mittag waren Hiram im Plaza schon drei Fernsehteams auf die Bude gerückt. Man bot ihm Geld für das Eingeständnis, daß er Erwerbsunfähigkeitsrentier sei, aber Hiram blieb eisern bei seiner Geschichte und setzte weiter auf Bluff. Den Talkmastern konnte es egal sein, ob er auspackte oder nicht. Die Sensation war so oder so perfekt. *Das Tagesgespräch* hatte ihm $ 5000 für seine Story geboten, und unter uns gesagt, Hiram ließ sich's durch den Kopf gehen.

Dies also die Stimmung, in der der Premier vor die Presse trat, die wegen ›aktueller Entwicklungen‹ hingehalten worden war. Festen Schrittes erschien er mit faustdicken Lügen auf dem Spickzettel. Zuerst wurde er zum ›Nebelflug‹ befragt: zu keinem Zeitpunkt Gesundheitsgefahr für Bevölkerung – Regierung nichtsdestotrotz betroffen – Ausschuß werde über die Berufung einer Untersuchungskommission beraten. Der Reporter der *Territory Voice* war es zufrieden, die ABC hätte noch Fragen anzumelden gehabt, doch da brachte Felicia Caxton Hiram ins Spiel.

»Premier«, rief sie, »huhu!«

Der Premier wandte sich ihr dankbar lächelnd zu. »Wie ich sehe, wünscht unsere First Lady vom Fach eine Frage zu stellen«, meinte er leutselig. Sie spreizte sich, erpicht darauf, ihn zu retten.

»Premier, wollen Sie uns nicht das großartige neue gemeinsame Bauvorhaben Ihrer Regierung und Mr. Hiram Doppelgangers näher erläutern?« Dem Premier fiel der Kinnladen herunter. Er schielte zu Gavin Baskerville hinüber. Baskerville schlug sich vor die Stirn. Er hatte versäumt, Felicia zu Mirandas Enthüllungen zu briefen. Felicia hörte prinzipiell kein ABC, diesen ›Rot- und Staatsfunk‹, ließ sich in Glossen aber gern über das Jahresbudget der ABC aus, das, wie sie ausführte, fast exakt der Summe entsprach, derer es bedürfte, um die Bahnstrecke von Alice Springs nach Darwin auszubauen, und das, wo es doch gar keine Frage sein könne, wo die Prioritäten lägen.

»Ja, Sir«, sekundierte Miranda und winkte mit ihrem Notizbuch. »Heute morgen wurde bekannt, daß Mr. Doppelganger in Wirklichkeit Invaliditätsrentner ist, der kürzlich erst aus einem Wohn- und Pflegeheim für psychisch Kranke in Melbourne entlassen wurde. Sir, wie kommt Ihre Regierung dazu, eine Grundsatzvereinbarung zum Bau eines Millionenprojekts mit einem solchen Mann abzuschließen?«

»...«, sagte Felicia.

Der Premier ließ die Hände unterm Tisch verschwinden und blickte Miranda fest in die Augen. »Miss Spawn«, sagte er, ihren Namen absichtlich verballhornend, »ich versichere Ihnen, die Regierung weiß weder etwas von der ganzen Sache noch, wer für diese Ente verantwortlich ist.«

Miranda ließ nicht locker. »Sir, meinen Informationen nach wurde ein entsprechender Vorvertrag von Ihrem Stellvertreter, Minister Franklin, und Mr. Doppelganger vor zwei Tagen tatsächlich unterschrieben. Haben Sie dazu etwas zu sagen?«

Der Premier befeuchtete sich die Lippen. »Mr. Franklin ist derzeit auf einem Wirtschaftsgipfel in... äh... Kartum. Wir haben selbstverständlich angefragt. Es gibt kein solches Vertragsdokument.«

»Verzeihen Sie, Premier«, meldete sich nun eine gründlich verwirrte Felicia, »aber ich... Mr. Doppelganger ist der Überzeugung, daß der Abschluß unter Dach und Fach ist und morgen abgesegnet wird. Das sagte er mir selbst, gestern abend erst. Ich verstehe nicht...«

»Nun, Felicia«, sagte der Premier und lachte nachsichtig, »ich fürchte, Sie sind der blühenden Phantasie dieses Originals zum Opfer gefallen. Tut mir leid, wenn man Sie auf den Arm genommen hat, aber das können Sie schwerlich uns anlasten!« Er breitete die Arme aus, als wollte er sämtliche anwesenden Journalisten umfangen und brüderlich ins Lager der Leute-die-einen-Irren-immerhin-noch-auf-Anhieb-erkennen heimholen.

So nicht! Nicht mit Felicia Caxton! Noch nie war ihr ihre geliebte Regierung in den Rücken gefallen. Klar, manchmal bat man sie, dieses oder jenes herunterzuspielen, aber wie oft hatte sie in der Vergangenheit nicht die ganz gezielt ihr zugespielten Informationen geschickt plaziert! Und das sollte der Dank sein? »Und weshalb hat mir der Pressesprecher des Bauministers dann persönlich einen entsprechenden Wink gegeben?« fragte sie laut und deutlich.

Der Schweiß auf Gavin Baskervilles Stirn begann, ihm zwischen den Augen herabzuperlen und von der Nasenspitze zu tropfen. Würde sich als Großaufnahme gut machen im Abendfernsehen. Unversehens wurde aus Hofberichterstattung eine hochbrisante Pressekonferenz. Ein Ruck ging durch die Reihen der Reporter und der Fernsehleute. Sie witterten Beute. Sauregurkenzeit ade.

Der Premier erhob sich, faltete seinen Spickzettel zusammen und schob ihn sich in die Brusttasche. »Hand aufs Herz, die Regierung hat von alledem keine Kenntnis«, sagte er aalglatt und schritt bedächtig und, wie er meinte, ganz ›Herr der Lage‹ zur Tür. Tatsächlich wirkte er dabei so verklemmt, als hätte man ihm einen Ytong in den Hintern geschoben. Gavin Baskerville folgte auf dem Fuße. Es kam zum üblichen Medienhandgemenge: Den Pressereportern, die sich die Sicht freizukämpfen suchten, knallten die Kameras von Fernsehkollegen an die Rüben, Rundfunkreporter starteten einen Run aufs Podium und ihre dort aufgebauten Recorder und Mikros und setzten dem Flüchtigen nach, Fotografen traten nacheinander und murmelten ›Sorry, *mate*‹, die Tonleute brüllten um Ruhe.

Reporter kläfften Fragen. »Pressekonferenz beendet«, lächelte der Premier über die Fragen hinweg: ›Wo ist Franklin? Was macht er in Kartum? Wo *liegt* eigentlich Kartum? Es heißt, ein Rentner liegt nach der Schädlingsbekämpfung mit Atemnot im Krankenhaus, Sir, wollen Sie bitte kommentieren?‹ Dann, inmitten des Tohuwabohus, schoß Miranda ihren Pfeil ab.

»Premier! Würden Sie auch dann bei Ihrer Aussage bleiben, wenn ich das von Mr. Franklin und Mr. Doppelganger unterzeichnete Dokument vorlegen könnte?« Es war nicht minder ihr Tonfall als der Wortlaut ihrer Frage, der alle verstummen ließ.

Der Premier warf Gavin Baskerville einen hastigen Blick zu. Der schüttelte fast unmerklich den Kopf und fuhr sich mit der Zunge nervös über die Lippen. »Es gibt kein solches

Dokument«, verkündete der Premier. »Und ich bin die Breitseiten der ABC wirklich herzlich leid, muß ich sagen!«

»Ich habe lange auf die Gelegenheit gewartet, das auf einer Pressekonferenz sagen zu können, Premier«, sagte Miranda. »Sie sind ein ausgemachter Lügner.« Sie brachte das Dokument zum Vorschein und wedelte ihm damit vorm Gesicht herum. »Hier, bitte Sir, unterzeichnet vom stellvertretenden Premier persönlich. Wo ist er? Wollen Sie sich bitte dazu äußern?« Sie hielt ihm ihr Mikro unter die Nase.

Der Premier gaffte sie an. Er schnappte sich das Dokument und glotzte. Dann durchbohrte er Gavin Baskerville mit Blicken. Die Lokalreporterin von *Channel Seven* riß den Vertrag an sich und filmte ihn ab, auch dem Fotografen der *Territory Voice* gelang eben noch ein Schnappschuß, ehe sich Gavin Baskerville darauf stürzte und sich das DIN-A4-Format in den Mund knüllte. Einmalige Aufnahmen! Arme Hörfunkvertreterin Miranda! Aber sie hielt sich wakker, schlug ihren Außenkorrespondentin-vor-Ort-Ton an und meldete live: »Mr. Gavin Baskerville, enger Berater des Premier, würgt soeben das belastende Dokument herunter.«

»Lieber Gott!« murmelte der Premier, als er eiligst den Saal verließ und sich in den Aufzug rettete. Kaum waren die Türen zugeglitten, begann er, die Stirn rhythmisch gegen die Kabinenwand zu schlagen.

Die Journaille, siegestrunken, adrenalinselig angesichts des Rauschens im Blätterwald, das ihr gewiß war, verglich Zitate und tauschte Fotos. Eine heiße Story war eine Sache, aber diese hatten schließlich alle, und Darwinsider, selbst Reporter mußten manchmal eben auch zusammenhalten. Klarer Fall von eine Hand wäscht die andere; und Miranda sammelte Pluspunkte, als sie Fotokopien des Vertragsdokuments zu verteilen begann.

Bald drängelten alle aus dem Saal – an die Telefone, in die Dunkelkammern und Redaktionsräume. Miranda ging als letzte, tief in Gedanken versunken. Genau: wo *war* Franklin bloß? Sie war sich ganz sicher, daß er der Schlüssel zum geheimen Versteck Selinas war. Selbst Connie wußte nichts. Im selben Moment sah sie Connie mit einer Gruppe hochkarätiger, lebhaft ins Gespräch vertiefter ministerieller Berater, die sie wie Luft behandelten, aus dem Fahrstuhl treten.

»Tag, Connie!« rief Miranda munter. »Lange nicht mehr gesehen! Wo finde ich den stellvertretenden Premier? Ich brauche ein Statement!«

»Wie oft muß ich es Ihnen denn noch sagen, Miss Spurn«, erwiderte Connie kühl, »ich lasse mich nicht aushorchen. Auch, wenn ich nicht mehr für Minister Franklin arbeite!«

»Sind Sie versetzt worden?« fragte Miranda.

»Nein, ich muß ein paar Tage nach Newcastle. Meine Tante ist schwerkrank. Möglicherweise dauert es länger«, sagte Connie mit Bedacht.

»Reisen Sie heute ab?« fragte Miranda beiläufig.

»Das hielt ich für angezeigt«, sagte Connie und schielte nach den Anzugträgern. »Wenn's *recht* ist, Miss Spurn.«

»Nun, dann wünsche ich Ihnen, Differenzen mal beiseite, alles Gute«, sagte Miranda.

»Vielen Dank.« Connie drehte den Anzügen den Rücken zu und zwinkerte. Miranda packte blitzschnell Connies Arm, drückte ihn flüchtig und war weg, aus der Halle hinaus und unterwegs ins Funkhaus.

Um fünf würde landesweit ihr Bericht gesendet. Und sie hielt noch eine Trumpfkarte in der Hand. Connie hatte ihr nämlich auch einen Teil der Privatunterlagen Franklins überlassen, die er in seinem Büro aufbewahrte: Baupläne und eine Kopie seines Grundeigentumstitels. Miranda hoffte auf eine brauchbare Stellungnahme der Opposition, bloß war die meist leider hoffnungslos zerstritten.

Jock und Eric hörten den Bericht, als sie ins Krankenhaus fuhren, um Franklin abzuholen. »Scheiße!« sagte Eric.

»Eijeijei«, sagte Jock.

»Nein«, sagte Rosie, die sie bei dem Versuch erwischte, Franklin aus dem Bett zu hieven. »Sie können Mr. Franklin ohne Einverständnis seiner Frau nicht mitnehmen. Er ist nicht mehr sediert, er könnte jeden Moment wieder zu toben anfangen. Haben Sie verstanden? Kommt nicht in Frage.«

»Schwester«, flehte Jock, »es geht um Leben und Tod! Wir müssen diesen Schweinehund mitnehmen. Vertrauen Sie mir!«

Rosie blickte ihm in die Augen. »Ihnen würde ich nicht einmal vertrauen, wenn Ihnen ein Paar flaumige Flügel sprießen würde, komplett mit Heiligenschein und abgegrabbelter Harfe. Aber das war das erste Mal, daß Sie annähernd ehrlich zu mir waren. Ich weiß nicht, was hier gespielt wird. Es war ein langer Tag. Ich habe noch eine Stunde Mörderschicht abzureißen. Zwischen jetzt und Feierabend werde ich meine Runden drehen und etwas Papierkram erledigen. Ich schau kurz rein, bevor ich gehe, in Ordnung?«

Jock hielt ihrem Blick stand. »Das wäre vortrefflich. Vielen Dank, Schwester«, sagte er.

Draußen in der realen Welt herrschte zunehmend ominöses Schweigen. Die Fledermäuse, Ameisen und Hunde Darwins waren äußerst zurückhaltend, und überm Hafen schob sich ein dunkler Balken quer vor den Himmel. »Auf die Stunde genau«, freute sich der diensthabende Meteorologe, »einmal *Sunset Storm,* wie bestellt.« Er hängte sich ans Telefon und rundete die über den Sender auszugebende Windstärke nach oben hin auf.

Der Kapitän der *Bonkerama,* dem am Hauptkai vertäuten Kreuzschiff, starrte mißmutig auf sein Barometer. »Scheiß drauf«, sagte er, »wir huschen trotzdem übers große Aquarium. So schlimm wird's schon nicht werden.«

»Also planmäßiges Ablegen in einer Stunde, Kapitän?«

»Nur ein Hurrikan kann mich abhalten«, knurrte der Kapitän.

»Wird schon klar gehen. Von Hurrikan keine Rede, bloß der übliche kleine tropische Orkan. Allerdings bummeln unsere Badegäste«, fügte der Seemann hinzu.

»Gringos«, meinte der Kapitän abfällig. »Einkaufen und Saufen. Verträgt sich nie.«

»Trotzdem können wir sie nicht hierlassen«, gab der Seemann zu bedenken.

»Nein, aber ich will aus dieser Sauna weg. Die Jungs unter Deck schwitzen wie die Schweine. Scheißberuf ist das.«

Der Kapitän ließ den Blick über die Pier und über einen ungeteerten Parkplatz etwa hundert Meter weiter auf der anderen Seite einer kleinen Bucht schweifen. »Was für ein Dreckloch. Na, die werden schon aufkreuzen.«

Direkt neben dem Parkplatz war auf einem gewaltigen Zementsockel ein B52-Bomber aufgebockt. Die Gedenktafel bezeichnete das Ungetüm als Geschenk der US-Army; das war ungefähr so, hatte Miranda mal gemeint, als hätte Vlad, der Pfähler, jemandem ein paar ausrangierte Spieße vermacht.

Gegen sechs Uhr – eine leichte Brise zauste die Baumwipfel – hielten Jock und Eric in einem gemieteten Holden neben der B52. Eric saß am Steuer, Jock auf dem Beifahrersitz, Rolf zu seinen Füßen, Hiram und Franklin hinten. Hiram hatte Franklins Kleider auf dem Schoß. Franklin sah einem Haufen Stores aus dem Plaza zum Verwechseln ähnlich, und genau damit hatten sie ihn auch bedeckt, um davon abzulenken, daß sie ein politisches Schwergewicht splitterfasernackt spazierenfuhren, das gewisser Ungereimtheiten und einer Rücktrittserklärung (aber dalli!) wegen dringend gesucht wurde.

Niemand in Sicht. Hinter der Pier leuchtete das große weiße Kreuzschiff. Mit etwas Phantasie konnte man an Deck winzige Figuren erkennen.

»Ich habe das dumpfe Gefühl, daß die Sache knifflig werden könnte«, sagte Eric.

»Wuff«, sagte Rolf.

Ein roter Geländewagen tauchte in der anderen Parkplatzeinfahrt auf und hielt in etwa drei Wagenlängen Entfernung. Darin saßen drei Ballermänner, Briian und Selina.

»Was soll ich machen, mit dem Fernlicht blinken?« fragte Eric. »Ein paar Takte *Sound of Music* singen? Den Knappen nach den Speeren schicken?«

»Keine Ahnung«, erwiderte Jock. »Warum steigen wir nicht einfach alle aus?«

»Tja, laß mich mal raten. Vielleicht, weil sie uns erschießen könnten, Jock?« meinte Eric.

»Also, mir gefällt das alles ganz und gar nicht,

Freunde«, sagte Hiram. »Ich bin für Übernahme-Deals zuständig, die Drecksarbeit haben immer andere gemacht.«

»Nimm dich gefälligst zusammen, Mann«, herrschte ihn Eric an.

»Ganz ruhig bleiben« sagte Jock. »Na, dann wollen wir mal. Seid ihr soweit? Gut. Simsalabim!«

Aus den Stores tauchte der Kopf dessen auf, der oft schon als Arschloch mit Zähnen bezeichnet worden war, nur doppelt so gemein, und Harold Franklin verlangte zu wissen, was sie verdammtnocheins eigentlich glaubten, was verdammtnocheins hier vorginge, ob irgend verdammtnochein Arschloch vielleicht die Güte besäße, es ihm verdammtnocheins zu sagen.

»Wir sind im Begriff, Sie gegen die junge Frau einzutauschen, die Sie gegen ihren Willen festhalten, Mr. Franklin. Sie erinnern sich doch gewiß an Mr. Doppelganger? Ein Patient von mir, dem zu verdanken ist, daß gegenwärtig Ihre Regierung ins Wanken gerät, dank eines Skandals, der darauf zurückzuführen ist, daß Sie...« – Jock holte Luft – »... mit ihm einen Vertrag über ein gewisses Bauprojekt unterzeichnet haben. Meines Wissens müssen Sie bis Mitternacht einen Kaufvertrag unterschreiben, um sich eine goldene Nase zu verdienen. Bitte benehmen Sie sich also, bis wir Sie gegen unsere Bekannte eingetauscht haben, wonach Sie tun und lassen können, was immer Sie wollen.«

»Hä?« machte Franklin.

»Ziehen Sie sich doch erst einmal an«, schlug Eric vor.

»Ach so, ja, richtig«, sagte Franklin. Die vier Männer stiegen aus dem Auto. Als die Türen zuschlugen, mußte Jock an alte Polizei-Serien denken, und einen flüchtigen, irren Augenblick lang wünschte er sich inbrünstig, sie alle trügen Hüte. »*Division Four*; Leonard Teale würde wissen, was zu tun ist«, sagte er.

»Der war in *Homicide*«, stellte Hiram richtig.

Franklin stand am Wagenheck und mühte sich vergeblich, Hose und Hemd gleichzeitig anzuziehen. Ihm war immerhin aufgegangen, daß er sich im falschen Lager, das heißt auf der falschen Seite des Parkplatzes befand, und er versuchte, sich unauffällig Richtung roter Geländewagen zu verdrücken, das heißt zu watscheln. Jock schlenkerte die rechte, vom Körper abgespreizte Hand, als wollte er Tropfen abschütteln, und sagte: »Rorschach.« Rolf schnappte knurrend nach Franklins Fersen.

»Dann eben nicht!« meinte Franklin beleidigt.

Jock kreuzte Zeige- und Mittelfinger beider Hände, und Rolf legte sich hin, um Franklin zu bewachen, bis ihm Jock Anderweitiges befahl.

Die Türen des Geländewagens gingen auf. Als erste entstieg ihm Selina, dann erschien Lefty, der sie am Arm festhielt. Es folgten Briian und die anderen Ballermänner, und dann standen sich die zwei Lager einen Augenblick lang einfach gegenüber und glotzten.

Selina, Hutschachtel in der Hand, entriß Lefty ihren Arm und schob sich die Haare aus den Augen. Sie sah Jock an. Er sah sie an. Ihre Knie wurden nicht weich, oder wenn, dann aus Angst. Lefty packte erneut ihren Arm, und dann schoben sich die beiden Gruppen bis auf zwei Meter aufeinander zu. Selina ließ Jock nicht aus den Augen, auf irgendeinen Wink wartend, was sie zur Unterstützung seines Plans – falls vorhanden – tun solle.

Bei genauerem Hinsehen traf sie die unwillkommene wie unabwendbare Erkenntnis, daß er keinen Plan hatte. Sie ließ ihren Blick zu dem Fremden an seiner Seite wandern.

»Hi«, sagte dieser.

»Ach, entschuldige«, sagte Jock. »Eric, Selina. Selina, Eric.«

»Laßt uns die Sache korrekt abwickeln«, schlug Lefty vor, »ohne Zwischenfälle.« Der Wind legte zu, und hinter ihnen war der Himmel zu einer Wand tintiger Wolken geworden. Die Sonne versank in diesem Moment am anderen Ende der Stadt, und es fielen zischend ein paar dicke Regentropfen auf die Erde und verdampften.

Selina schob sich Zentimeter für Zentimeter vor. Desgleichen Franklin. Beinahe hatten beide das jeweils richtige Lager erreicht, als der Sturm losbrach. Selina klatschte das Haar ums Gesicht wie Seetang. Es begann in Strömen zu regnen. Ganz Darwin mit allem, was dazu imstande war, atmete erlöst auf, roch nasse Erde und witterte kühlere Luft.

Plötzlich zuckte es fast direkt über ihnen hell auf, und es tat einen ohrenbetäubenden Donnerschlag. Der Himmel war pechschwarz geworden, und am Ende des Parkplatzes flammten drei Straßenlaternen auf. Weitere markerschütternde Soundeffekte begleiteten etliche wild gezackte Blitzgabeln, die horizontal den Himmel aufspießten. Harold Franklin war der einzige, der so etwas in seinem Leben je gesehen hatte. Dann schlug ein Blitz in die B52 ein. Bögen knisternden, irisierenden Blaus zitterten vor dem Dunkelorange der untergehenden Sonne um das Metall.

Jock tat einen spitzen Schrei. Rolf schoß wie der geölte Blitz in die Büsche. Eric packte Selina. Selina fluchte. Hiram drückte das Kreuz durch und marschierte auf Kai und Kreuzschiff zu. Franklin ging hinter den Schweren Jungs in Deckung, von denen zwei ihre Kanonen gezückt hatten, sobald die Elemente zu toben und den Parkplatz grell auszuleuchten begonnen hatten. Regen stürzte herab.

Wieder wurden Blitze vom Himmel geschleudert und fixierten alle zu übertrieben starren Standbildern. Nur Hiram blieb in Bewegung. Er eierte die Pier hinab. »Laßt ihn laufen, die anderen müßt ihr euch schnappen!« brüllte Franklin. Die Schweren Jungs zögerten. Doch nicht schon wieder Entführungen! Bei der Else war es schwer genug gewesen, und jetzt noch zwei Typen dazu? »Wenn sie Widerstand leisten, legt sie um, die Wichser!« befahl Franklin. Der Regen fiel wie ein Vorhang.

»Sind Sie verrückt geworden?« rief Lefty. »Ich knall niemanden ab!«

Franklin drehte durch und begann zu kreischen. »Wenn ich sage, abknallen, dann knallst du verdammtnochmal ab, du blödes . . . !«

Gelächter und Geschnatter jenseits der Büsche ließen ihn verstummen. Amerikanisch breite Stimmen sangen *New York, New York*. Franklin spähte in die Richtung, aus dem das Gejohle kam, dann zu dem großen Schiff hinüber, strahlend weiß vor finsterem Himmel.

»Schnell! Ins Auto mit ihnen, bevor man uns sieht!«

Die Schweren Jungs rührten keinen Finger.

Franklin zerrte ein dickes Bündel Hundertdollarscheine aus der Sakkotasche und fuchtelte ihnen damit vor den Visagen herum. »Fünfzehntausend jetzt, und nachher soviel ihr wollt!«

Eric sah Jock an. »Du hast seine Taschen nicht gefilzt? Jeeez!«

»Sagen wir: ein Lapsus.« Jock zuckte die Achseln.

»Gib mir die verdammte Knarre«, knurrte Franklin und riß Ken seine aus der Hand. Er richtete sie auf Jock. »Jetzt reicht's mir aber mit dir!«

Selina verstellte ihre Stimme so, daß sie von hinter dem roten Wagen zu kommen schien. »Der Parkplatz ist umstellt. Hinlegen! Oder wir... äh, Sie wissen schon... pusten Sie weg!« Das klang nicht sehr überzeugend, aber es reichte, um aller Aufmerksamkeit einen Moment lang abzulenken, lange genug, um einem launigen Troß chemiefasergekleideter Konsumfreunde Gelegenheit zu geben, lachend um die Ecke zu biegen, mit Einkaufstüten und Kameras behängt und leicht bourbonisiert. Ein Haufen sehr nasser, sehr reicher Amerikaner planschte quer über den zum Schlammpfuhl mutierten Parkplatz, sich gegenseitig auf Rücken und Schultern klopfend und in höchsten Tönen mit kulturspezifischen Ausdrücken aufrichtiger Wertschätzung bedenkend.

»Hi«, rief einer von ihnen. »Sind Sie nicht dieser Telepeut?«

Eric nahm die Beine in die Hand. Rolf kam durch den Schlamm galoppiert, um – nach einem beschämten seitlichen Hundeblick in Jocks Richtung – die Bewachung Franklins wieder aufzunehmen. Jock wackelte mit dem Ellbogen und beschrieb mit den Händen eine merkwürdige Figur, von der sonst niemand Notiz nahm. Die Schweren Jungs steckten schnell die Kanonen weg, Selina und Jock brüllten gleichzeitig ›Holdseligkeit!‹ und sahen sich dann verblüfft an, während Franklin begann, sich auszuziehen.

»Igitt, ist ja krank!« empörte sich eine Amerikanerin und eilte weiter.

»Nicht wahr?« sagte Jock in alleraffektiertester Roger-

Moore-Manier, packte Selina an der Hand und zog sie mit, mit den Touristen, Richtung Schiff. »Ohnehin höchste Zeit, unseren kleinen Landgang zu beenden, nicht wahr?«

»Da is' was dran«, sagte Cubby aus Illinois. »Schlag ein, Freund; bist wohl vom C-Deck. Mann, der Telepeut ist aber schüchtern, was?«

»Da ist was dran«, stimmte Jock zu.

Selina schwirrte der Kopf, aber eines wußte sie: Im Kreuz hatte sie drei Ballermänner, voraus schien alles in puncto Aussichten sehr viel ansprechender. »Wie geht's Miranda?« fragte sie.

»Ach, gut. Ganz wiederhergestellt. Wo ist Hiram abgeblieben?« erwiderte an ihrer Seite Jock.

»Wer?« fragte Selina.

Der Regen ließ jetzt nach, und das Schiff tutete einmal lang. Daß hieß: in einer halben Stunde ›Leinen los‹, erklärte Cubby. Der Alte empfing seine durchweichten Passagiere am Ende der Gangway. »Um ein Haar hätten wir Sie hiergelassen«, scherzte er. »An Bord spaziert, meine Herrschaften.« Er wandte sich an den nächst erreichbaren Offizier, der Selina und Jock durchdringend musterte. »Alles komplett?«

»Ja, Sir, nur...«

»Nur keine Nurs, Kollege, jetzt heißt es Neptun fönen«, sprach der Kapitän, entfernte sich und stieg hinauf zur Brücke. Jock und Selina standen händchenhaltend an Deck, durchnäßt bis auf die Haut und etwas durch den Wind, als sich der Offizier näherte.

»Was haben Sie hier zu suchen?« fragte er spitz.

»Hiram!« entfuhr es Jock.

»Sie müssen sich irren, Sir. Ich heiße Franciscus Cous-Cous und bin Zahlmeister an Bord. Und Sie sind, wenn ich nicht irre, blinde Passagiere! Kapitän!« rief er zur Brücke hinauf. »Blinde Passagiere an Bord!«

Das rief den Kapitän ziemlich schnell wieder auf den Plan. »Runter von meinem wunderschönen Schiff!« befahl er.

»Geht nicht«, sagte Selina und blickte über die Schulter Richtung Parkplatz, Schwere Jungs und roten Wagen.

»Verpißt euch!« beschwor Jock die Schläger halblaut.

Der Kapitän war außer sich. »Wie konnte das nur geschehen? Sie sind neu, wie?« Er beäugte Hiram. »Rufen Sie die Polizei. Nein, nicht die Polizei, das hält uns nur auf, unter keinen Umständen die Polizei. Wir werfen sie einfach über Bord«, sagte er und schenkte wieder seine ganze Aufmerksamkeit dem Paar. Hiram trollte sich.

»Einen Augenblick, wenn Sie erlauben, Sir«, sagte Jock. »Meine Verlobte und ich...« – er verzog schmerzlich das Gesicht, als ihm Selina heftig gegen das Schienbein trat – »... möchten heiraten, und wir fänden eine Schiffstrauung einfach zu schön. So romantisch. Ich könnte mir denken, daß sich die Abfahrt ohnehin um eine weitere halbe Stunde verzögert, wie wär's, wenn Sie die Trauung eben durchführen würden, Sir, und unser Glück perfekt machen wollten...« Jock ergriff die Hand des Kapitäns und hebelte sie überschwenglich auf und nieder. »Das ist wirklich famos von Ihnen, Sir. Wenn wir dann ein paar Passagiere als Zeugen herbeiholen könnten, gelingt Ihnen obendrein ein beneidenswerter PR-Coup, und dann lassen wir Sie auch zufrieden und ziehen unseres Weges.«

»Rühren Sie sich nicht von der Stelle«, drohte der Kapitän. »Ich organisiere nur schnell eine Bibel und ein paar Trauzeugen.«

»Ich halt's nicht aus!« sagte Selina. »Was soll das!?«

»Willst du etwa wieder da runter?«

»Nein, aber warum sagst du ihm nicht einfach, was los ist... das ist ja lächerlich!«

»Wenn er die Polizei ruft, wird sich herausstellen, daß ich ungefähr gegen sechs Gesetze verstoßen habe, und dann entziehen sie mir die Approbation. Außerdem gewinnen wir auf diese Weise Zeit.«

»Bitte? Weshalb blubberst du lauter Klischees? Gewinnen Zeit wozu?«

»Weil wir vielleicht sowieso heiraten sollten.«

»*Bitte?!*«

»Warum nicht?«

»Großer Gott. Weil es absurd ist. Weil ich dich nicht einmal kenne. Ich habe dich – wann? – vor sieben Tagen kennengelernt. Weil die Ehe eine überflüssige Institution ist, oder vielleicht nicht einmal, nur ein Stück Papier, als Liebesbeweis bedeutungslos oder vielleicht auch ein wunderschönes Bekenntnis, aber sag mal, können wir die Sinnfrage vielleicht ein andermal diskutieren?«

»Siehst du: bedeutungslos. Na also. Dann lassen wir uns eben in ein paar Tagen wieder scheiden.«

»Muß man nicht überhaupt erst Blutproben entnehmen und dergleichen? Und sollte es dir etwa um das Geld gehen, du kannst es wiederhaben.«

»Es geht nicht um das Geld. Hab doch Vertrauen zu mir.« Er sah sie treuherzig ergeben an. »Blutproben und dergleichen braucht man auf einem Schiff nicht. Ah, Sir, Sie sind soweit. Wunderbar. Darling? Du kannst meinen Karma-Ring benutzen.«

»Und du kannst mich mal!«

Was ist uns wieder monsunisch

Chloe war dazu verdonnert worden, die Getränkekellner, die der Regierungspartei im Plaza die Drinks reichen würden, zu beaufsichtigen. Bei Einbruch der Dunkelheit hatten sich die ersten Parteigetreuen im Foyer eingefunden, nicht zuletzt, um zu tratschen und Einschätzungen zur Schleuderlage des Premier auszutauschen. Einige trafen verspätet ein, weil sie daheim noch das Fiasko in den Fernsehnachrichten verfolgt hatten. Zum Abblasen war es zu spät gewesen, also hieß es für den Premier und seine Berater, Zähne zusammenbeißen und durch, aber hinter den Kulissen wurde Franklin verzweifelt gesucht. Bisher hatte man seiner Spur dank der Hinweise seiner Frau immerhin bis ins Krankenhaus folgen können, nur um feststellen zu müssen, daß er in der Obhut zweier unbekannter Psychiater entlassen worden war. Unklar blieb, ob er freiwillig mitgegangen war oder nicht.

›Und wieder was zu vertuschen‹, dachte der Premier, als er das Plaza betrat und sich ans Händeschütteln machte. Er musterte eifrig Gesichter; es gab nicht allzuviele Blicke, die dem seinen nicht standhielten. Daraus schloß er, daß seine Tage im Amt vorerst nicht gezählt waren ... wenn der Stuhl auch wackelte. Franklin würde natürlich gehen müssen, aber das war nicht weiter tragisch – man würde ihn nach einiger Zeit wiederernennen können oder ihm einen netten Posten zuschanzen, der ihn oft ins Ausland führte. Wäre unratsam, ihn ganz zu vergrätzen. Er wußte nicht nur um die Leichen im Parteikeller, er war mit ihnen allen per du.

Miranda steckte mitten in einem live gesendeten Telefoninterview mit einer der Bräute Christi aus Hirams ehemaligem Pflegeheim, als ihr Sendeleiter hinter der Studioscheibe gestikulierte und auf den soeben eingetroffenen, arg mitgenommenen, kurzatmigen und ohne Punkt und Komma redenden Eric deutete. Miranda winkte die beiden herein, während sie sich bei Schwester Mary-Louise bedankte.

Der Sendeleiter drückte Eric in einen Studiostuhl und streifte ihm einen Kopfhörer über. Miranda griff sich die Musikliste des Computers, wahllos aus eintausendfünfhundert Berieselungstiteln zusammengestellt, warf sie über die Schulter, legte Lou Reed auf, ließ sich von Eric rasch ins Bild setzen und telefonierte kurz mit Mick Maguire.

Dann war auch der Song zu Ende, und sie haute den Regler hoch. »Und hier wieder Miranda Spurn. Weiter geht's mit unserer Sondersendung aus Darwin«, sagte sie. »Die Zeit: 6:46; um sieben hören Sie von Barry Ralph das Neueste zu den Pestizid-Vergiftungen. Ein außergewöhnlich nachrichtenträchtiger Tag heute, pünktlich zum Beginn des Regens, nicht zuletzt wegen der Enthüllungen in der Franklin-Affäre. Die ABC hat wieder neue Fakten zu diesem Fall ausgegraben, aber zunächst einige Hintergrundinformationen.

Allem Anschein nach hat der stellvertretende Premier Harold Franklin einen Vorvertrag zum Bau eines Touristenkomplexes im Umfang von zig Millionen mit einem psychisch kranken Rentner unterzeichnet, in der fälschlichen Annahme, es handele sich bei dem Herrn, der kürzlich erst aus einer Heilanstalt in Melbourne entlassen wurde, um einen millionenschweren Bau-Tycoon. Es wird gemunkelt, die jüngsten, von Mr. Franklin angekündigten bauordnungsrechtlichen Gesetzesänderungen kämen vor allem dem Minister selbst zugute, der an Grundstücksverkäufen im Darwiner Umland Millionen verdienen würde. Natürlich hätten wir dazu gerne Mr. Franklin persönlich befragt, doch läßt man die Medien seit zwei Tagen nicht zum Minister vor, der gestern auch nicht wie vorgesehen die Begrüßungsansprache bei der Sitzung des Rates der

Bergbauindustrie hielt. Sein Referat zum Thema ›Bodenerosion als Werkzeug der Vorsehung zum problemlosen Abbau‹ übernahm Fremdenverkehrsminister Blain. Mr. Franklins Verbleib ist Gegenstand wilder Spekulationen. Der Premier gerät immer stärker unter Beschuß, versteht sich, dementiert jedoch bisher alle dahingehenden Meldungen, die Regierung sei über den Deal informiert gewesen. Es sieht ganz so aus, als könnte Mr. Franklins Kopf bei seiner Rückkehr zu den ersten gehören, die rollen werden. Die Parteigänger versammeln sich zur Stunde zu einem ursprünglich als Benefiz-Gala geplanten Empfang im Plaza – böse Zungen bei der Opposition sprechen bereits jetzt von einer ›Totenwache‹. Im Studio zu Gast nun der durchreisende amerikanische Psychiater Dr. Eric Urbanburger, der Mr. Franklin vor kaum einer Stunde selbst begegnet sein will. Dr. Urbanburger, in welcher Verfassung befand sich der Minister?«

»Einer ziemlich freizügigen, könnte man sagen«, antwortete Eric mit breitem Akzent.

»Bitte?«

»Wie der liebe Herrgott ihn schuf, Miss Spurn. Er wandelte von einem Parkplatz kommend die Werftstraße entlang.«

»Sind Sie sicher, daß es sich um den stellvertretenden Premier handelte?«

»Yeah.«

»Wissen Sie, wo er hinwollte?«

»Nope. Keine Ahnung.«

»Haben Sie ihn angesprochen?«

»Nein. Er wurde von einem Hund gehetzt, gefolgt von drei Männern, die mit Revolvern herumfuchtelten und Geldscheine aus dem Schlamm klaubten. Es schien mir nicht ratsam, mich diesen Individuen zu nähern.«

»Bedrohten diese Männer den Minister?«

»Nein, Miss Spurn, ich konnte mich im Gegenteil des Eindrucks nicht erwehren, daß man sich kannte. Mir schien es eher, als versuchten sie ihn dazu zu bewegen, sich wieder anzuziehen.«

»Nun, wie wir soeben hören, ist die Polizei bereits unterwegs und geht diesen ungewöhnlichen Hinweisen nach. Vielen Dank, Dr. Urbanburger ... Da fragt man sich, was wohl im Kopf des Premier vorgehen mag, der vermutlich in diesem Moment im Plaza Hotel sicherlich ebenfalls von den neuesten Entwicklungen erfährt.«

»Apropos Plaza, Kleines ...«, hob Eric an.

Miranda hüstelte. »Äh, ja, bitte Dr. Urbanburger?«

»Angeblich sind dort unten heute die Drinks umsonst.«

»Äh, Sieben-Uhr-Nachrichten in Kürze, aber erst einmal ein bißchen Musik«, sagte Miranda, drückte zwei Knöpfe, streifte ihren Kopfhörer ab und übergab ihn Barry Ralph. »Los, gehen wir sie suchen, Eric. Ich habe keine Ruhe, bis ich Selina mit eigenen Augen wiedergesehen habe.«

»Wir finden sie bestimmt im Plaza. Sobald die Bullen die Ballermänner hopsgenommen haben, steht nichts mehr zwischen uns und denen.«

»Wieso redest du eigentlich so cowboy-kaugummimäßig daher?«

»Muß an der Luft hier liegen. Ist irgendwie so ...«

»Ja, ich weiß, was du meinst.«

Es hatte eine kleine Meinungsverschiedenheit gegeben, weil sich Selina strikt weigerte, sich Jocks Karma-Ring anstecken zu lassen, die jedoch beigelegt werden konnte, als sie sich zu einem Kompromiß-Ring durchrang, einem Bestandteil des Schlüsselanhängers des Geländewagens. Der Bräutigam hatte ihr zugezischt – »Kein Wunder, daß die noch immer da unten rumhängen, Dussel!« –, die Replik der Braut zeugte von beachtlicher Wortgewalt. Doch dann war es fast überstanden.

»Also gut: Ich will! Und nun laß uns hier abhauen«, sagte Selina bissig.

»Ich erkläre Sie hiermit zu Mann und Frau«, sprach der Kapitän. »Sie dürfen die Braut küssen.«

»Nein, darf er nicht«, giftete Selina. »Los, gehen wir! Ich

muß Miranda finden und vermutlich meinen Teil dazu beitragen, daß die Ballerbande eingebuchtet wird.« Sie spähte zum Parkplatz hinüber, während Cubby und seine Frau Candy sie mit Reis bewarfen, von dem der Großteil in ihrem Haar hängenblieb.

Ein paar Passagiere winkten, als das schlammbespritzte frischgebackene Paar die Gangway hinunter auf die Pier galoppierte. Der Zahlmeister folgte, um sie zu verabschieden, und der Kapitän kehrte auf die Brücke zurück, um das Ablegemanöver zu befehligen. »Ich denke, du solltest lieber mitkommen«, sagte Jock sanft zu Hiram.

»Wird schon schiefgehen«, versicherte der zwinkernd. »Ich halte es da mit James Thurber: ›Man kann sehr wohl zuvielen zu oft was vormachen.‹ Hat einen Höllenspaß gemacht. Bis dann«, sagte er, salutierte zackig und marschierte wieder an Bord.

Jock schüttelte den Kopf und prustete dann los. Selina schubste ihn. »Reiß dich am Riemen, Kildare.« Dann spazierten sie, immer noch Hand in Hand, den Kai entlang. Selina hatte Jock, nach einem kurzen Disput darüber, ob das mit Feminismus was zu tun hätte oder nicht, gestattet, ihre Hutschachtel zu tragen.

Am anderen Ende des Kais versuchten auf dem Parkplatz drei Männer mit verdächtig dicken Achseln und einem Kleiderbügel den Geländewagen zu knacken, als Constable Djambin mit einem Kollegen im Streifenwagen vorfuhr.

»Mag abgedroschen sein, aber ich sag's trotzdem: ›Na, na! Was geht hier vor sich?‹« sagte er. Mal ganz abgesehen von allem anderen, ging hier Constable Djambins Beförderung vor sich, und das wußte er. Zudem auf viel angenehmere Art als bei Schwitzkastengeständnissen. »Hände aufs Autodach, und keine Bewegung«, fuhr er fort. »Kennen Sie Ihre Rechte nach australischem Gesetz? Sie werden des –«

»Mann!« beschwerte sich Lefty. »Ist doch unser Wagen!«

»– Menschenraubs und der Körperverletzung beschuldigt. Das genügt wohl für den Anfang. Wird's bald?«

Fünf Minuten später saßen die drei Männer in Handschellen auf dem Rücksitz des Streifenwagens, und Constable Djambin hing am Sprechfunk, als Selina und Jock das Ende der Kaimauer erreicht hatten und den Parkplatz überquerten.

»Sind Sie Miss Plankton?« unterbrach er seine Meldung.

»Yeah.«

»Sind dies die drei Männer, die Sie entführt haben?«

Sie bückte sich und schaute hinten in den Wagen. »Äh, ja. Tut mir leid, Lefty.«

»Mir erst.«

Sie schüttelten sich die Hände – so gut es ging.

Constable Djambin aktivierte wieder sein Funkgerät. »Habe ein ID vom Opfer. Benachrichtigen Sie alle Dienststellen, daß die Vermißte gefunden ist, ja? Gut.« Er hängte sein Mikro weg. »Wollen Sie gleich mitkommen und Ihre Aussage machen, Miss Plankton?«

»Nein. Der da mit dem Schnurrbart hat meine Freundin Miranda aufgemischt. Gönnen Sie ihm doch einen Serienmörder als Zellengenossen, ja?«

»Ihnen geht es gut? Sie wollen nicht ins Krankenhaus oder so? Hat man Ihnen etwas angetan, oder ...«

»Nein, mir fehlt nichts. Ich brauche kein Krankenhaus, ich brauche Schlaf. Ich mache die Aussage morgen früh, wenn's recht ist.«

»In Ordnung. Wo erreichen wir Sie?«

»Bei meiner Freundin Miranda.«

»Gut, ich kenne die Adresse. Ich denke, Sie finden sie im Plaza, mit den anderen Lohnschreibern. Ach, wegen der Aussage; ich hole Sie so um neun rum ab, ja? Kann ich Sie denn mit diesem Typen alleinlassen?« Er beäugte Jock mißtrauisch.

»Ja, der ist in Ordnung.«

»Tut mir leid, daß wir Sie nicht mitnehmen können.«

»Kann ich den roten Wagen nehmen?«

»Wem gehört denn der?«

»Denen.«

»Wenn jemand dahinterkäme, wär's moralisch kaum vertretbar«, sagte er und fuhr los.

Selina schloß den roten Wagen auf und warf Jock die Schlüssel zu. Er ließ ihn an. »Ins Plaza, Werteste?«

»Mhm«, machte sie und flegelte sich auf den Beifahrersitz. »Mann, das war eine harte Woche. Und bei dir?«

»Gleichfalls«, sagte er grinsend.

»Dacht' ich mir. Was habt ihr denn so getrieben?«

Jock lachte, streckte die Hand aus und tätschelte ihr die Wange. »Da fragst du lieber Miranda, sie wird's besser erklären können als ich. Ich bin nur überglücklich, daß wir dich heil wiederhaben. Mehr als überglücklich.«

Es dauerte eine Weile, ehe sie sich durch das Gedränge von Journalisten und solchen, die auf kostenlose Drinks aus waren und deshalb das Plaza belagerten, ihren Weg bis vor den Eingang bahnen konnten. Dort lauerte Miranda mit leuchtenden Augen und einem Tonbandgerät an Erics Seite. Sie und Selina flogen sich in die Arme und drückten sich halbtot. Eric und Jock umarmten sich ebenfalls.

»Laßt uns hineingehen«, sagte Jock. »Wir wohnen schließlich hier. Dich nehmen wir als Gast mit, Miranda.«

»Die Medien haben keinen Zutritt«, sagte sie.

»Schwachsinn!« schnaubte Eric. »Hey, Medienarbeiter aller Länder, hört her! Ich bin Hotelgast! Seht ihr diesen Schlüssel?« Er hielt ihn hoch. »Ihr seid alle herzlich eingeladen! Besonders du«, fügte er halblaut zu einer Reporterin der *Independent* mit Elvis-Ohrringen hinzu.

Er trat ein, und Kamerateams, Reporter und Fotografen drängelten hinterdrein. Gegenüber an der Bar starrte Gavin Baskerville mit leerem Gesichtsausdruck auf die Horden, die auf der Suche nach ihm und dem Premier ausschwärmten. Man mußte das Ganze positiv sehen: Sie hatten schließlich schon manchen Skandal abgewettert; irgendwie vergaben einem die Wähler immer wieder – oder es war ihnen egal. Territorianer waren Puritaner, und solange die Anschuldigungen mit Sex nichts zu tun hatten, kam man eigentlich immer recht glimpflich davon.

Der Premier tätschelte Effie Franklin den Arm und versicherte ihr, man werde für Harold sorgen, sobald man ihn wiederhätte, aber bis dahin, um ihrer aller willen, solle sie möglichst wenig über die Umstände seines Verschwindens verlauten lassen. Sie dachte an Scheidung.

Am Ende des Medienrudels entstanden Unruhestrudel.

Die Meute teilte sich und bildete ein Blitzlichtspalier, als nun Harold Franklin, getrieben von einem nassen, zungenhängenden Blue Heeler, durch die Drehtür nackt ins Foyer stolperte.

Die ganze Versammlung, Parteivolk, Kameraleute, Reporter, Regierungsbeamte, Hotelangestellte, sog scharf die Luft ein – kaum zu glauben eigentlich, daß das Foyer nicht schlagartig zum Vakuum wurde. Und in diesem Bruchteil einer Sekunde Totenstille flüsterte Selina: »Simsalabim!«

Franklin kam mit einem Ruck zu sich – zu sich, der er seinen gesammelten Kollegen sowie einer nicht unbeachtlichen Anzahl von Kamerateams unbekleidet gegenüberstand. Es war zuviel für ihn. Als die ersten Herzstiche den Infarkt ankündigten, wankte er auf seine Frau zu. Wie viele bei ihrem letzten Atemzug, setzte er alles auf die Karte der Vergebung von allen Sünden. »Darling!« rief er, warf sich aber leider – aufgrund schnell schwindenden Augenlichts – dem Premier in die Arme. »Ich kann alles erklären, meine eine, meine einzige Liebe!« blubberte er dem Premier ins Gesicht und fiel tot um.

»Verdammt«, stöhnte Miranda. »Jetzt hänge ich hier noch Stunden fest mit Interviews für meine Sendung!«

Jock schloß die Tür mit seinem überdimensionalen Exemplar eines ›Hotelgäste-sind-ja-so-bescheuert-daß-sie-jeden-Schlüssel-der-weniger-als-ein-durchschnittliches-Kleinkind-wiegt-verbummeln‹ auf. Er schaute gerade rechtzeitig wieder hoch, um Eric und die Reporterin von der *Independent* zielstrebig auf Erics Zimmer zusteuern zu sehen. Eric bezwinkerte. Jock grinste und hielt seine Tür auf. Selina betrat den Raum und stellte ihre Hutschachtel gleich neben dem Eingang ab. Er folgte ihr und warf den Schlüssel lässig ins Fach über der Minibar, was eine Lawine überteuerter Erdnußpäckchen auslöste.

Er drehte das Schild am Türknauf von ›Bitte saubermachen‹ auf ›Bitte nicht stören‹. Er legte die Kette vor. Dann warf er sich rücklings auf das Doppelbett und starrte an die Decke. Selina kroch vom Fußende hoch, streckte sich bäuchlings aus und stützte das Kinn in die Hände.

»Ich bleib nicht lange«, versicherte sie. »Ich mag bloß nicht zum Haus zurück, wo Miranda noch hier zu tun hat. Ich fahre dann mit Chloe.«

Er langte vorsichtig hoch, und während er ihren Blick gefangen hielt, fuhr er mit seinen Fingerknöcheln zart der Kontur ihrer Wange nach. Dann strich er ihr ein paar Haarsträhnen aus der Stirn und schmunzelte, als eine Locke sich reisrieselnd widersetzte. Er legte ihr die Hand an den Hinterkopf, drückte sanft und küßte sie auf die Nase.

»Danke«, sagte er leise.

»Wofür?«

»Dir habe ich zu verdanken, daß ich auf dem Parkplatz nicht erschossen worden bin.«

»Und du wolltest mich retten.«

»Ja. Ich wollte dich retten – mit Pauken und Trompeten, heroischen Taten und unwiderstehlicher Kerligkeit.«

»Kerligkeit?«

»Machismo.«

»Gezundheit.«

»Bitte?«

»Ein schlechter Witz. Vergiß es. Tja, Kildare, was hast du denn nun *wirklich* getrieben, nur so interessehalber?«

»Nun«, begann Jock, »gelogen und betrogen, einen Patienten verloren und mir fast den Kopf wegpusten lassen, ein Mitglied des Landeskabinetts entführt und zweifellos zu seinem jähen Ende durch Herzinfarkt beigetragen. Ich glaube wirklich, ich sollte den Helferberuf an den Nagel hängen.«

»Und was machst du statt dessen?«

»Zocken. Pferde. Damit verdiene ich mein Geld sowieso hauptsächlich. Und du, ist bei dir alles in Ordnung?«

»Uhmhm. Aber ich hatte eine Heidenangst. Weißt du, was mir am meisten angst gemacht hat?«

»Die Knarren.«

»Nein. Oder vielmehr: Klar haben sie mir angst gemacht. Aber das allerschlimmste ist, daß sie mit alledem beinahe durchgekommen wären, und daß es nur dreien wirklich an den Kragen geht. Franklin ist tot, und wer immer sonst mit drinhängt, wird höchstwahrscheinlich nicht einmal auffliegen. Außer Briian. Allerdings würde der, wenn ich's mir recht überlege, wahrscheinlich jeden verpfeifen, wenn er nur selbst besser wegkommt. Aber alle haben sie fast einen Riesenreibach gemacht, und ich habe gedacht, sie bringen mich um.«

»Es ist ja vorbei.«

»Es ist nicht vorbei. Die Großgauner haben Geld. Sie können sich Freunde kaufen. Und Anwälte erst recht. Die Kleingauner, die Schweren Jungs, wird's am schwersten treffen, wegen illegalem Waffenbesitz und weil sie mich entführt haben, während die wirklichen Schweine davonkommen, es sei denn, man hängt ihnen betrügerisches Geschäftsgebaren an. Aber was kriegt man dafür schon aufgebrummt?« fragte sie. »Und dann diese ganze Meute, die aus einem Sumpf von dunklen Geschäften über dunkle Kanäle nach oben schwimmt... Miranda hat vollkommen recht: Klub der Krokodile.«

Sie klappte die Ellbogen ein, rollte sich dicht an Jock heran, legte den Kopf auf seine Schulter und eine Hand auf seine Brust. Sie schwiegen.

Nach einer Zeit sagte Selina: »Dein Hemd ist scheußlich.«

Während Jock noch immer lachte, klingelte das Telefon. Er langte mit der freien Hand hinüber und hob ab. »Hallo, Chloe. Nein, vollkommen in Ordnung. Ja, stell sie durch. Hallo? Yeah. Ja. Nicht mein Verdienst. Ich war, glaube ich, eher im Weg. Kein Haar gekrümmt. Ich sag's ihr, aber ich glaub, sie weiß es auch so. Ich werd sehen, daß sie Sie morgen anruft. Ja. Gute Nacht.«

Er legte auf und schielte an seiner Nase entlang zu Selina hinunter. »Das war deine Mum. Ich soll dir sagen, sie lieben dich.«

»Entschuldige mal, aber seit wann steht es dir zu, in meiner Gegenwart mit meiner Mutter zu telefonieren, ohne mir überhaupt zu sagen, daß sie am Apparat ist?«

»Moment mal, sie hat gesagt, sie spricht morgen mit dir. Du sollst dich erst einmal ausschlafen. Außerdem geht dich das gar nichts an«, sagte er selbstzufrieden. »Sie mögen mich. Vielleicht hätte ich ihnen sagen sollen, daß wir gerade ›flittern‹. Ich glaube, als Schwiegersohn bin ich ihnen nicht zuwider. Auf welcher Seite möchten Sie denn schlafen, Mrs. Jovanovich?«

Selina stöhnte. »Das hatte ich ganz vergessen.« Sie wand sich aus seinem Arm, schob sich gegen die Wand zurück, setzte sich auf und verengte die Augen zu Schlitzen.

»Eijeijei«, sagte er.

»Ehe du eine weitere Kerbe in deinen Designertraum von Gürtel ritzt, Kildare, muß ich dir etwas verklickern.«

»Ich weiß: Ich sehe unverschämt gut aus, und du wirst kaum die Finger von mir lassen können...«

»Zugegeben: Du verfügst im Übermaß über einen gewissen spitzbübischen Charme, aber ich habe Miranda und Ky einmal hoch und heilig versprochen, nie mit einem verheirateten Mann ins Bett zu gehen. Und noch heiliger, nie an einem ersten Abend mit jemand ins Bett zu gehen.« Selina ging ihre Hutschachtel holen, zog die Augenbraue hoch und warf ihm eine Kußhand zu.

Jock war fassungslos. »Aber du bist doch mit *mir* verheiratet, und dies ist schon unser zweiter Abend!« Sie ging langsam rückwärts zur Tür, kopfschüttelnd, lachend.

»Sellie, Sellie, ich könnte mich glatt in dich verlieben«, sagte er verzweifelt.

»Schon verlockender«, räumte sie ein und starrte ihn an. »Aber versprochen ist versprochen, und ein verheirateter Mann ist ein verheirateter Mann, auch wenn ich selbst mit ihm verheiratet bin.«

Jock, der sich nun auch aufgesetzt hatte, fuhr sich mit den Fingern durchs Haar. »Selina, wird sind nicht verheiratet. Schiffskapitäne haben nicht das Recht, in Häfen Trauungen zu vollziehen. Ich habe ihm beim Händeschütteln $ 1000 zugesteckt. Er hat wohl gedacht, ich will dich abschleppen.«

»Na großartig! Dein Verhältnis zu Geld ist wirklich widerwärtig! Außerdem hatte er ja wohl recht, oder?« schleuderte ihm Selina entgegen. »Was erwartest du? Daß ich froh bin um ein Techtel mit einem nicht fest vergebenen Dr. Knack? Ich mag zwar müde sein, aber Masochistin bin ich nicht. Ich habe zwar etwas weiche Knie, aber das gibt sich. Ich habe keine Lust, die pflegeleichte Donnerstagsfrau zu sein. Auch nicht die befreite Februarsfrau. Also laß uns einfach Freunde sein, okay? Dann müssen wir uns nie trennen.«

Jock schluckte. »Vielleicht müßten wir uns auch sonst nicht trennen.«

»Wer schreibt eigentlich diesen Mist?« stöhnte Selina und rollte mit den Augen.

»Also?«

»Das ist doch nicht dein Ernst, oder? Wir sind uns dreimal begegnet, und du schlägst eine dauerhafte Beziehung vor? Hör mal, ich weiß, es war ein harter Tag. Eine harte Woche. Komm erstmal runter.«

»Na gut, du willst nicht heiraten, du willst keine Bettgeschichte, und du kannst dir keine dauerhafte Beziehung vorstellen. Was bleibt da übrig? Warum nicht einfach abwarten, wie sich die Dinge entwickeln?«

»Bin ich ein Polaroidfoto? Also gut, ich erklär dir warum. Du würdest es nicht durchstehen. In spätestens fünf Jahren, allerspätestens, bist du reif, vollreifer Lebenskrisen-Kandidat. Wirst sehnsüchtig zurückdenken an die Zeiten, als du mit Mädchen ausgegangen bist, die sonntags Lippenstift auftrugen. Mädchen, die keine Widerrede wagten. Wirst dich fragen, wo der Reiz geblieben ist und ob du eine Glatze bekommst. Ich habe keine Lust, meine sex-technisch gesehen besten Jahre mit einem egozentrischen Arsch zu verbringen, der nicht weiß, was er an mir hat, selbst wenn er es schon seit Jahren hat. Kannst du mir folgen?«

»Äh, ja.«

»Gut. Und außerdem, weil du wahrscheinlich keine drei Wochen durchhältst. Dann kommst du mit dem letzten Schrei in Sachen Designerblatt-Abonnentin in die Cantina gerauscht.«

»Aha«, meinte Jock verwirrt. »Und was noch?«

»Bitte?«

»Gibt es sonst noch etwas, was ich nicht tun darf, während ich eine Beziehung mit dir in Betracht ziehe?«

»Na ja, laß mal überlegen. Da gäbe es noch: ›Du sollst nie mit meinen Freundinnen schlafen‹, und ›Du sollst dich nicht unter der Dusche schneuzen‹.«

»Hör mal, ich mache dir einen Vorschlag. Warum bleibst du nicht heute nacht hier? Ich verspreche, dich in Ruhe zu lassen, und dann können wir den Rest morgen besprechen.«

»Schon besser«, lächelte Selina. Sie setzte sich mit untergeschlagenen Beinen auf die äußerste Bettkante und nahm seine Hand. Er kuschelte sich von hinten an sie heran und bettete den Kopf auf ihr Knie. »Vielleicht warten wir einfach ab, wie sich die Dinge entwickeln«, sagte sie.

Jock sah hoch, mit gut einstudiertem verträumtem Blick und gewinnendem Lächeln. Er fuhr ihr mit dem Zeigefinger um den linken Knöchel. Sie verspürte ein köstliches Frösteln, das einen eigenen Namen verdient hätte, wie ein neu entdecktes physikalisches Gesetz. Er stemmte sich hoch und küßte sie ohne Hast auf den Mundwinkel.

»O je«, fügte sie hinzu und nahm ihm vorsichtig die Brille ab.

»War das ein Ja, Ms. Plankton?« Seine Stimme war samtweich.

Selina sah Jock an. Jock sah Selina an.

»Kommt drauf an«, meinte sie. »Hast du Kondome dabei?«

Danksagungen

Ein paar Leuten muß ich noch einmal einen kleinen Denkzettel verpassen. Das haben sich selbst zu verdanken: die Königin der Kauzigkeit, Ms. Scharfsinn persönlich, Jennifer Saunders; selbstredend auch unser aller Gail Davidson, Tausendkünstlerin, leibhaftige Boopsie und Heldin der Hutschachtelfraktion; dann Trudy Hayter, die unzählige Male Werkzeug Werkzeug und Schuppen Schuppen sein ließ, um mit mir mein Päckchen zu tragen; ferner Mr. John Clarke, Graf Gummischlappe, Zuspruchs und Erste Hilfe halber, mit denen höchstens die der beängstigend begabten Philippa Hawker konkurrieren können; Douglas ›Derwisch‹ Tremlett, der sich von der Tanzfläche losreißen mußte, um in Zauberdingen Rat zu spenden und möglicherweise Whiskey zu spendieren (aber wer weiß das schon noch so genau?); mein Agent ›Six Gun‹ Dennehy; die Rundfunk-Frakturrednerin mit direktem Hörerdraht, Helen Thomas; ›Shooting Star‹ Ponchita Hawkes; Ihre irische Irrheit, hochmögende Herrscherin der Brunswick Street, Kathleen McCann; meine Verlegerin Miß Jewels; und, versteht sich, der Darwin-Mob, nämlich Chips Mackinolty und Co.: Lulubella Inglis, Wild Thin Elderton, Marie McMahon, Lady Jenny Blokland, Lord James Throgmorton Gallacher, Sandra Fong und Danny Markovich, die Cookes, Prince Malcolm Ormiston und das euphonische Phantom. Dank auch an den coolen Kometen am Design-Himmel, Kunstreiter Michael Callaghan. Außerdem an der Familienfront Mum, Dad, John, Em und Glenda.

Sämtliche in dieser Geschichte unterlaufenen Geschmacksverirrungen sind kollektiv und restlos den hier genannten Personen anzulasten. Es betrübt mich, daß mir bis heute keiner von ihnen erklären kann, weshalb ich mitten in der Nacht aufgewacht bin und das Folgende in meine Romankladde eingetragen habe: ›Lap-top schmollt, Burl Ives, irischer Volkstanz, russischer Kombi oder Hundekuchen?‹

Mag der Leser entscheiden.

Kaz Cooke, Melbourne